唐季礼

幸福的挑战者

颜慧 著

作家出版社

幸福的挑战者 唐季礼

目录 CONTENTS

1 成长篇

2 作品篇

致力“礼想”电影世界

4 附录

1

【成长篇】

陪妈妈"拍拖"

每个人的人生轨迹，都能在童年时期找到印记，这其中，家庭是成长的第一环境，也是最重要的环境。

1960 年 4 月 7 日，唐季礼出生在香港一个非常传统、人丁兴旺的大家庭。在他之前，唐家已经有了三个男孩一个女孩——照唐季礼的话讲："妈妈很会生，两个男孩一个女孩，两个男孩一个女孩。"唐季礼的父亲唐焕庭谙熟中国传统文化，给男孩子们取名以孟、仲、叔、季而定，即分别为唐孟德、唐仲仁、唐叔宝、唐季礼。现在除唐季礼定居上海、二哥唐仲仁定居台北，其他兄弟姐妹皆旅居海外。姐姐唐嘉丽曾是邵氏电影公司的当红女星，样貌艳丽大方，后嫁给著名武打明星罗烈，育有两子，长子王道，次子王驹 2005 年进入影视圈。最小的妹妹唐嘉美曾从事珠宝及美容行业。此外还有个同父异母的妹妹唐嘉玲。

唐季礼的出生给这个热闹繁盛的家庭增加了更多的欢乐。

从老照片可以看到，唐季礼的父亲唐焕庭年轻时浓眉大眼、五官分明、气宇轩昂，样貌相当英俊，不知道的还以为是当时的电影明星；唐妈妈也是端庄清丽，十足的美人。唐季礼和兄弟姐妹们自然都继承了父母的良好基因：男孩英俊帅气，女孩皓齿明眸。

唐焕庭早年毕业于上海国立音专（现上海音乐学院前身），学的是音乐制作专业。上海国立音专最早叫作国立音乐院，创办于 1927 年 11 月，是中国所有音乐院校中历史最为悠久的一所。在国立音乐院成立之前，中国近代专业音乐教育经历了八九十年的漫长探索之路，直至国立音乐院诞生，才揭

和家人在一起

唐季礼的父亲唐焕庭五官分明，相当俊朗

唐季礼的母亲欧阳惠如六十多岁时的照片，依然能看得出年轻时的美丽

开了中国专业音乐教育的新篇章，开辟了由高等音乐学校来培养音乐专门人才的道路。在国立音专创立伊始，萧友梅任校长期间，将当时在上海甚至全国各地能够找得到的著名音乐家，或高薪聘请或苦言相劝，网罗在自己的麾下。就连国文、英文等共同课也是请水平最高的人来教，此后，国立音专进入鼎盛时期。

年轻的唐焕庭正是在这一时期来到上海国立音专读书，接受当时国内最优秀的音乐教育以及一流的人文学科启蒙。这些教育与启蒙，奠定了他在当时既立足于传统文化，又具有更超前的思想与更开阔的眼界，使得他在今后无论是生意、生活，还是为人处世，尤其在对儿女的培养上，有很多超越同时代人的前瞻之处。

唐季礼的母亲欧阳惠如是广东人，后随家人迁居香港。因为是父母之命媒妁之言，又两地相隔，唐焕庭与欧阳惠如结婚前从未见过面。举行婚礼时又因为当时日本人占领上海，唐焕庭无法及时赶回香港，于是婚礼上，当时只有十六岁的欧阳惠如依据当地习俗"以鸡代婿"（这一习俗是当远在他乡的新郎无法赶回来参加婚礼时，找一只公鸡暂时代替新郎与新娘拜堂，也就是所谓"公鸡拜堂"。拜堂仪式完成后，新郎便是新娘家中的一员了）拜堂成亲。这种风俗现如今听来令人匪夷所思，但在当时内外交困、兵荒马乱的背景下并不鲜见。

在一次陪妈妈聊天时，唐季礼得知父母结婚前竟然没有见过面很是吃惊，不解地问妈妈：虽是媒妁之言，那介绍人总该给你看看父亲的照片吧？妈妈说：那倒是见过的。顿了顿，随后又说：那张照片是你父亲五岁时照的。唐季礼闻言笑得前仰后合：五岁的照片能看出什么啊？！妈妈也跟着笑了起来。

拜堂成亲三年后，唐焕庭方才结束学业，辗转回到香港，夫妻二人这才正式相见并共同生活在一起。

欧阳惠如年纪很小就嫁到唐家，嫁过来之后一直辛勤操持家务，此后接连生了六个孩子。夫妻二人夫唱妇随分工明确，女主内男主外，一个尽心尽力养育儿女照顾家人，一个忙于经营生意打拼未来。虽然两人感情很好，但是很少有闲暇时间享受二人世界。父亲唐焕庭去世得早，有一次唐季礼陪妈妈聊天时，妈妈颇有点遗憾地说，自己最遗憾的事就是一辈子没有真正拍拖过，不知道拍拖是什么感觉。唐季礼听了心里很不是滋味，作为儿子，他很理解妈妈内心的孤独。他微笑着拉着妈妈的手对她说，以后儿子陪你拍拖。

唐季礼是圈中有名的孝子，每年不管手头工作多忙多累，他都要抽出一段时间陪伴父母，陪伴家人。爸爸去世后，尤其近些年妈妈年纪大了，他更是尽可能带着妈妈参加重要活动，带她去坐邮轮，去旅游，有时工作时也会把妈妈带在身边。他还会像对待小孩一样，特意带妈妈去追她喜欢的明星，在一旁兴高采烈地帮她拍照合影，不知道的还以为他也追星。为了让妈妈开心，他去哪里都和妈妈手牵手，像男朋友一样陪着她。妈妈只要跟唐季礼在一起，就会感到心满意足，脸上总是带着甜甜的笑意。

唐妈妈喜欢吃灌汤包，每次妈妈来上海，唐季礼都会带她去一家门脸很

唐季礼的二哥唐仲仁曾在台北做歌手，与当时红极一时的女星胡慧中搭档

小、排着长队的小包子铺吃味道正宗的灌汤包。因为生意火爆地方局促，小铺里热气腾腾，人多得挤来挤去，尤其到夏天，吃几个包子往往会弄得汗流浃背狼狈不堪。唐季礼试着带妈妈去最好的饭店吃这种灌汤包，可是妈妈试过好多家，总是说不如这家做得鲜美好吃，唐季礼也只好由着老人家。有一次唐季礼又带妈妈去那家小店，正好被一家娱乐媒体的记者拍下并杜撰了一篇报道，大意是唐季礼对妈妈很小气，妈妈好不容易来上海，却带妈妈去这样一家便宜小店。唐季礼在网上看到这篇报道只能无奈一笑，好在他不介意别人的看法，做事只求问心无愧就好。

唐妈妈现在已经八十多岁，但是身体很好，加上注重仪表保养有方，看上去很显年轻。2005 年电影《神话》首映的时候，唐季礼拉着妈妈的手一起出席首映礼，第二天有媒体报道：唐季礼偕夫人出席首映。唐季礼特意把这篇报道拿给妈妈看，说您太年轻了，人家都把您当成我太太了。妈妈听了笑得合不拢嘴。

后来，唐季礼发微博调侃：“我在电影《神话》北京首映时带妈妈一起拖手出现红地毯。第二天其中一家大媒体报道唐季礼导演和夫人出席首映。我妈妈说：‘我冧！有冇搞错？’然后笑得满脸甜甜的。我心里不是味儿，但看到她笑得开心就是我最大的幸福。”

自小研习书法

唐季礼的小学时光是在香港慈幼学校度过的，那是一所天主教会办的男子学校，香港高等法院原讼庭大法官汤宝臣，以及艺人郭富城、李灿森等都曾在这所学校就读。学校在1950年更名为慈幼英文学校，校徽底端刻有拉丁文 Alere Flammam，也是慈幼英文学校的校训，即：要有服务人群的精神。而中文校训则是“点燃火炬、照耀人群”。在学校里，老师们一直着力培养孩子们热诚、勇敢、助人的品质。

小学刚入校，唐季礼就热衷参加学校的体育课外班。他酷爱运动且表现出超越常人的运动天分，不管是田径还是球类运动，他都能很快掌握技巧并脱颖而出。唐季礼记得，当时学校有两个足球场三个篮球场，这在寸土寸金的香港相当难得，亦可见学校对学生体能锻炼之重视，加之又是男校，各项体育运动开展得相当完备热闹。到了二三年级，唐季礼已经在学校的多项体育比赛中拿奖，并被选拔代表学校参加全港比赛，陆续拿了很多名次。老师们都很喜欢这个浓眉大眼、彬彬有礼、运动能力又强的学生。很快，唐季礼就成为学校的风云人物，同时担任学校田径队、足球队、篮球队的队长，当仁不让地成为一群男孩子的“孩子王”。不过因为太贪玩，他那时候成绩平平。

每天放学，唐季礼都带领一群小伙伴去学校的运动场踢足球或打篮球，大家一起奔跑打闹、嬉戏流汗，一直玩到天色擦黑、肚子饿得咕咕叫才肯回家。学校里都是男生，难免会发生各种争执，香港立法会议员、著名执业律师郑家富曾在慈幼英文学校的一次校庆活动中调侃，说自己小学时曾被同学唐季

般若波羅蜜多心經
唐三藏法師元奘奉詔譯
觀自在菩薩行深般若波羅蜜
多時照見五蘊皆空度一切苦
厄舍利子色不異空空不異色
色即是空空即是色受想行識
亦復如是舍利子是諸法空相
不生不滅不垢不淨不增不減
是故空中無色無受想行識無
眼耳鼻舌身意無色聲香味觸
法無眼界乃至無意識界無無
明亦無無明盡乃至無老死亦
無老死盡無苦集滅道無智亦
無得以無所得故菩提薩埵依
般若波羅蜜多故心無罣礙無
罣礙故無有恐怖遠離顛倒夢
想究竟涅槃三世諸佛依般若
波羅蜜多故得阿耨多羅三藐
三菩提故知般若波羅蜜多是
大神咒是大明咒是無上咒是
無等等咒能除一切苦真實不
虛故說般若波羅蜜多咒即說
咒曰
揭諦揭諦 波羅揭諦 波羅
僧揭諦 菩提薩婆訶
般若波羅蜜多心經
唐季禮書

唐季礼手书《心经》

礼揍过，只是忘了因为什么而挨揍。不过他补充道，记得唐季礼的运动能力相当强，让很多同龄甚至比他大很多的孩子都望尘莫及，这么多年过去了，他依然记忆犹新。

学校是天主教会学校，六十年代香港经济不太景气，学校每周都会向周围社区居民捐赠衣物、食品等。因为家住得比较近，唐季礼每周六都积极主动地去学校做志愿者，帮忙派送物品，“顺便”也领个面包回家。他说，那时候觉得做志愿者帮助别人很开心，有面包领也很开心。

嚴以律己己有不是
痛自刻責寬以待人
人有不是無庸苛求
唐季禮書

得遇良师，爱上书法

转眼到了小学四年级，班上来了个教中文的老师，唐季礼至今还能不假思索地说出老师的名字叫王志强。这也是唐季礼的过人之处。事实上，他对很多人或事都能过目不忘，时隔多年仍能准确地回忆起来。对于曾给过自己帮助、指导、支持、鼓励

带妈妈旅游

的人，更是深怀感恩之心，念念不忘。

在唐季礼看来，王志强老师不仅课讲得生动有趣，板书更是让人赞叹。虽然是粉笔板书，但王老师的字隽永有力、工整严谨，好像每一个字都是雕刻在黑板上一样，漂亮极了，小小的唐季礼羡慕不已。时间久了，唐季礼越来越喜欢并且每天都盼着快点上王老师的课，不仅听讲听得认真，常常一边听讲一边用手指在桌子上比画，希望自己也能像王老师那样写得一手好字。就这样，因着王老师的影响，他开始对传统文化产生浓厚兴趣，成绩也越来越好。

放学后，伙伴们再叫他去踢球，他都摆摆手，背着书包直奔家里，铺开纸张，像模像样地趴着练字。父亲看他这么好学，喜在心头，自然是大力支持，马上去书店给他买了很多书帖，颜真卿、柳公权、赵孟頫、欧阳询当然必不可少，还有褚遂良的《雁塔圣教序》、苏东坡的《黄州寒食诗帖》，当然更少不了王羲之的《兰亭序》。小唐季礼拿着这些书帖爱不释手，眼界大开，这些书法或端庄雅致、或雄浑奇崛、或清逸灵动、或质朴大气，每一本都百看不厌。他觉得，字里行间都凝聚着一种力量感和节奏感，这就是父亲常跟他讲的艺术吧。

父亲告诉他，不管什么事，只要下了决心做，就要努力做到好做到精，不可半途而废。练书法当先从楷书练起，再练习行书。可他一看，楷书似乎写起来很麻烦也很慢，一笔一画一撇一捺都要工工整整，马虎不得，倒是行书更随意简单，于是没听父亲的话，直接先从《兰亭序》临摹起。就这样练来练去，他觉得始终不得要领，无法提高，字怎么写都不够漂亮，不够工整。

于是，父亲专门找时间给他讲解书法的基本法度。父亲告诉唐季礼，书法作品中集点成字、连字成行、集行成章，构成了点画线条对空间的切割，并由此构成了书法作品的整体布局。字与字、行与行之间要疏密得宜，计白当黑，平整均衡，方能变化多姿。他又意味深长地加了一句，其实为人处世也是如此。运笔时“欲右先左、欲下先上，提笔顿顿、行笔运运”，这既是书法要旨，又蕴藏着做人做事的道理。书法创作中，先要胸有成竹谋篇布局，笔墨、章法、气韵一脉贯穿，然后才能挥毫泼墨一蹴而就；正如做人做事要从大处着眼，以大局为重，不拘泥小节。精湛的技法、艺术的铺陈，都是书家展现自己的志趣、学识、涵养、性格之处。

唐焕庭还告诉儿子，习练书法要“藏头护尾，力在字中”。书法中，楷书、隶书、篆书等书体以平正均衡为主；行书、草书等书体则是变化错综，起伏跌宕，有时需深藏圭角，有时却要锋芒毕露。其中楷书是基础，练好楷书，才可以练其他书体，去享受恣意飞翔的乐趣，而《兰亭序》是天下第一行书，不是那么容易学的。在临帖时，唐焕庭还趁机给儿子讲解古文知识。唐季礼这才开始认认真真从颜真卿、柳公权临摹起。不过他的书法并没有完全照着书帖来，在认真临摹了一段时间之后，他觉得颜真卿和柳公权的字各有所长，也各有特点，于是练着练着，他就开始琢磨如何能取法二体之长，每天放学都要抽时间临帖练习，从不敢懈怠。正因为坚持、因为能全身心沉浸其中，他接连拿了两年书法冠军以及钢笔书写冠军。

现在回想起来，唐季礼说，那时虽然每天研习，但因为年纪小，见识与经历有限，其实仍是懵懵懂懂，并没有真正明白父亲说的那些书法与做人之间的道理。多年以后，研习书法已经成为他劳顿之后放空自己、放松身心，与自己的心灵进行对话的最好方式。在一横一竖、一撇一捺、一黑一白中，他渐渐参悟了父亲自儿时就告诉他的很多道理。他开始在书法的工整与自然中，注意正欹朽生，错综变化，或者于平正中见险绝，险绝中求趣味……而这些艺术观念，同样渗透在他的电影之中。

打抱不平，险被开除

不过，唐季礼的小学生活并非一帆风顺。在他六年级时，学校新来了个姓方的英语老师，大家都很喜欢方老师的课。一次学校组织到乌溪沙春游并宿营三天，当时宿营地还有赤柱的航海学校的学生。活动中，有同学被航海学校的学生欺负，方老师去调解却被航海学校学生的脏话骂哭。唐季礼知道后非常愤怒，马上领着十几个同学回到宿营地，大家拿起扫帚、木棒，有的还把营地里上下床的栏杆拆下来，浩浩荡荡地跑去找航校的学生讨说法。后来多亏双方的老师们拼命压住，才没有打起来。露营结束后，学校以破坏公物和寻衅闹事为由严查此事，唐季礼和其他两个同学被“供”出来，结果其他人记大过，唐季礼因为带头，被校长勒令开除。这个开除决定在学校引起轩然大波，大多数同学都觉得这样的结果对唐季礼不公，因为他只是想替老师讨个公道，于是六年级三个班的同学集体罢课，再加上老师们都去讲情，学校这才收回成命，最终给他一个处分免于开除。后来唐焕庭告诉儿子，当时的冲动可以理解，但是做事情一定要考虑后果。大家都拿了武器，一旦打起来，任何人受伤都不可想象，更何况航校那些学生个个身强体壮，年龄又大些，真打起来，谁吃亏还真难讲。唐季礼想起来也有点后悔：要是打起来，恐怕自己小学真毕不了业！

光影童年

唐焕庭大学时读的专业是音乐制作，从上海回到香港后，因各种机缘转而经商做生意，但对音乐的热爱初衷不改。所以他在打理其他生意之余开了一家唱片店，开店目的不为赚钱，而是为了延续与坚持自己对音乐的梦想。在唐季礼的记忆中，这间唱片店维续了很长时间，店里主要卖父亲精心挑选的黑胶唱片。唐焕庭偶尔也会亲自操刀监制、制作唱片，除了制作过很多粤剧唱片，他还给彼时一些当红明星如沈殿霞、黄日华、方逸华等出过唱片。他家对门，住着著名音乐人黄霑。

或许是受父亲的影响，小唐季礼课余很喜欢去爸爸那间位于香港湾仔轩尼诗道 337 号的唱片店。在他的记忆里，那是一段温暖、惬意的时光，不论什么时候，店里都回荡着优美动听的音乐，既有贝多芬、肖邦、莫扎特、马勒那些古典音乐的经典，也有二十世纪六七十年代最新的欧美流行歌曲，例如 *Kiss me goodbye*，*Hi Judy*，还有《教父》《音乐之声》等电影插曲及主题曲。

通常，小唐季礼到那里会先选一张自己喜欢的唱片放上，随着唱机指针的缓缓滑动，边听边玩，边听边唱，有时则是边听音乐边做功课，常常一消磨就是大半天。很多音乐他从小到大反复聆听，每个音符每句歌词都记在脑海，绝对称得上耳熟能详。时至今日，那些优美熟悉的旋律似乎还时不时会在某个不经意的瞬间跳出来，在心里恣意流淌、跃动，偶尔还会不知不觉地哼唱出来，就像那段美好的童年光景如影随形。

1983年，二十三岁的唐季礼第一次担任副导演，拍摄《红鬼仔》。左为资方老板之子黄凯麟

当然，他最喜欢的还是看电影。离家不远就有个电影院，上映的大多是美国大片，如《宾虚》《劫后英雄传》《日瓦戈医生》《罗密欧与朱丽叶》《斯巴达克斯》《罗马假日》《蒂凡尼的早餐》《窈窕淑女》《最漫长的一天》……当时李小龙的电影在香港也风靡一时，《唐山大兄》《精武门》《猛龙过江》……每一部他都会去看，尤其那些战争大片和李小龙的电影绝不错过，有时同一部电影还会反复看几遍，不仅谙熟情节，而且很多台词都能背出来。

有一阵上演《音乐之声》，电影不仅音乐好听，

十九岁时和妹妹在一起

温馨感人的情节更是深深打动了唐季礼。电影里，冯·特拉普上校有七个孩子，他家里有兄妹六人，兄弟姐妹间深厚的情感让他感同身受；孩子们在玛利亚的带领下一起演出的木偶剧《孤独的牧羊人》（*The Lonely Goatherd*），让他乐不可支；上校唱的《雪绒花》（*Edelweiss*）又让他感动不已。电影里表现出的人与自然的和谐融洽、剧中人物的积极乐观，以及人们对自由和美好生活的追求与向往，都令他心有戚戚焉。看完电影，他对父母更加孝敬体贴，对哥哥姐姐更加关心尊重，对妹妹更加关爱有加。那时候他就感受到，那些题材和内容积极健康、乐观向上的电影竟然有那么大的能量，不仅能够带给观众很多有益的思考与启发，传达正能量，更能激发人们内心深处的公理与正义，传递爱与温暖，甚至对人的一生产生潜移默化的影响。也许，有的人的生命轨迹会因为看了一部好电影而发生改变——这何尝不是一种力量。

就这样，唐季礼常常沉浸在光影世界带来的各种视觉与心灵的冲击中，仿佛自己也每每跟着片中主人公一起，进行了一次次或惊心动魄、或神秘诡异、或潸然泪下、或荡气回肠的生命体验。电影里的那些豪气冲天的英雄故事和侠肝义胆、生死不离的赤子真情时常激励他男儿当自强，鞭策他要相信自己，追求梦想不言放弃。那时最令他心潮澎湃热血沸腾的当属李小龙和他的电影，因为李小龙饰演的人物都疾恶如仇，对欺凌和强权充满愤怒，在他的血液里流淌着对长期受歧视和压迫的中国人的顽强捍卫，处处体现着绝不低头、自尊自信的民族尊严。看到在《精武门》里，陈真把“华人与狗不得入内”的牌匾砸碎；《猛龙过江》里唐龙以截拳道大败洋人，唐季礼忍不住兴奋地站起来鼓掌，心里暗自盼望着自己有朝一日也能成为李小龙片中饰演的那些大英雄。

每次看完电影听到其中好听的音乐，唐季礼就会回到父亲的唱片店，找到电影那段音乐、歌曲，反复播放，直到自己能把旋律和歌词熟记于心。音乐一响起，他就能自然而然地想起影片中相应的画面，一遍遍回味电影情节带给自己的种种悲伤、喜悦、悸动与温情。如果父亲恰好在店里，就会跟他聊聊各种音乐的风格，除了中国民族音乐、戏曲，还会跟他讲西方古典音乐中的巴洛克、古典主义、浪漫主义、印象主义、表现主义音乐；抑或流行音乐中的乡村音乐、爵士、摇滚、重金属、朋克、蓝调、Soul 等。耳濡目染的熏陶，以及父子间那些不经意的聊天，至今让他受益匪浅，对他的艺术创作有着非常重要的帮助。

刘勰在《文心雕龙》中说：“操千曲而后晓声，观千剑而后识器。”或许正是童年时的音乐滋养，后来唐季礼开始从事影视剧制作，尤其自己当了导演当了监制，对片中的主题曲和音乐相当重视，常常亲自参与创作，而他作品中的音乐都体现出不俗的品位和格调。唐季礼认为，电影主题曲里的旋律、

每年都带妈妈去旅游，这是去爱琴海坐邮轮欧洲旅游，船长请吃晚宴

歌词、情感的张弛、情怀都与流行歌曲不一样。其中古装剧音乐的意境最难写，意境之外不仅要有情怀，还要有荡气回肠的传奇色彩。他对自己的音乐鉴赏能力非常自信，对自己作品的主题曲要求尤其高，“音乐不分国界，每个人也有各自不同的想法，我知道我要什么。”

参与创作《神话》主题曲

在电影《超级计划》里，他用了周华健的《让我欢喜让我忧》作为主题曲；在作电影《神话》的主题曲时，制片方请了韩国著名音乐人 Chol Joon young（崔俊英）担纲创作。唐季礼告诉他，主题曲的旋律一定要“哀怨缠绵、荡气回肠”。作曲家写了三稿都没找到感觉。制作人董韵诗女士问唐季礼要不要换人，他说不用。唐季礼赶到工作室先剪了个预告片放给作曲家看，然后告诉他自己拍这部作品的想法。作曲家说，我有点明白什么是“哀怨缠绵、荡气回肠”了。最后唐季礼跟作曲者一起哼旋律、找旋律、找节奏，磨合了四天又写出一稿。唐季礼听了觉得高音部分还是不够高，不够荡气回肠。作曲家为难地说：我怕太高了成龙唱不上去。唐季礼大笑道：“讲个秘密你听，大哥以前唱京剧的，多高都能唱。另一个版本的歌手是孙楠和韩红，你就尽管往高里写吧！”《美丽的神话》（孙楠、韩红版）、《无尽的爱》（成龙、金喜善版）一出来，立刻红遍大江南北，成为当时 KTV 点唱率最高的歌曲。歌词“梦中人熟悉的脸孔／你是我守候的温柔／就算泪水淹没天地／我不会放手／每一刻孤独的承受／只因我曾许下承诺／你我之间熟悉的感动／爱就要苏醒／万世沧桑唯有爱是永远的神话／潮起潮落始终不悔真爱的相约／几番苦痛的纠缠多少黑夜挣扎／紧握双手让我和你再也不离分”哀婉缠绵、荡气回肠，至今哼唱起来仍令人动容。十几年后在拍《功夫瑜伽》时，片尾舞蹈再次使用了这首《美丽的神话》，只是节奏加快了许多，非常欢快活泼，

左为香港著名漫画家黄玉郎

为结尾段落加分不少。

从这一小插曲也能管窥唐季礼的性格，当有问题出现，他不会先想到换人，他相信，能一起共事的都是有着相当的专业水准的人，如果有问题，身为导演，首先要与创作人员进行充分沟通，最终实现自己的构想。电视剧《男才女貌》主题曲《他一定很爱你》（阿杜），《偏偏爱上你》的主题曲《可惜不是你》，《出水芙蓉》主题曲《勇气》（梁静茹），都是他最后拍板确定下来。电视剧《精忠岳飞》的主题曲《潇潇雨未歇》由他和初中同学周华健共同作曲，詹德茂、李宗盛以《满江红·怒发冲冠》为源头进行歌词创作，并请周华健和苏慧伦共同献唱。他说："因为华健的声音、形象非常正，声线变化也很大，可以很有力量，叫到声声撕裂的感觉，也可以有很温柔的一面。"周华健演唱的男声部分充满英雄豪情以及孤注一掷的决心，而苏慧伦演唱的女声部分则展现了女性的体贴温柔，却又必须压抑难舍情怀的无奈。《精忠岳飞》片尾曲《精忠传奇》则是由阿鲲与唐季礼共同作曲，黄晓明和谭晶合唱，旋律既有金戈铁马的大气，又饱含缠绵悱恻的柔情。谭晶细腻优美的声线，配以黄晓明略带磁性的嗓音，将歌曲演绎得情感充沛，极具感染力，也将岳飞的铁血傲骨，以及百炼成钢绕指柔的一面表现得淋漓尽致。

随着这些影视剧的播放，片（剧）中歌曲也会广为传播，风靡一时。而唐季礼在听到好听的歌时，会从中寻找自己的创作灵感，比如电影《神话》，就是听张学友《爱是永恒》粤语版的歌词（在我心湖中，这份爱永远都存在。共你同在无尽永恒中，有着我便有着你。真爱是永不死，穿过喜和悲，跨过生和死，有着我便有着你，千个万个世纪绝未离弃。爱是永恒，当所爱是你……），帮助他确定了那段唯美凄凉感天动地的千古爱情的最终基调和感觉。

童年时的音乐熏陶还练就了唐季礼一项绝活：六七十年代的歌，无论欧美金曲还是港台流行歌曲，基本上他都会唱，在 KTV 里随便点，只要他拿着麦克风，闭着眼睛也能唱出歌词来。

父亲带着看赌牌

唐季礼的父亲唐焕庭是个勤奋睿智、有经营头脑、有家庭责任感、看问题有独到想法、心胸开阔的人。多年来，他一直身体力行，以身作则，以健康向上、积极豁达的为人处事方式给后辈们树立了很好的榜样。而对待孩子，唐家的家教既与众不同，又相当严格。

二十世纪六十年代的香港已由转口贸易港，逐步发展为商业大都市，经济进入高速发展期。一方面国际资本大量涌入，华资财团崛起，推动香港经济起飞，向多元化发展；另一方面香港从加工出口贸易港变成独具实力的工商业大城市，一个集工业、贸易、金融、旅游等为一体的多元化经济中心。和香港发展同步，从二十世纪五六十年代开始，唐焕庭放弃了自己的音乐制作专业，开始转行做生意。除了开唱片店，他还兼做其他行业，而且越做越大、越来越成功，比如投资房地产、金融、期货交易，开会所、台球室、夜总会、旅行社，经营过珠宝、海鲜、药材等。到了唐季礼出生的时候，家里已经有了大房子、汽车，有保姆、司机、厨师……在唐季礼眼里，父亲慈爱、敏锐、通达。六个兄弟姐妹中，父亲似乎对唐季礼这个最小的儿子更加偏爱。从唐季礼五六岁开始，父亲出去谈生意或者应酬，大多都会带着他，有意识地让他见世面开阔眼界，学习待人接物以及谈判

受邀为某杂志拍摄的照片，但在唐季礼看来，这种造型多少有点“装”

的技巧。

那时候香港人风靡打牌，在消遣时“小赌怡情”，父亲除了一些实在推托不掉的应酬，一般很少去打牌。但到唐季礼七八岁的时候，一些长辈聚在一起打牌九或麻将，父亲却特意带他一起去看。只不过看归看，从不让他上手。亲戚朋友乃至唐季礼本人都觉得不理解，别人家父母对赌博类的东西避之唯恐不及，更别说主动带孩子去看了。不过他也没想那么多，只觉得很好玩，常常跑来跑去看大家码牌出牌。慢慢地，唐季礼看出一点门道，正是因为总围着桌子跑来跑去，他发现很多人打麻将或扑克牌时都会出千（作弊），而且有几个出千高手都是他一直叫叔叔、伯伯的人。第一次发现有人出千时他吃惊极了，瞪大眼睛想告诉父亲，谁知父亲马上在他开口前制止他，一脸淡定地让人带他出去买点好吃的，并叮嘱他：只许看，不许说，心里明白即可。

过了不久，有天晚上，父亲把唐季礼叫到书房说要玩个游戏，然后给了他一副扑克牌，让他随便洗牌。有游戏玩当然开心，唐季礼二话不说，马上开始洗牌。洗好后，父亲让他任意抽出四张然后在牌上拍一下，他照做了。拍完后，父亲掀开牌面给他看，是四个A；又让他重来一遍，重新洗牌重新抽重新拍，结果每次父亲都能给他打开四个A。小唐季礼不相信，又让父亲重复做，他紧紧盯着父亲的手，瞪大眼睛仔细看，试图找出其中破绽。但是父亲又翻出四个A；再重复做，还是四个A……他问父亲，这怎么可能？！你是怎么做到的？你是不是也像那些人一样出老千了。

父亲没有回答他，而是反问，你知道为什么我会带你看赌牌？不是因为那些好玩让你去玩。我就是想让你看明白，这其实一点也不好玩。十赌九骗，永远不要去赌钱！总有人说小赌怡情、大赌伤身，可是所有的大赌是从小赌开始，你也看到，无论是输家还是赢家，只要开局，没有一个愿意下赌桌：输的总想扳本，赢的总想着多赢点，大把的时间都浪费在赌桌上了。那些沾上赌博的人几乎没有能离得开，所以记住，千万不要去赌！赌博赢的钱来得快，

从加拿大回来重访初中母校

去得更快。只要你沾上了赌瘾，所有的正事你就没有心情去做。再成功的男人，只要一沾上赌瘾，最终都会出事。你看了这么多次，应该能看出来，那么多人都想方设法出千，走歪道。就像我刚才给你玩牌，你根本看不出问题在哪里，看了这么多遍都没看出来，其实这些在赌场只是最简单的手法，是雕虫小技，小到不值一提。在赌场上你绝对不能相信你的眼睛，人常说眼见为实，其实眼睛会欺骗你，你的眼睛永远比不上那些专业的赌徒、老千们的手快，因为那是他们的专业，他们靠这个吃饭，你玩不过他们。

父亲接着给他举例，你还记得我们在香港街头见到的那种猜硬币的游戏吗？唐季礼说，就是桌上放三个杯子，其中一个杯子下放一枚硬币，然后快

拍《超级警察》时与成龙大哥一起

速移动杯子，谁猜对硬币在哪个杯子下面谁就赢那种吧。父亲点点头。那种游戏其实怎么猜你都猜不过他，或者你偶尔蒙对了，但大概率上还是你输。你以为你看得到、看清楚了，其实看到的只是你以为自己看到的，确切点说其实是对方有意让你看到的，因为对方在跟你玩障眼法。而且，在玩的过程中他跟你说的每句话都可能是在分散你的注意力，就好比刚才玩扑克我每次都让你拍一下——那一下没有任何实际作用，只是为了分散你的注意力。那其实也是一种赌，只要赌，就会沉溺其中欲罢不能，这是人性弱点、人的通病，你无法克服。千万不要认为你的意志力就强过别人，觉得自己一定与众不

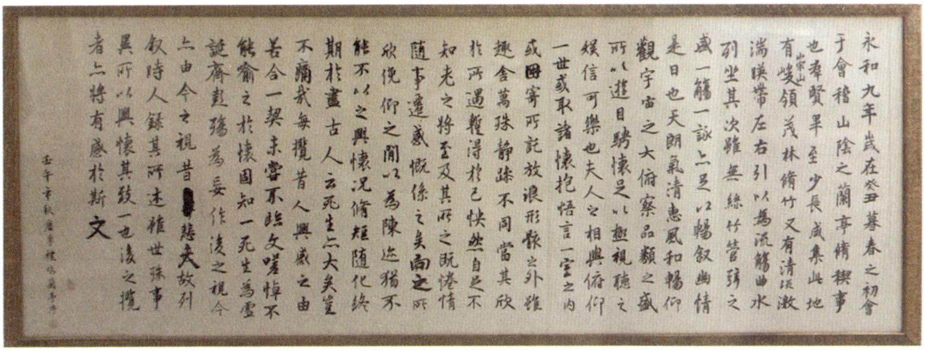

唐季礼手书《兰亭序》

同。赌和毒一样，只要沾上，基本就毁掉终生。你不是喜欢看李小龙的电影，知道陈真的师父霍元甲吧？一代英雄，一代大侠，最后竟被毒品葬送。所以以后无论如何，千万不要沾毒沾赌，想都不要想。

唐季礼说，我知道了。但是孩子的好奇心让他忍不住央求父亲，您能不能教我怎么才能变出四个A，我去变给同学看，他们肯定特佩服我。父亲正色告诉他，我不教你这个，以后你也别学，心里知道是怎么回事就行了。

或许是儿时记忆太深刻，父亲的教诲早已铭记于心，也或许是父亲早早就释放了他对那些不良诱惑的好奇，唐季礼至今对麻将、牌九等毫无兴趣。在他进入电影圈并迅速走红后，恰逢香港赌博黑道电影一度大行其道，曾有公司高价请他拍赌博题材的黑帮电影，他一口拒绝，因为他不希望给观众带来误导，认为那是一个很有趣、可以随便玩玩的娱乐游戏。

拿"巨款"约会

十一岁时，香港开始风靡打台球，大街小巷随处可见台球厅、台球案，唐季礼那时正是充满好奇爱玩的年龄，也一度对此很是着迷，但是常去打台球的人形形色色，更有一些不爱读书、很早就出来混社会的小混混热衷台球，尤其会出没于比较低档的台球厅。唐季礼的父亲在旺角开了那里的第一家休闲娱乐会所，里面台球案和游戏机等一应俱全，每次唐季礼想去打台球，父亲就让他只能到自家会所，专门开一个包间找人认真教他，教会之后就让他一个人在里面打，偶尔也跟哥哥们一起玩；打游戏机也是如此，会特意空出一个机器让他一个人玩，而且找专人在旁边陪他。因为唐焕庭不愿儿子接触那些小混混，以免受到不良影响。由于大多时候是一个人玩，练习起来自然就心无旁骛，他的台球技艺日渐精进。同时，父亲会非常严格控制时间，每次来玩事先说好玩到几点，到时间马上就让他回家，不准逗留。唐季礼对此很不理解，为什么多玩一分钟也不行，对自己是不是太过于严苛了。父亲告诉他，男人最怕玩物丧志，而且玩物必丧志。如果你要玩、迷上任何一个东西，最终都会失去奋斗的目标，迷失方向。所以玩归玩，不能太过沉迷。还有，男人说话一定要算话，要讲信用守承诺，我们既然事先规定好时间，你也答应好了，到时间就应该遵守，这是对别人的尊重，也是对自己的尊重。这些话，唐季礼一直深深刻在脑海里，至今不敢忘却。或许是家教使然，他的时间观念极强，与人有约，总是会提前到场，他觉得自己早到些没什么，不能让别人等着。

兄弟姐妹从左至右为：唐嘉玲、唐嘉美、唐季礼、唐仲仁、唐叔宝、唐嘉丽、唐孟德

不过，唐季礼笑言父亲却喜欢“玩”，尤其是喜欢收藏古董，痴迷古玉。小时候他常常看见父亲在书房中，拿着一些玉的雕件、手镯等反复把玩，爱不释手。兴起时，父亲就特意把儿女们叫过来一起欣赏。他会拿着一些玉件告诉孩子们，古玉如何通过沁色、包浆判别年代；红山文化的圆雕玉龙、良渚文化的玉琮、商代的玉璇玑、西周的凤鸟人物饰都是什么样子；这一块玉价值几何，那一块雕工如何精美；这块好在哪里，那一块该怎么赏鉴……父亲常常讲起来就忘了时间，也不管儿子感不感兴趣。唐季礼记得有一次父亲给他们看一个非常温润通透的精美小雕件，说这一小块能卖两百多万（那是二十世纪七十年代，买栋房子只要十万），并告诉他这是上好的翡翠。唐季礼大吃一惊，问这东西

怎么就这么贵！父亲说，比这贵的还多着呢，古玩行业好东西多，假的东西更多。卖古董的，十个有九个是要作假的，比如古玉，就有人用动物血伪造古玉上的血沁；将玉放在乌梅的泥灰水中煮，来伪造牛毛纹；用水将玉煮热后，架在铁箅之上，再用火烧伪造黑斑，更有烟火熏色、颜料浸煮、强酸腐蚀等手段，让你纵有火眼金睛也难辨真假。他告诉唐季礼，即便有收藏或者鉴定证书的也不能轻易相信，因为鉴定行业里水同样很深，打眼是常有的事，为了利益做的“局”更比比皆是，有的会让人倾家荡产，所以这些东西你以后不要玩。唐季礼反问父亲为什么“玩”？父亲笑了笑说，当你开始迷古董、玩古玉的时候，就说明你开始变老了。

父亲对儿女们的教育就这样渗透进生活的方方面面，多年以后，唐季礼还常常会回忆起和父亲一起闲谈畅聊的温馨时光。

第一次约会，父亲给了五百块

唐季礼第一次跟女孩约会时，父亲的做法也相当与众不同，让他至今记忆犹新。唐季礼就读的男校附近有一所女校，那时有个女孩不知从哪找到唐季礼的电话，常常打电话找他闲聊，两人无话不谈，但唐季礼从没见过那个女孩。聊了一段时间，因为女孩的声音很好听，又聊得非常投缘，唐季礼一直很好奇她到底长什么样。有一天女孩又打电话过来，正好聊到他们都喜欢的一部电影上映，唐季礼就鼓足勇气约她一起去看电影。

到了约定的时间正要出门，父亲拦住他，唐季礼紧张万分。父亲严肃地问：你去哪？唐季礼心知家里电话有分机，刚才和女同学通话时，父亲那边的分机分明也拿了起来，他们之间的谈话父亲肯定“偷听”到了。于是他照实回答：跟人看电影。父亲又问，跟谁看？唐季礼心说，你明明听到了，还装。无奈，只有“坦白从宽”：跟女同学。谁知父亲没有阻拦他也没有一本正经地教育他，而是问他身上带了多少钱。唐季礼忐忑道：有二十块。父亲摇摇头：

电影票多少钱？唐季礼不知父亲葫芦里卖的什么药，答：前座三块，后座五块，特等七块，我们 AA。父亲一边说：A 什么 A，一边拿出钱包，从里面抽出五百块钱递给他。这在当时可不是个小数目。父亲告诉他，跟女孩出去一定要男生来付账，不能让女生花钱，而且和女孩交往一定要大方，不能吝啬，不要计较。唐季礼有些不服，这时代都已经男女平等了，为什么让我来付。父亲说，如果一个男人出来做事，连埋个单、请吃个饭的能力都没有怎么行。吃亏是福，有本事的人才吃亏，没本事的人吃别人的亏。正说着，妈妈出来说，饭马上做好了，怎么还要出去？父亲赶紧帮他打了个圆场，催他赶紧赴约别迟到。出了家门，唐季礼拿着那五百块请女孩买贵宾票看电影，又请她吃饭，最后还打计程车送她回家，觉得实在太有面子了。

唐季礼一直觉得在兄弟姐妹中，父亲对他似乎特别钟爱，青眼有加。长大以后才听妈妈说起，原来在孩子们还很小的时候，父亲曾找过当地一个非常有名的铁板神算大师，他把夫妻二人的生辰八字给了大师，什么也没说。一个星期后父亲去找大师，大师算出唐家每个孩子的属相，并很郑重地告诉唐焕庭，你那个最小的儿子，属老鼠那个最有出息，将来是人中之龙。唐季礼听了哈哈大笑说，没想到你们这么迷信！

初中时和周华健一起打小抄

1973年，唐季礼小学毕业，进入香港新法书院（New Method College）上初中。那是一所以英文教学为主的学校，也是香港第一所被批准可参加中学会考的私立中学，曾被称为政经演艺界名人的摇篮。

初中的时候，唐季礼跟周华健同桌，唐季礼是班长，品学兼优，运动能力又强，在学校格外活跃。当时学校规定一个人最多只能参加两个户外活动班，但是由于唐季礼体能好身手好，是有名的运动健将，校方开绿灯允许他参加了三个课外班：田径、游泳、体操，重要原因当然是让他给学校打比赛拿奖牌；而周华健喜欢唱歌，报的是诗歌和歌唱班。虽然一文一武，唐季礼和周华健趣味相投又是同桌，常常一起学习一起玩，关系很好，情同手足。

当时香港还是以讲中文为主，唐季礼觉得很奇怪，就是为什么一上课先要奏英国国歌，还要向学校墙上挂着的英国女王像致意。有一次在电视里看见香港庆祝英国女王的生日，他更是不解，香港都是中国人，为什么要由外国人管理？为什么要给一个外国人庆生？对于中学课程里有一门必学的英国历史，他也很不理解，为什么把英国历史放在这么重要的地位？他和周华健都不喜欢学这门课。他回去问了母亲以及学了中国历史才明白，原来是因为鸦片战争，因为软弱无能的清政府签订了不平等的《南京条约》，香港岛是被割让给英国。母亲告诉他，其实我们都是中国公民，这让他感觉心里特别不是滋味，就好像香港是个没妈的孩子。他逐渐开始懂得，一个国家一个民族只有自尊自强才能在世界上得到尊重，一个人亦是如此。

初中时与同学一起拿到比赛冠军

因为不喜欢学英国历史，上课既没认真听讲，课后也没认真复习，到了考试时唐季礼着急了，想想临时抱佛脚再学再背已经来不及，干脆一不做二不休，想办法作弊。于是考试前他事先抄了很多小纸条藏在袖子里，趁老师不注意一拉出来就能偷着看。就这样，唐季礼照着小纸条打小抄，他写着，周华健一边抄他的。考完试二人非常得意地相视一笑，觉得成功蒙混过关。

一个星期以后，考试成绩出来。老师拿着一沓卷子，一进门就很严厉地说，这次考试大家分数有高有低，这很正常。不正常的是你们班有两个同学的答案竟然一模一样，我都不知道你们谁抄谁的。

与周华健父子

这两个人，一个是周华健，一个是唐季礼。你们俩站起来告诉我，到底谁抄谁的?

唐季礼和周华健站起来面面相觑，低下头谁也不说话。老师再追问，两人一口咬定都没抄。老师生气了，你们怎么可能答案一模一样？每个字都一样，比课本还标准。二人还是不低头不语。于是老师随便抽出试卷上的一道题，先让周华健回答，结果周华健支支吾吾张口结舌答不出来。老师又让唐季礼回答，唐季礼却完完整整有条不紊地回答上来，加上他又是班长，老师态度一下转变，和颜悦色地让他坐下，然后严厉地批评了周华健。

下课后，周华健生气地质问唐季礼，你这个人真是够毒的，怎么考完试了还回去背书？唐季礼苦笑着解释，我真不是那么有心机，只不过老师刚刚问的那个问题恰好是我会的，那道题我打小抄时抄了好几遍，整个试卷里就那道题最熟，只是运气好而已。周华健郁闷地说，唉，被老师修理真倒霉，早知道抄的时候修改一下了。

好友重逢

1976年，唐季礼高中去加拿大念书，他回到香港时，周华健去了台湾发展。那时通讯还不像现在这么发达，更何况相隔甚远，于是二人有十几年没再见过面，从此失去联系，每次想起当年的好朋友，唐季礼都会觉得怅然若失。

1991年，唐季礼拍摄的《警察故事之超级警察》在台湾做首映礼，没想到这次首映还有个令他惊喜万分的收获，“一进电影院有很多观众，突然有人叫我在学校时的乳名，还是讲广东话，我一看是华健，当时好开心啊。”曾经的好兄弟就这样意外相逢，“同桌的你”见面格外兴奋，有聊不完的话题。

1991年，正好周华健凭借《让我欢喜让我忧》在台湾一举走红；而唐季礼的《超级警察》大获成功，在海峡两岸暨香港大卖，他也成为当时炙手可热的青年导演。二人依旧是一文一武，都实现了自己当初的梦想，在各自喜爱的领域有所斩获。

此后，在唐季礼的邀请下，周华健在《警察故事之超级计划》里首次“触电”，同杨紫琼、于荣光、成龙、朱茵搭档，在电影里演一个警察，正式打开了影视演艺之路。唐季礼没有忘记老朋友的专业和特长，在《超级计划》里，唐季礼把他很喜欢的《让我欢喜让我忧》作为片尾曲，那首歌也因此传播得更加广泛。

事后唐季礼回忆当时跟老板说要找周华健来演主角之一，“老板说‘这是谁啊’，我就说他形象蛮好的，他是我同学，老板就说那OK，就这样他就来了。”说到周华健第一次演戏，唐季礼说华健人很爽快也很开朗，一开始

空中飞人是生活的常态

演戏难免有点紧张，但一沟通他就心领神会了，“那时开始华健拍了好几部戏，很多香港人还以为他是台湾人，因为他高中毕业后去了台大，之后就一直在那边发展了，其实华健是地地道道的香港人。”除了《超级计划》，两人还合作过《红番区》，其中周华健和杜德伟在电影中客串卖冰淇淋；在电视剧《精忠岳飞》中，二人也有过愉快的合作。

与女儿 Tiffany 一起

习武：与李小龙的深厚渊源

上初中时中国功夫开始风靡，唐季礼的很多同学都开始练拳，有的学蔡李佛，有的学洪拳、螳螂拳、咏春拳，还有的学自由搏击。唐季礼也非常心动，可是家人觉得练功夫太粗鲁，而且又危险，今后还没什么好出路，不支持他习武，他只能偷偷练习。

彼时香港影坛正逢李小龙热，唐季礼看过李小龙所有电影，而且每部都看了不止一遍，堪称李小龙的铁杆粉丝。他在同时期的电影中从没见过中国人表现得像李小龙那么有铮铮傲骨，那么让人扬眉吐气。儒家思想比较中庸，比较内敛，而李小龙那种很张扬很骄傲的气质，让唐季礼感觉耳目一新并为之一振。那时上课正好学中国近代史，唐季礼觉得纵观整个近代史，由于夜郎自大闭关锁国，中国人基本处于窝囊压抑、被动挨打的境地，先是经历鸦片战争，后来又被各个列强、被八国联军欺凌，签订了一系列不平等条约，然后又遭遇日本侵略，遭受惨无人道的南京大屠杀……及至看到李小龙出现，他身上体现出的那种自尊自强、自立自豪的民族气节跟以往完全不同，一扫之前国人的颓势。可以说，李小龙对唐季礼的成长以及人生选择有着至关重要的影响。唐季礼还注意到，李小龙不仅功夫好，整个人还很时尚很潮，他英文非常好，在电台接受访问时说得一口流利的英语。那个时候港人见到老外都要立正叫“阿 Sir”，好像英国人白种人就高人一等。但李小龙和老外在一起时相当自信，气场十足，你会觉得他才是真正的 boss，是理所当然的老大。那时还有好多大明星跟李小龙学功夫，他讲话比老外还要有底气还要傲气。

李小龙身上洋溢着的那种华人的民族自尊和民族优越感深深感染着唐季礼，他觉得中国人就应该像李小龙那样，并暗自决心以李小龙为榜样。

1973年，李小龙暴毙，唐季礼非常难过非常遗憾。他更加勤奋练功，希望有朝一日能成为像李小龙那样的武打明星。

学校卧虎藏龙，中文老师竟是武林高手

因为家人一直反对他学功夫，一开始唐季礼偷偷跟着同学练拳，主要学自由搏击。上到初二，有一次他跟同学照常在操场练拳，他的中文老师卢秀东在旁边看了许久。等到他们练完，卢老师叫住唐季礼严肃地说，你周末有时间就去趟我家。唐季礼有些紧张，以为自己做错了事。卢秀东笑了：我好几次都看到你跟同学练功，知道你想学功夫，你底子不错，我可以教教你。

及至周末，唐季礼准时去了卢秀东位于香港铜锣湾的家。卢老师的家不大，进屋后，卢老师先是大致给他讲了些练功的基本要求。唐季礼有些半信半疑，卢秀东可能看出了唐季礼的疑惑，说不如咱们先过过招。然后他站在客厅中央的空地，让唐季礼用最大的力气推他。唐季礼心想这有何难，不就是推人嘛。因为体育好，又练了一段时间自由搏击，他对自己力气相当有信心，班上最身强力壮的男生都不是他的对手，更何况卢老师身材并不高大。可谁知真推起来，唐季礼用尽力气，无论怎么推、怎么拉，老师都好像是钉在地上纹丝不动，倒是唐季礼累出一脑门汗来。唐季礼心说，奇怪，这个是什么功夫？难道是不倒翁功夫？于是他又退后一步认真观察，感觉卢老师并没有像他以前看到的那些练功夫的人那样扎马步，而是很普通很随意地站着，并没什么特别之处。他又运了一下气，用爆发力上前猛推几下，老师依旧岿然不动。他正有些愣神之际，卢老师双手轻轻一抖，他还没反应过来，就倏的一下“飞”到沙发上，整个人都蒙了。卢老师过去把他扶起来说，你是不是觉得自己刚才没准备好？唐季礼诚实地说是。老师说，那你这次好好准备，再试一次。

唐季礼想了想，用一只脚抵住卢老师的一只脚，这样会更稳妥些，然后开始用力推老师，可是这次更快，老师看似并没有用力，却再次把他震飞。这是什么功夫？比他以前接触到的自由搏击厉害多了！

后来唐季礼才知道，卢秀东老师是内家拳宗师、意拳南传香港第一人梁子鹏的高足，而且卢老师还是香港精武会的名誉会长。原来学校老师里也是卧虎藏龙啊！

卢秀东告诉唐季礼，自己练的叫意拳，属内家拳的一种，是从行意拳延伸演化而来。内家拳相传始于明初著名道士张三丰，是将道教气功炼养之旨融于拳法中，具有贵柔尚意的特

与《指环王》导演彼得·杰克逊是多年好友。上图为2007年彼得·杰克逊第一次来到中国，请唐季礼陪同一起去云南选景；中图为2015年彼得·杰克逊携《霍比特人3》来华，特别邀请唐季礼参加中国首映；下图为彼得送给唐季礼的手绘作品

点，以心息相依、运行匀缓、意到气到、动静自如、以柔克刚、灵活婉转、莫测端倪为行拳要领。至今流行的八卦掌、太极拳、心意六合拳（形意拳）、大成拳等，皆从内家拳演绎发展而成。此拳尚德不尚力，内养心性，外修体形，故能舒展筋骨，促进血液循环。那种拔地并把人震飞的本事是内家拳的独门功夫。他还告诉唐季礼，自己以前是学外家拳的，是香港外家拳的教头，后来遇到师公梁子鹏，也是这样几次被梁子鹏打飞出去，他彻底服了，改跟梁子鹏学内家拳。而他之所以想教唐季礼练功，是已经观察唐季礼已久，觉得他是习武的好苗子，以后一定有大的发展。但是，卢秀东告诉唐季礼，每月要收五十元学费。他说，免费的东西很多人都不珍惜。因为家人不愿唐季礼学武，学费肯定不能向父母要。不过唐季礼每天有十元零花钱，足以支付每月学费，所以他欣然同意。

卢秀东还给唐季礼讲了关于师公梁子鹏和李小龙的真实故事。当年李小龙出道不久，出于街头格斗的需要，曾想放弃对太极拳的修炼，因为太极是门慢功夫。但这一决定遭到其父李海泉（著名粤剧丑角明星）的强烈反对，因为李海泉知道李小龙的性子太过刚烈，而通过修习太极拳，会对他的性格有一定程度的克制与改变。但李小龙不顾父亲反对，逐渐放弃太极拳的研习。无奈之下，李海泉只得想办法另辟蹊径来弥补李小龙之不足——他想到武林前辈梁子鹏。梁子鹏是专业武师，于武学有相当高深的造诣，尤精于内家拳法。他不仅精通太极拳与形意拳，还跟随另一位宗师陈子正学过鹰爪拳、研习过六合八法拳，并曾经指导过李海泉习练太极拳，故李海泉认为以梁先生的博学多才与高超拳艺，必能慑服李小龙。事情并没有李海泉想象得那么顺利，因为梁先生对李小龙在街头的打斗劣迹早有耳闻，在当时保守的国术界，他不想让这个“不良少年”毁坏自己的名声。但李海泉既是香港艺坛名人，又是旧交，不好推托，梁子鹏勉强答应仅让李小龙来听他的理论课，事实上也仅是想收他做一名挂名弟子。

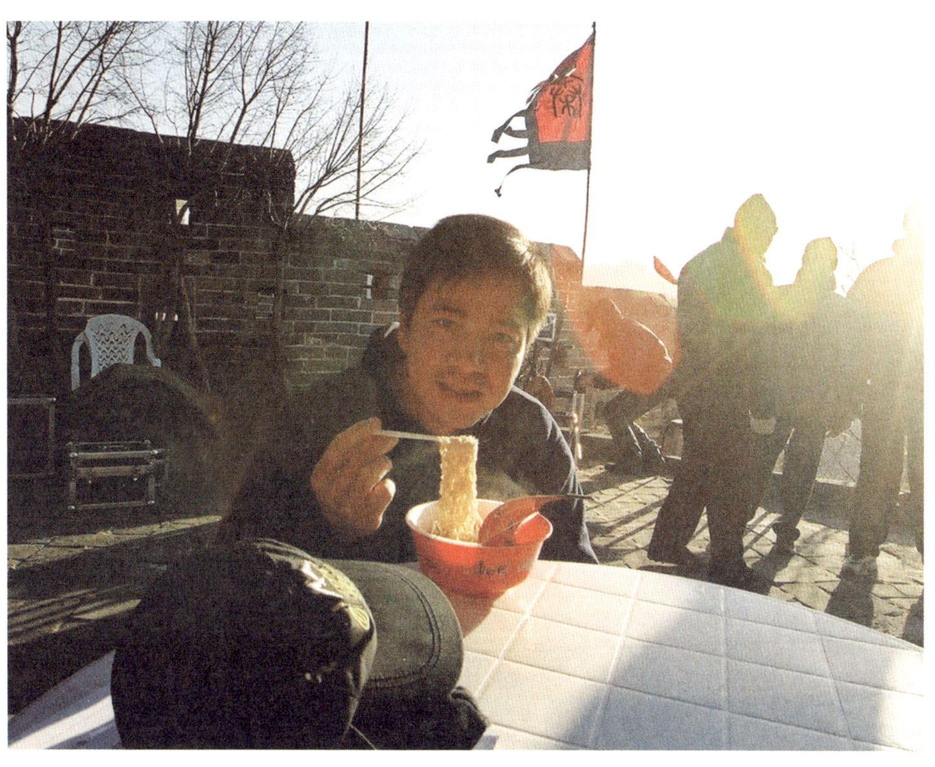

在片场时泡面是家常便饭

没想到梁先生深厚的武学修为以及他深入浅出的拳理深深打动了李小龙，据说二人还曾交过手，以李小龙失败告终。李小龙由此领悟了太极拳等内家功夫技击的真正目的是修身养性、强身健体。那段时间，李小龙从梁师父处学到了许多有关中国功夫内家拳法与外家拳法的原理，而李小龙当时虽未把这些拳理记录成册，却将之深深地印于脑海中，为后来在武学上的巨大成就打下深厚的基础。梁师父在给李小龙讲授拳理与纠正太极动作的同时，还将李小龙从其他武坛前辈处学来的一些不系统不规范的拳术进行了归纳、斧正，使李小龙由此变“废”为宝。后来，李小龙在美国讲授武学时，亦常常提到梁子鹏师父。

1967 年，打遍香港无敌手的梁子鹏师父于香港去世。

听到师公的这段往事，唐季礼禁不住热血沸腾，决心一定要练出个样子来。就这样，唐季礼拜卢秀东为师，开始跟着卢师父练功。师父告诉他学意拳要从站桩开始，唐季礼本以为站桩就是电视上看到的那种梅花桩，站到一根木头上去叫站桩，其实不然。站桩其实就是一种站立的姿势，是中国武术所特有的一项训练，是中国武术区别于西方搏击术的一大特色。西方搏击术基本上着重于肌肉力量的增加和外部形体的训练，训练方式不外乎负重练习以求得体格强化，以供搏击所用，即所谓“外强”；而中国武术则更着重于“内调”，即内部机理的调整和用力习惯的养成，讲究以固有体态能量最大限度地发挥，所以西方拳手大都体形彪悍，爆发力强，而中国的内家好手往往体格瘦弱，但一击之下，攻击力却极强，这就是中外两种体系搏击术研究的主题和方向差异所形成的。站桩就是在这种理念指导下所形成的一种极具代表性的训练模式，大部分拳学体系都把站桩作为一项基础性训练。跟卢老师习得的站桩让唐季礼受益颇深，他也很乐于将站桩要旨传授于人。唐季礼的助理任高亮腿上有一多年旧伤，一度严重到走路都受影响，随他练习一段时间之后，欣然发现困扰多年的旧疾竟然奇迹般痊愈。卢秀东老师还系统地训练唐季礼练拆腰，因为人之身躯，以腰为主宰，无论进退转侧，吞吐化泄，侧身调膀，均由腰来协调；练手，手有拨转之能，两手打遍全身，其为攻防之本，故谱有“手如刀枪”；练步，学拳先学步，看拳先看步，步不稳则拳乱，步不快而拳慢，步不合则拳散……

原本就热爱武功，有了高人指导正好得偿所愿，唐季礼自然加倍勤奋，苦练不辍。师父教他的内家拳跟他原来学的外家拳，包括洪拳、螳螂拳、咏春拳，乃至练田径、体操所练出来的肌肉构造完全不同。在此之前，唐季礼一度拼命练举重、练搏击，觉得那样既能打还能练得一身好肌肉。后来卢秀东师父告诉他，内家拳的力在筋骨，不在肌肉。练肌肉练出的是“死”肉，看起来很唬人，实际打起来反而力度不够大，不像内家拳那样四两拨千斤。因为家人反对他习武，那两年时间，唐季礼都是偷着去卢师父家里练习，跟师父练不同桩法的站桩和拆腰。师父不但悉心指教，还常常叫几个师兄来跟他一起练，或者让他们相互切磋。因为唐季礼年纪小，卢师父怕他觉得闷，间或教他打打杨式太极拳，抑或六合八法、柔身八卦掌，打一些全套拳法。他说这些套路不是练功夫，是帮着练习身体的平衡和协调能力。他告诉唐季礼，以后实战的擒拿、散手不用花太多时间，一练就会，可是真正的内家拳最少要练八年以上才能见功夫。你要从平常练到非常，练到全身无处不弹簧，练到心中有招手中无招，而且要无招胜有招……那时唐季礼听得懵懵懂懂、晕晕乎乎，但依然用心按照师父所教的方式反复练习。练了两年以后，有一次师父带着唐季礼去公园跟师兄弟一起练习，唐季礼发现自己跟其他人对打时，一搭手就赢。他觉得自己发力时似乎没有太使劲，没有很花力气却有着比以前大得多的爆发力。卢师父告诉他，这就是每天让他练习站桩抓地的原因，因为气从地起，气在筋骨而不在肌肉，所以才能引进落空，事半功倍。这些理论让唐季礼耳目一新受益匪浅，虽然听起来很玄，但与人对战时发觉这些东西相当实用，也相当管用。

可惜跟卢秀东师父习武还不到三年，唐季礼就去加拿大念高中了。不过，他时常会想起师父的教诲，并谨记于心。在加拿大时，他仍然坚持每天练习，这一习惯坚持至今并受用终身。此后他从武行做起进入电影圈，以及现在创立大成武艺，打造国内最权威的综合格斗赛事等，都与这段经历密切相关。

留学加拿大

在唐季礼读初中期间，香港正处于经济起飞期，到处一片繁荣景象。虽然经历了 1973 年的股灾、1974 年的廉署风暴，但香港已经基本完成现代化转型，港人的生活普遍富足，香港的前景一片光明。

因为唐季礼的学习成绩一向不错，初中还没毕业，唐焕庭就开始计划着送他去国外读书。一则希望儿子今后的视野更加开阔，眼界更加宽广，能有

1976 年冬天，临去加拿大前与家人一起郊游

国际化的思维；二则，唐焕庭也期望通过在国外的学习与生活，儿子的英语水平能进一步提高，至少能做到无障碍沟通。在他看来，随着香港经济的起飞，与世界大融合的脚步越来越快，以后不论是做生意还是从事其他行业，方向一定是更加国际化，拓展海外合作也是大势所趋。英语是国际语言，将来如果英语不好，沟通就有问题，无论是工作还是做生意都会吃亏，所以他主张高中就让唐季礼出国读书。在当时香港，出去留学需要五十万加元以上的资金证明，需要太平绅士的担保信，需要英语的托福成绩等一系列要求才有资格申请，所以出去留学的并不算多。

恰好唐季礼一个小学同学何世柱的姐姐在加拿大开餐馆，何世柱跟着去了那边读书，两家家长也相互认识。跟父亲商量后，唐季礼联系到那个同学，请他帮自己申请加拿大的学校。同学告诉唐季礼，温哥华和多伦多虽然是大城市也比较热闹，但当地华人太多，如果去那里念书，过几年可能还是中文非常好，英语就难说了。他劝唐季礼来自己所在的 Winnipeg（温尼伯市），这里华人很少，学校也很好，更有利于学习英语，而且学费较那些大城市相对便宜一些。

虽然家里经济条件不错，但唐季礼知道父亲赚钱其实很辛苦，那边学费那么贵，还需要不菲的生活费，能节省些当然更好，于是在朋友的帮助下着手申请当地很好的中学 Miles Macdonell College。申请很快通过了。

Winnipeg 位于加拿大西部，是加拿大第八大城市，马尼托巴省省会。那是一个运输、经济、制造业、农业与教育的重镇，马尼托巴省半数以上的人口居住于该市。它同时也是西加拿大的重要交通枢纽，距美国国境仅九十六公里。Winnipeg 的城市中心有大量原住民（因纽特人）的接待站，是加拿大原住民聚集地之一。

那个城市还有一个特点，就是冷。

刚刚过了十六岁生日的唐季礼就这样只身一人，前往万里之外的加拿大开始一段全新的生活。

十几个小时的飞行他丝毫不觉得疲惫，反而有一种探求未知、开始独立生活的新鲜感。当然，毕竟还是个孩子，心里的几分忐忑与不安也难以掩饰。飞机降落前，他透过舷窗观赏下面的夜景，感觉就像到了圣诞老人的故乡：到处都是厚厚的积雪，白茫茫一片覆盖着大地，带来一种不真实的美感和梦幻感。飞机再往下降，可以看到一座座美丽的小屋零星散落，与拥挤、喧哗的香港大不相同，偶尔还能看到水井，间或几盏朦胧、昏黄的灯……这是这个一直生活在亚热带的孩子第一次看见雪，美丽剔透的雪景让他觉得自己好像就要置身于一个童话世界，心里对将要开始的一切充满美好的憧憬和期待。

不过，一下飞机，Winnipeg 的天气就给了唐季礼一个结结实实的下马威。

飞机抵达 Winnipeg 已是当天夜里，当地刚刚送走一场暴风雪，他现在还清清楚楚地记得，当时气温是零下三十八度。机舱门一打开，呼吸的第一口空气就让唐季礼彻底蒙了，那种感觉绝对是寒彻骨髓，连牙齿都冻得咯咯打战，是他从未经历过的寒冷。他本能地缩回身子，想退回到温暖的机舱。

冷，实在太冷了。

当时唐季礼穿的棉服是在香港能买到的最厚的衣服，可是那种衣服到加拿大根本无法御寒，一出门就完全冻透了。加上他脚上还穿着一双单皮鞋，脚一伸出去马上冻僵了。等飞机上的人快走光了，他一咬牙一跺脚，一鼓作气拎着行李飞奔着冲了出去。一出去他就忍不住瑟瑟发抖，衣服瞬间就被风穿透，鞋太薄了，几分钟就冻得梆梆硬，每走一步都像踩在冰块上，风吹到脸上真的像刀割一样，手脚很快就僵硬到失去知觉。他心里暗暗后悔，后悔怎么来到这样一个鬼地方。

来接唐季礼的同学一见他就说，明天带你出去买衣服，你看看你，从衣服、裤子到鞋子袜子都不是这边穿的，这样出来还不冻死你。

到了同学的家里，大家赶紧找了一些滑雪时穿的厚衣服给唐季礼穿上，

在加拿大留学时练就一身好车技，漂移、甩尾都不在话下，因此影片中很多飞车特技都亲自上阵

同学姐姐餐厅的厨师开始给他煮夜宵。只见厨师打开阳台门，从阳台上拿回一只全是冰碴的冻鸡，唐季礼吃惊极了，问这些东西不是应该冻在冰柜里吗？厨师笑了，告诉他冰柜还没有外面冷，在这里用不着冰柜，所有吃的东西都直接放在外面，几个月也不会坏。

因为屋外太冷，屋子里整天都开着暖气，空气非常干燥。在潮热的气候里生活惯了，唐季礼在那个房子里坐了不到两个小时就开始流鼻血，而且鼻血持续流了三天。

遭英文老师歧视

第一天去学校上学，唐季礼就开始觉得不妙。一是教室非常冷，虽然借了同学的衣服穿得像头熊，但只坐了一小会儿手脚还是冻僵了，连笔也握不住。环视其他同学，人家都是从小在这里生活，早已习以为常；二是自己虽然在香港也学了多年英语，但真正到了英语母语的国家，发现实际运用中还是大有出入，语法、用词都有区别，发音也有很大不同。没想到从英语学校出来的他，语言仍然是很大的障碍。听了一天的课，他万万没想到，老师课堂讲的东西自己能够听懂的连百分之二十都不到，难怪父亲会坚持让他出国读书。

那天放学回去他偷偷找了个地方哭了一场，觉得到这里上学这么难，还举目无亲，平时这个时候回家早就在温暖的屋子里，吃上妈妈煮的可口饭菜了。干脆不上了，买张飞机票回去，家里人恐怕也不会怪自己吧。可是想到这里，他又想起了父亲跟他讲的那些道理，要坚持，要“能人所不能”，要挑战力所不能及，才能达成自己的目标。他暗暗下决心，不断给自己打气，再坚持一下，不能被眼前这点困难打倒。

再上课的时候，唐季礼开始全心投入，还随身带着字典，一有听不懂的单词就马上查。实际上往往很多时候根本来不及查，因为在他听来，老师的语速实在太快，这个词还没查到，下一句又听不懂了。于是每天上完课，他回去都会马上复习，或者说重新学习，不明白的地方一字一字查，一字一字理解，常常学到很晚，甚至彻夜不眠。实在不懂了，就拿着书去问别人。

那个时候，Miles Macdonell College 有几千名学生，但整个学校只有七

名华人学生（分别来自台湾、香港地区，还有马来西亚的华侨），而唐季礼所在的班只有他一个中国孩子。他印象很深的是最初上英文课，英文老师是一个体形健硕的女老师，同时也是学校英语教研室的负责人，她对待 Stanley（唐季礼的英文名字）非但没有对来自异乡孩子的关照，反而格外凶。唐季礼甚至觉得，那个老师在潜意识里多少有些种族歧视。

有一次，英文老师布置了一项家庭作业，唐季礼花了整整一晚上很认真地查着字典做完功课。第二天收到作业以后，那个老师当着全班同学的面把他叫起来问：Stanley，你学过多少年英语？唐季礼回答：小学六年，然后初中三年，一共九年。老师说：你交来的作业每一个字写的都是英文，但是放在一起我根本不知道你想表达什么，语法完全不通。我建议你去那些移民学校重新学习语言，你现在的英文程度根本跟不上这个班。听到这些话，唐季礼觉得窘迫极了，恨不得找个地洞钻进去。可是，老师又雪上加霜地来了一句：我不知道以你这么差的水平，当初学校怎么会接受你到这里来念书，太差了！你把作业拿回去，最好不要在这里浪费我的时间，也浪费你自己的时间。

唐季礼沮丧极了，心情低落到极点，拿着作业回到座位上。他觉得很委屈，自己这么努力，却换来老师如此不堪的评价。全班只有他一个中国人，他觉得自己这么不争气，不仅丢自己的脸，也丢中国人的脸，让老师瞧不起中国人。

下课后，唐季礼的同桌女生看他神情不对，小声问他，Are you OK？她不说还好，这话一出来，唐季礼眼泪差一点流出来。同桌拿起他的作业认真看了看告诉他：你的作业确实有很多地方不对，而且从你用的字、词来看，你的单词量太少了。你写的东西我看完大概能明白是什么意思，能猜得出来，但很多表达不是我们习惯的表达，是有问题的。她安慰唐季礼，不过，老师确实对你有些苛刻。

唐季礼问：那我怎么办？你能不能帮我？女同学想了想说，这样吧，下次你交功课之前先把作业给我，我帮你改，按照你的意思帮你修改。

唐季礼开心极了：太好了！

就这样，同桌的加拿大女生帮他改了两次作业，每次改完，唐季礼都要认真研究为什么要这么改，自己以前的表达为什么不对，不懂的地方再问同学，这种方式果然很有收获。不过遗憾的是改了两次以后，唐季礼再找同桌帮忙，要么因为学校课外活动多，同桌没时间；要么就是时间紧，同桌来不及改。尽管如此，唐季礼还是很开心，因为连续交了两次同桌帮着改过的作业，英文老师都没再说什么，表明作业通过，他就有信心了。他心想，绝对不能让英文老师看扁，更不能退回重修，一定要证明给她看我能行，所以一定要继续选修这个老师的课。

在香港学的物理、化学、数学等课程内容比加拿大早一年，难度也更深一些，所以唐季礼再学这些课程觉得很容易，完全不成问题，于是把全部精力都投到英文课上。只要遇到不懂的，他就查字典，再不懂就虚心请教。英文课上，老师还总是布置很多课外阅读书，常常是人家一本书一天看完，唐季礼要花四五天时间还不一定能读完。边看边查，边看边说，每天嘴里都念念有词，扩大自己的词汇量，纠正自己的发音。那段时间他觉得特别累特别苦，甚至连做梦都是自己捧着厚厚的书学英文、查字典，有时还梦到怎么也查不到单词的意思，或者考试时自己什么都不会，吓得从梦中惊醒。尽管苦，尽管累，可是他再没像刚来时那样打退堂鼓。他告诉自己，再苦再累也要坚持下来，坚持就能胜利。

就这样，因为每天都过得格外充实，时间好像也过得很快，一个学期转眼就要结束了。在学期末的最后一天，那个曾经让唐季礼退学的英文老师在课堂上宣布，这学期你们班上成绩还不错，只一个同学成绩没有通过，要重修这门课。

唐季礼当时就泄了气，心说惨了，这么用功还是没过。

可是成绩发下来一看：通过！而且成绩还行！他开心极了，原来要重修的不是自己，是一个经常逃课的加拿大同学。

有了这段经历，唐季礼对自己越来越有信心。而且因为体育好，他还加入学校的田径队，在高二那年，十七岁的他跳远跳了六米四八，破了 Miles Macdonell College 的校纪录，他创造的新纪录三年后才被打破，这让大家对这个瘦小的中国同学刮目相看。因为加拿大人大多对体育相当重视，对体育好的学生格外青

睐，学校很多社团都邀请他加入。就这样，他在加拿大的生活渐渐过得有声有色，很快就和当地学生融成一片并成为活跃分子。

We are Chinese（我们是中国人）

二十世纪七十年代，很多外国人对中国人的了解还停留在长袍马褂、长辫子拖于脑后的阶段，把中国人轻蔑地称为“Qing”（清朝的“清”发音），在Miles Macdonell College的中国孩子常常受到欺负和歧视。但是这几个学生非常团结，有什么困难都互相帮助，知道“We are Chinese”（我们是中国人）！富有正义感又学过拳脚功夫的唐季礼自然成了他们中的核心人物。

有一次，几个白人男生用歧视性的语言辱骂一名中国女生，并用雪球砸她，那名女生是唐季礼同学的妹妹。中国女生又恼又怕，事后好几天都不敢去上学。后来唐季礼知道了，马上联合其他中国同学挺身而出打抱不平。他觉得我们人少，被人看不起，越要挺起胸膛做人，越要争口气。他们找到那几个白人男生，让他们向受欺负的中国女生道歉并且保证以后不欺负中国学生。几个人高马大的白人男生自然不服，双方又都是年轻气盛血气方刚，一言不合就动起手来。那些白人男孩万万没想到，领头的这个瘦小男生竟然那么厉害，三下两下就把那几个男生打得鼻青脸肿。打完一架，有人报了警，“交战”双方都被带进校长室。唐季礼问校长：“他们种族歧视，不仅辱骂我们，还砸伤我们的同学，如果校长您是我们，您会怎么做？”校长说：“我能理解你们的心情，可是你们打架就不行。现在警察来了，你们自己对警察解释。”唐季礼对警察讲述了事情的来龙去脉，并且告诉警察，这事跟我的朋友没关系，都是我打的。警察看到唐季礼与那几个被打的白人同学悬殊的身材，一脸惊诧，一再追问唐季礼，真的是你打的？真的是你打的？只是用拳头？

事情最后不了了之，唐季礼也没有受到惩罚，因为当地法律规定，如果争执中没有使用武器或工具，只是用了拳头，又没有造成严重后果，可以免于处罚。从此之后，同学们都知道有个特别能打的中国学生，他的功夫很厉害，好几个人都不是对手。此后，学校的华人学生再没人受到欺负。事后唐季礼反省自己，打架固然不对，但他并不后悔，因为民族尊严不可侮辱！

后来那些被他打的外国学生主动来找唐季礼，要跟他学习中国功夫，大家渐渐成了朋友。慕名而来向唐季礼求教的加拿大学生越来越多，他在Miles Macdonell College一打成名。

在加拿大留学期间，很多同学都出去打工。唐

季礼虽然家境很好，但觉得自己已经十六岁，什么都靠家里有点说不过去，应该尽可能自食其力，于是课余去同学姐姐的餐厅帮忙洗碗，一连洗了两个多月。那时正是长身体的年纪，唐季礼饭量大，在厨房帮忙总有可口的中国饭菜，不仅能赚点钱，连饭钱也一并省了，所以他一点不觉得苦，反而很开心。在餐馆打工期间，只要自己的活干完了他都会主动帮别人做，从来不计报酬。因为勤快又乖巧，餐厅的厨师长很喜欢这个孩子，主动提出让他学做厨师，专门炸甜酸排骨、甜酸虾、甜酸鸡、干煎虾，以及做炒饭。等到这些都做得得心应手了，他又跟着厨师长学炒菜。当厨师比洗碗工的收入大大提高，只要有时间，他还帮忙送外卖、洗厕所，很快，他就攒下一笔对他来讲相当可观的“私房钱”。

十六七岁的孩子天性爱玩、精力充沛，唐季礼也不例外。除了打工，他还考了驾照，有时会借饭店厨师长的车跟一群小伙伴到空旷的场地玩车，他对那时的一件“糗事”记忆犹新。台湾明星刘雪华的哥哥 Johnny 是唐季礼在加拿大的同学。当时他

在片场总是亲力亲为

们几个华人同学关系非常好，课余时间一起去餐厅打工。当地特别冷，没有车非常不方便，加上年轻人爱玩，大家都想多赚点钱买车。有天晚上大家在餐厅洗碗，又瘦又高的 Johnny 一阵风似的跑进来兴奋地说：我买了辆二手车，敞篷的，才四百块！

大家一听赶紧放下手里的活儿跑出去看。哇，果然好拉风，敞篷跑车，太漂亮了。几个年轻人二话不说进到车里上下鼓捣：电动车窗、自动落锁，暖气也非常给力，太值了！大家跟着兴奋起来。Johnny 提议 ：不如咱们一起去兜风，干脆去远一点，到机场转一圈。大家纷纷赞成，好啊好啊！快开到机场的时候，坐在前排的同学按了个键，车篷呼啦一下打开，太酷了，几个人好一阵欢呼。不过外面温度特别低，出来时匆匆忙忙都没有穿大衣，没两分钟就嚷着赶紧把车篷支起来。谁知不管怎么按，车篷就是撑不起来，所有按键都试过一遍，还是不行。无奈，四个人忍着零下三十多度的严寒一路往回开，车一开起来更是寒风刺骨，冷得要死。路上每遇到一个红绿灯或者有车经过，都会有老外惊呼：看那几个人，脑子有病吧，这么冷竟然还敞着车篷！唐季礼和 Johnny 他们冻得牙齿打战，但每次都故意摆出很酷的造型，一副无所谓的样子。等别人的车一过，赶紧缩成一团取暖。一路上又笑又闹，待回到餐馆时四个人都快冻僵了，可是也开心极了。多年以后，在一次聚会时同在加拿大的同学说起这段糗事，大家笑得直捂肚子。

此后不久，唐季礼也用自己打工赚的钱买了一部二手的庞蒂克跑车。那段时间他练得一手好车技，漂移、甩尾等都不在话下，他对自己的车技非常自信。后来在《天使行动Ⅱ之火凤狂龙》《天使行动Ⅲ之魔女末日》两部电影中，他不但担任副导演和动作指导，还担任了其中的飞车特技。

到加拿大的第二年，姐姐唐嘉丽专程去加拿大看他，唐季礼开着自己的二手跑车去接机。姐姐问这个车是谁的这么漂亮，他只敢说是跟朋友借的，不过心里还是很得意，毕竟是用自己赚的钱买的。

上图：2015 年，回到加拿大母校，感慨万千

下图：在走廊里找到当年的 Locker

左图：脚下是十七岁的他以 6.48 米破了校跳远纪录的沙坑　当年还常在这个操场教外国同学中国功夫

刘家良推荐做武行

1978 年高中毕业后，唐季礼受一部以侠肝义胆的医生为主角的美国电视剧《杏林双杰》的影响，希望像剧中那个帅气医生一样悬壶济世救死扶伤，于是申请了一所知名大学的医科。令他郁闷的是当时加拿大的学校因为资源有限，出台相关政策不允许留学生学医。虽然唐季礼的成绩非常优秀，还是没有被医科录取，而是收到了土木工程专业的入学通知，他心里很不开心，因为土木工程并不是自己喜欢的专业。

暑假时，唐季礼回到香港休假。一个偶然的机会，他跟随罗烈去邵氏片场探班《少林三十六房》的拍摄。当时罗烈向导演刘家良介绍了唐季礼的情况，这也成为日后唐季礼进入影视圈的一个契机。

唐季礼的姐姐唐嘉丽相貌甜美清丽、明艳大方，是香港邵氏公司早期办的南国训练班的第一批学员，后来成为邵氏的明星。姐夫罗烈 1940 年出生，原名王立达，是与王羽等同一时期的影星，也是香港六七十年代红极一时的巨星，为印尼华侨。他年少时略学过功夫，喜爱电影，后考入香港邵氏“南国实验剧团”第一期，毕业后的处女作是 1965 年由张彻导演的《蝴蝶杯》。罗烈拍的电影大多为动作片，例如《虎侠歼仇》《琴剑恩仇》《金燕子》《天下第一拳》《四王一后》及《铁手无情》等，他曾是张彻非常欣赏的武打明星，与张彻有过多次合作，最后一部电影是《玻璃少女》。据说有一段时间，罗烈红得发紫，片约应接不暇，只好提出拍一天取酬万元的要求，尽管这样也挡不住制片商和导演们蜂拥而至，因为片中只要有罗烈，票房就有保障。后

身兼数职，危险动作总是自己先上

来有人只找他拍两天，在片头片尾露面，中间全用替身蒙面代替，最后打出由他领衔主演的幌子，照样大卖。罗烈常出演古龙式的悬疑武侠片和刘家良的功夫片，演的多是配角或反派。罗烈也是很早就进入美国好莱坞的武打明星。事实上，邵氏出品罗烈主演、郑昌和导演的《天下第一拳》1973 年就已打入欧美市场，为功夫电影奠基海外做出重要的贡献。《天下第一拳》曾在英国本土大卖，在美国也有不小的轰动，据说当年还位居全球十大卖座电影之列，而罗烈也因此在美国扬名立万，比李小龙、成龙、李连杰等成名更早。后来李小龙拍的《精武门》，就是采用了《天下第一拳》的故事。

刘家良是从武术指导升任导演的第一人。七岁开始随父亲学武。他的父亲刘湛是黄飞鸿入室弟子林世荣的亲传弟子，因此深得黄氏武学真传，属于洪拳正宗。二十世纪五十年代刘家良随父进入电影界，从临时演员及龙虎武师做起。1963 年，他与唐佳合作，在《南龙北凤》一片中初当武术指导。成名作则是 1965 年长城公司的《云海玉弓缘》。此后，他被邵逸夫看中，与唐佳一同被邵氏公司聘为武术指导，长期担任张彻影片的武指。其后在张彻执导的《方世玉与洪熙官》一片中担任武术指导，展开正宗国术的路线。1975 年，刘家良执导首部作品《神打》并凭此片一炮而红。二十世纪八九十年代，刘家良执导过不少脍炙人口的武打片，如《南北少林》《五郎八卦棍》《醉拳 2》等，后来更凭《醉拳 2》夺得香港电影金像奖最佳动作指导奖。在刘家良的作品中，他一直坚持正宗国术、真实武打的风格，热衷于表现中华传统文化与华南文化，在电影史上占有一席之地。作为南派功夫洪拳的嫡系传人，刘家良在讲求硬桥硬马的正统功夫片电影人中是当仁不让的一代宗师。有机会去现场观摩刘家良拍片，自然让唐季礼兴奋不已。

在香港电影史上，功夫片一直是最重要的一支。早年香港影坛把出身武术行当，后参与电影拍摄的武师叫作“龙虎武师”，到后来，这一称谓逐渐变成了“武术演员”或“武行”。他们常以明星的替身身份出现，有时男扮

遇到高难度动作不仅自己示范，还常常亲自上场做武替

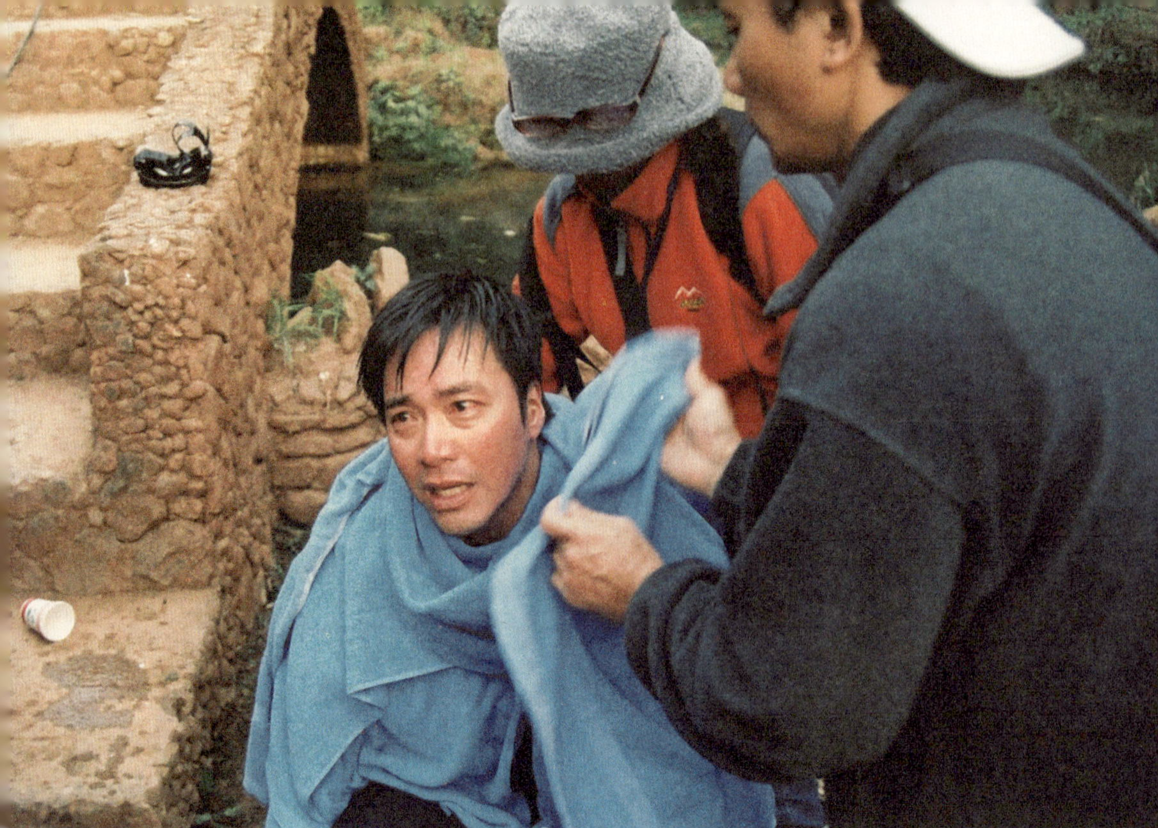

天寒地冻下水示范动作

女装，吊在半空飞檐走壁，做出令人望而生畏的回旋踢；有时变成打手甲或者劫匪乙，从高处跳下，或遭到重击后飞出、落地，将桌椅砸烂……刘家良的刘家班、于占元的元家班在当时已经是香港影坛地位不可撼动的武术指导团队。

拍片间隙，刘家良见唐季礼外形帅气俊朗，人又谦逊有礼，就在休息时和他闲聊起来。他问唐季礼，听罗烈说你学过功夫？你学的是什么？

——学过内家拳，学过咏春拳，学过螳螂拳，学过洪拳。

——洪拳你跟谁学的？

——跟同学学的。

——那你还会打什么拳？

——会打工字伏虎拳，虎鹤双形拳，十形拳，铁线拳都会。

——你会这么多，打一下虎鹤双形给我看看。

于是唐季礼就现场打给刘家良看。打完几套拳，刘家良说打得不错，就是欠点火候。他接着问唐季礼，你想拍戏吗？

唐季礼一听非常惊喜，满口答应下来：好啊，我好喜欢，可是我行吗？

刘家良说，你可以试试看，不过学拍戏得先从武行做起。

唐季礼很兴奋，这么有名的动作大导演说我行，可以从武行做起，好开心。

然后刘家良又问他，你说你在体操队待过，会翻跟斗吗？唐季礼立刻翻了几个跟斗。

刘家良说，像学体操的，跟我们北派正宗的功夫练法不一样。然后刘家良说，这样吧，我叫我师弟神仙教你打拳。小侯你帮我教他练翻跟斗。

唐季礼一听欣喜若狂，没想到一下有这么多明星、名师教自己。小侯原名侯耀宗，1958 年出生，小时候跟粉菊花学戏剧，做过童星。1975 年开始做武师，由于天分高被刘家良看重，1979 年任男主角拍《疯猴》，可惜形象不受大众喜欢，没有大红。不过刘家良认为小侯天资过人，于 1980 年收为入室弟子，一度对外宣传为刘家良的接班人。八十年代初刘家班的诸多电影中，小侯不但挂名副武术指导，还是戏份颇重的演员，他在电影里的动作难度都很高。只可惜时代变迁，刘家良电影渐渐没落，八十年代中期，刘家班“解散”，小侯跟着洪金宝进了洪家班。神仙是黄飞鸿第四代传人，原名余袁稳，长相有趣，性格古怪。他是刘湛的徒弟、刘家良的师兄弟，十二岁就开始跟刘湛学少林洪拳。他本来是在其他行业开工，师父刘湛进入电影圈发展，需要武师，就让他跟进电影圈“捞电影”。二十世纪六十年代，刘家良事业发展迅猛，势力扩大，神仙也跟着进入刘家良班底，专职武师。神仙最拿手的是舞狮，成龙拍《师弟出马》时曾高价请他帮忙舞狮头。七八十年代，神仙在刘家良的电影里出演过不少角色。

小侯和神仙都很喜欢外形英俊斯文、礼貌懂事，且又身手敏捷的唐季礼。于是，唐季礼正式开始跟着神仙学正宗洪拳，为做武行打基础。

当天回到家里，唐季礼兴冲冲地跟爸爸妈妈讲自己打算入电影圈学做武行。妈妈一听非常紧张，哎呀！怎么要学武行，是不是要经常跟人打架的？那不会很危险吗？能不能不要去？姐姐唐嘉丽虽然在演艺圈，但也不同意弟弟做武行，她非常疼爱这个弟弟，更深知做武行的艰辛。她说做武行的人员复杂，又要起早贪黑摸爬滚打，实在太辛苦，劝弟弟要慎重考虑。可是唐季礼非常喜欢这一行，而且下定决心要去做，于是就想办法瞒住家人，常常偷偷去片场打下手、练功。

给大牌明星当替身

唐焕庭在唐季礼回来没多久就问儿子：你以后有什么打算，还回去念书吗？

唐季礼告诉父亲，自己很想念医科，可是加拿大不让申请；学土木工程，又实在没兴趣。

父亲沉思片刻说，其实我叫你去念书，也不是就要你去念什么工程师、医生，这些虽然都是很好的工作，但念出来很多是要替人打工的。不如这样吧，既然那么不喜欢，一点兴趣没有，念了也没意思。干脆你就不要回加拿大了，留下来试试看跟我学做生意，如果喜欢，将来也能帮我打理家里的产业。听父亲这么一说，唐季礼颇感意外，因为那时读书在很多家长看来似乎是孩子成才的唯一出路，而父亲却因为他的兴趣主动劝他放弃。

一周后，唐焕庭告诉儿子，为了方便他上下班，自己去挑了一辆奔驰车送给他，已经付过定金。他说，你去挑颜色吧，老人家的喜好你不一定喜欢。

但是唐季礼没去提车，而是去车行把定金要回来还给父亲。父亲很诧异，问他，你不喜欢？那你喜欢什么牌子自己去选。

唐季礼说，不是不喜欢，只是觉得我已经成年了，不想让你送。我喜欢兰博基尼，要几百万一台，不用你送，等我赚到钱自己去买。

就这样，唐季礼选择留在香港。表面上他有时会去父亲名下的店铺或公司上班，实际上因为父亲经常不在，他正好趁机偷偷溜去拍戏。每次只要一接到要他开工的电话，他就会想方设法脱身跑去片场。

因为身材瘦小，他还记得第一次接到电话是让他男扮女装，当女主角的

唐季礼刚入演艺圈，曾被多家公司看中，想要包装做明星，这几张是当时一家公司给他拍的宣传照

替身。根据剧情需要，那一段是要表现女主角从楼梯上滚下来。他想也没想就答应下来，到了现场才知道，那场戏竟是要穿近乎透明的丝质睡衣，不仅如此，睡衣里还要穿这辈子从未穿过的女性胸罩，以及性感的透明吊带袜——为了细节上更真实，他还要刮腿毛……唐季礼当场傻眼，但已经答应人家，不得不硬着头皮去做。这个经历直到今天跟人提起，他还是一脸的尴尬和无奈。

二十世纪七八十年代，香港一

示范动作戏时受伤

般公司的职员，也就是工薪阶层平均月薪大约是一千八百元港币，那时香港电影正处黄金时期，报酬比较丰厚，而做武行因为工作辛苦又危险，每天平均六七百块港币，是当时幕后工种里收入最高的。唐季礼非常勤奋，常常日夜加班赶场，加上他脸皮薄，人又义气，只要朋友有求于他，不管自己再苦再累，二话不说统统答应下来。很快，他每月已经能拿到两万多港币的薪酬。没多久，他存够钱买了一部二手丰田跑车。后来姐姐有一部带天窗的红色玛莎拉蒂想换掉，唐季礼就花四万块买了下来。

做武行那段时间，唐季礼曾给周润发、狄龙、张曼玉、钟楚红、张国荣等人都当过替身。他还记得当年给张国荣当替身的往事。

唐季礼早在念书时就通过姐姐唐嘉丽认识张国荣。张国荣大他四岁，两人很聊得来，是很好的朋友。从加拿大回来后，唐季礼恰好接了份工作，是在邵氏的《英雄本色 2》里给张国荣做替身。因为一起开工，那段时间他们经常一起出海，开游艇、游泳等。他还记得，有次收工后和同事一起去张国荣的家里。张国荣家在半山，很大很漂亮，到处都干净齐整一尘不染，那一柜子的白色衣服更令唐季礼印象深刻。张国荣很喜欢唐季礼从姐姐手里买来的那辆玛莎拉蒂，后来唐季礼干脆就以很便宜的价格转卖给他。

当时在武行及替身圈子，都觉得唐季礼跟他们不太一样，这个年轻人看上去家庭背景不错，经常穿着西装（其实是直接从父亲公司偷偷赶到片场的），开个拉风的跑车来开工，而且还满口流利的英语，却跑来给人当替身、做武行。因为做武行很苦，很多人都是因家境不好而被送到戏班或者武术班，从小在戏班长大，大了因生计需要转做武行。后来熟悉了，大家都很喜欢这个勤勉上进、谦和内敛、身手矫捷的年轻人，公认唐季礼是最斯文且学问最高的武行。而对于唐季礼，不管别人怎么说怎么看，他都很喜欢这一行并且乐在其中。尤其当替身或者给演员做示范，每每完成了别人都做不到的动作，现场叫好声喝彩声一片，他就会觉得特别兴奋和满足。

受伤，萌生转行之意

武行毕竟是个危险行当，一个称职的武行需要具备技、器、拳、车、威、火、替、杂等能力，简单地说武行要包揽特技、武器、功夫设计，要会飞车、吊威亚、枪械、爆破等高难度动作，还要能当替身、能干杂活。即便功夫再好、再小心谨慎，也会三天两头受伤，称得上是高危工种。早年拍功夫电影因技术所限，为照顾镜头效果，保护措施能省就省，武师们很少戴护具，很多段落都是搏命换来。那时拍一个从高处往下摔的镜头，好几个武行就排在那里当“后备”，一个人摔坏了，第二个、第三个接着上，有时救护车在边上等着，摔坏了直接送医院。直至后期，随着动作难度的加大，动作戏对武行的要求越来越高，武行才渐渐有了多加保护、避免受伤的意识。不过有时防护也只是聊胜于无，比如拍摄高空坠地的戏，所谓的地板实际上加了一层“榻榻米”，即下面垫了海绵、纸壳，让武行不至于实打实跌在地面上。在这个行当，鼻青脸肿手骨断裂几乎是家常便饭，受伤、失禁、肌肉萎缩甚至死亡，都是必须承受的风险和代价，且当时很少有现在的医疗保险，医药费还得自己花，是一笔不小的开销。

有次拍一部戏，唐季礼意外摔伤，摔断了肩膀疼痛难忍。那天他收工后不敢回家，怕父母骂，更怕他们伤心难过，于是偷偷躲在哥哥家养伤。

转眼五天过去了，妈妈总是联系不到他，怎么也放心不下，于是去哥哥家找他。

当时唐季礼的肩膀因为发炎肿得老高，脸上也缝了好几针，看上去伤势非常严重，惨不忍睹。妈妈看到这种情形，又后怕又心疼，一下抱住他痛哭起来。妈妈那么一抱，唐季礼的伤更疼了，他强忍着不敢有任何表示。妈妈泣不成声地问他，你又不是没有事做，干吗那么拼命去做这种工作？太危险了！这次摔断肩膀，明天摔残了怎么办？我不要你再去做这个工作，妈妈有钱，你要是怕没钱赚，以后妈妈养活你。

不愿让妈妈伤心，可是又不愿离开电影圈，于是唐季礼说服父母，说自己改行当场记。他实在热爱这一行，还是经常会瞒着妈妈偷偷去做武行。

这期间，也曾有电影公司看上他英俊的外形和不可多得的武术功底，开出丰厚的条件想要包装他做电影明星。试过几次之后，唐季礼觉得自己性格内向，并不适合做艺人，每次配合公司宣传，拍照摆pose都让他觉得非常别扭。重要的是，他一点也不享受在镁光灯下万众瞩目的感觉，他希望有时间和空间做自己的事，而不是时刻应付排满的公告与应酬。直到现在也是如此。

二十世纪八十年代中后期，香港电影正是吴宇森的《英雄本色》、徐克的《倩女幽魂》风行之时。初入武行的唐季礼，凭借对电影的浓厚兴趣和一身好功夫，给很多大明星做动作替身。然而日复一日的打打杀杀，身上的伤越来越多，其间肋骨断过两根，背也断过，手指折断或者一些普通的骨折已算轻伤，皮肉之伤几可忽略不计。再加上不愿让父母担惊受怕，且这行大多是吃青春饭，他开始渐渐萌生转行的念头。更何况，做龙虎武师和武术指导已经不能满足唐季礼对电影进一步深入探索的兴趣和愿望。

此后，唐季礼相继在香港电视广播有限公司（TVB），丽的电视（RTV）及多家电影公司当武打演员、武师替身、场记、副导演、制片及编剧。这期间，他不断磨炼自己，努力学习电影幕后知识，并开始转向幕后发展。

没当成导演，出走加拿大开武馆

1984年，一个电影公司的老板跟唐季礼有了几次合作，尤其是其中有一部戏拍到一半遇到很多问题，几乎搁浅拍不下去，原来的导演也甩手不干了。当时唐季礼是副导演，主动帮他出主意、改剧本，还不计报酬，只要自己能做的都承担下来。当电影的拍摄进展到下半部分，唐季礼更是做了导演的全部工作。好事多磨，最终那部戏拍摄完成，上映后反响还不错。

经过这一次合作，那个老板看出来唐季礼有想法有能力，是做电影的好材料。虽说是武行和副导演，但是从剧本阶段就能给出不少精彩独到的意见。更何况他人品好，又肯学习，在拍摄过程中无论遇到任何问题都积极想办法解决，不离不弃；作为动作指导，只要有危险的、高难度的动作，都当仁不让地自己上场示范，在剧组中口碑非常好。

于是这个老板主动找到唐季礼说，不如这样，我打算再投钱拍一部戏，干脆让你来做导演。

唐季礼听了当然很开心，但心里有点没底。他犹豫半天，慢条斯理地说，我今年才二十四岁，会不会太年轻了？而且，我觉得自己对镜头还不足够熟悉，当导演可能不够成熟不能全面掌控，最好再积累点经验。

老板说，这个没关系，我问了好几个你跟过的剧组，都说你行！摄影师也说你没问题，说你比前面那些导演还好，比他们懂，比他们在行。如果你不行他们更不行。我看你编剧方面也相当不错，非常有想法，你可以先写个故事，前期我帮你一起做剧本，镜头不熟悉我也可以帮你。

就这样，唐季礼着手先写了个故事大纲，然后找到当时香港最红的一个名模，说服她当女主角。慢慢地他觉得开始找到自己当导演的感觉了。

因为心里高兴，这些事谈好后，他马上回去跟父母和姐姐唐嘉丽报喜说自己就要当导演了，语气也颇有些得意，这可是要当导演啊！谁知姐姐听完，第一句话就是反对。她说，你才多大啊，做武行和副导演都没多久，这么快就做导演，导演哪有这么容易当的，你的能力够不够？能不能压住场子？大家会不会服你？你要先想清楚自己到底能不能做得来再决定。

妈妈也有点担心，跟姐姐意见一样，觉得他最好多跟几部戏再去当导演比较好。

唐季礼很不服气地说：你们怎么不相信我还打击我，做电影的哪个不想当导演？！我就是想要当导演！再说当导演又不是我自己提的，我跟老板也说过我太年轻，可能做不下来，可是他们都觉得我行。既然有人给我这个机会，我当然很想试试。

这时父亲把他叫到书房问：你觉得自己真的行吗？

唐季礼如实回答：其实我还是有点怕，我觉得不一定行。

父亲又问，那你为什么就答应下来？

唐季礼说，我已经在行里做了好几年，也接触了很多人，我觉得跟有些导演比，我还行。他们都已经做导演了，我也能做。

父亲说，能与不能是标准问题。你真的有信心吗？你要记得，每一个人成长的过程中，面临升级、从一个岗位跳到另外一个岗位的时候，通常会听到两种人的话：一种是嫉妒你的人，他们会说，凭什么得到这个机会的是他不是我呢？还有一种人是极力吹捧你，哎呀好呀，你早就应该升级了，舍你其谁！吹到你觉得轻飘飘的，真的以为自己什么都行。其实人家说什么都不重要，最重要的是你觉得自己行不行，如果你都觉得自己不行，那就是不行。

唐季礼想了想说，也不是，其实我觉得自己还不错，我也蛮行的，就是有些方面觉得自己还有点欠缺，底气不足。我可以做，可是又担心有些方面经验还不够多。

父亲说，那你要自己做决定，男人一定要勇于挑战力所不能的事。你现在觉得你力所不能及有点担心，这是好事，证明你有自知之明。另外，你想做，你觉得自己能做是好事，证明你对自己有信心。做事成功与否固然很重要，但如果自己对自己都没有信心，人家就更不可能对你有信心。所以首先要对自己有信心，要自信。如果只是对自己有信心，但缺少自知之明也不行，反而会坏事。你现在有信心，又有自知之明，那就应该去想办法，你认为不足的地方，有没有其他人能帮到你。如果有人能帮你弥补信心不足的地方，能解决这个问题你就试试看。可是你要记住，你做了导演如果不行，就不能回去做副导演了，这个台阶不能随便上，你一上去，如果这次没做好，再回去做副导演你就会觉得很没面子。而且如果你这个头没开好，这次机会没准会变成你以后的一个障碍。总之，你对自己最了解，不管遇到什么事情，关键时候主意还是要自己拿，别人说什么只能作为参考。

父亲还告诉他，以后做事要切记："有为有不为，知足知不足；锐气藏于胸，和气浮于面；才气见于事，义气施于人。"

听完这些话，唐季礼变得信心满满，觉得很多人在这一行里做一辈子都没有这个机会，自己有机会为什么不好好把握呢？于是他着手开始写完整的剧本。

剧本全部做好后，老板非常满意，觉得自己果然没看错人。但是他有点担心自己只是小公司，实力不够，最好找个大公司合作，于是把剧本给了邵氏电影公司一个著名监制。那个监制看了剧本很喜欢，觉得这个项目可以做，就约了时间跟唐季礼见面谈合同的细节问题。

监制一见就说，这导演好年轻啊——那个时候唐季礼二十四岁，但人长得年轻，看上去像是十八九岁——于是问，你毕业多久了？

航空拍摄

唐季礼说：我毕业很久了，做这行也有四年半了。

四年半了？不短也不长。对了，我好像见过你几次，你不是罗烈的小舅子吗？剧本写得不错，要不这样，我带你去见见方小姐吧。

方小姐是邵逸夫爵士的第二任太太，别名李梦兰、方梦华，是邵氏电影公司的副主席和实际负责人，更是香港电影圈的权重人物。

看到唐季礼，方小姐有些吃惊，第一句话就是：唐季礼，看这个名字我还以为是很大的年纪，你这么年轻啊！我真没想到你这么年轻。年轻人有前途，不错不错。

就这样寒暄了几句，方小姐就走了。方小姐走后，那个监制有些为难地跟唐季礼说，老板觉得你写得不错，可还是有点担心，因为毕竟这个戏的成本三百多万，她怕你这么年轻经验不够。她也是有她的考虑，不如以后找合适的时机再合作，毕竟你还年轻，以后有的是机会。

二十世纪八十年代中，三百万确实是笔不小的数目。听了这话，唐季礼的心登时凉了半截。

监制又问，能不能这样，方小姐和我都觉得这个本子写得不错，这部戏可以拍，要不先找一个导演，你再做一次副导演，多积累点经验，下一部戏再让你做导演。

听了这些，唐季礼很不服气，又很难过，显而易见对方是觉得他太年轻也没有名气才临时改变主意。可是站在对方的角度考虑，毕竟人家是老板，既做投资又做发行，综合各方面考虑都不敢冒这个险，这些顾虑完全能理解。

当时唐季礼满脑子想的更多的是这次当不成导演太尴尬了，因为之前一做好剧本，他就把自己要做导演的事跟圈里的好兄弟、好哥们儿讲了，甚至连剧组里的一些主要工作人员都提前物色好打好招呼了。到时候人家来了一看，自己还是副导演，那多丢脸？那不是太尴尬太没面子了？

回去以后他很郁闷地告诉父亲见监制和方小姐的经过。父亲沉吟片刻说，人家说得没错啊，错在你们年轻人，事还没成先说出去，万一有了变化就会很被动，成不了就觉得自己丢脸。

唐季礼一开始很是有点埋怨对方，觉得做导演的事又不是自己先提出来的，而且本来自己是拒绝的，可是对方一再怂恿自己去做。等到都谈好了，剧本也写好了大家都满意，见到他长得年轻又说不行。谁说长相年轻就不能做导演？！他越想越觉得愤愤不平。其实父亲唐焕庭和方小姐早就认识，以前曾帮方小姐出过唱片，是老朋友了。但是父亲告诉他，这种事我不会打电话给她。父亲说，或许方小姐已经知道你是我的儿子，可是朋友归朋友，从公司的角度、从投资的角度，方小姐的决定都没错。他给唐季礼分析说，人家讲的每一句话都对，你的确太年轻，又是第一次当导演，的确是没经验或者说经验不足。你最多是做过副导演，人家投那么多钱，不放心也是正常。我知道你现在很难过，最主要是因为你下不了台，出去都不知道怎么跟人说了。

唐季礼委屈地说，是啊，合约、价钱之前都全都谈好，演员也谈好了，那天是进去签约的，本来以为见见老板，签约后我就拍了。谁知道一下成这样了。

就这样，做导演的事不了了之，唐季礼最终气不过，没有同意去做副导演。那段时间他一直觉得心里堵得慌，情绪很低落，做什么都提不起精神，而且因为觉得丢面子，也不好意思去找以前的朋友，连片场也很少去了。

没过多久，1984 年 12 月 19 日，中华人民共和国与英国签署《中英联合声明》，确立 1997 年香港主权移交中国。

唐季礼记得那年撒切尔夫人还跌了一跤。

因为当时港人对大陆不了解，对回归没有信心，还有人笑言或许是撒切尔夫人跌了那一跤，那段时间香港的经济状况急转直下，股市大跌，楼市大跌，父亲的生意也随之遇到各种问题，他投资的房地产甚至已经跌破了底价。那时不管是做生意还是做别的什么，处处透着萧条和不景气，香港似乎到处都是人心浮动惶惶不安，大家都开始担心，不知道香港的未来会如何、自己的命运会如何。加上对主权移交后的前景感到悲观，对将来的不确定与恐惧，那段时间出现了自 1967 年香港平民暴动以来最大的移民潮。

父亲看唐季礼自从当导演的事告吹后始终萎靡不振，就说，既然这样那你不如出去走走，看看要不要也去加拿大移民，算是给家里打个前站，换个地方可能心情会好点，也能给自己时间好好想想，重新做个规划。

唐季礼一听，心想太好了，终于有个借口能离开了。因为这次没做成导演始终让他耿耿于怀，正想找个办法逃离当下这个朋友圈，听了父亲的建议，

获北美武术冠军的奖杯

立即办理旅行签证去了加拿大。

刚到加拿大那段时间他一直没找到合适的工作。当时他一个朋友在唐人街开中华会馆（武馆）教学生，学生不多，就十几个。朋友对唐季礼说，我这边学生不多，你功夫那么好，不如你来教，学生我也都转给你了，反正我还有其他生意。其实朋友是经营不下去了，索性把这个武馆甩给唐季礼。

唐季礼接手武馆，开始专心教学生。武馆一开始只有十四人，他过去之后，那些学生发现这个年轻的老师确实有真功夫，他也乐得时不时给学生们表演一下徒手劈木板、胸口碎大石等，这些在唐季礼看来最小儿科的动作，却让学生们惊叹不已，经过大家的口口相传，武馆的学生很快就发展到四十多人，其中既有华人也有当地人，很多人都是慕名而来。

在一次闲聊中，唐季礼听说三个月后恰好有一个北美洲的武术公开赛，每年一届。他觉得既然还有三个月，不妨试试，于是就报了名，每天在武馆给学生们做集中训练，准备三个月后带他们去参加比赛。功夫不负有心人，那次比赛他有十几个学生拿了奖项回来，他自己更是拿了北美公

开赛的武术冠军。

很快旅游签证到期，他又续签了三个月。可是在那边生活的朋友要么开餐厅，要么做保险经纪，还有在屠宰场杀鸡或者在市场卖海鲜……那时华人在加拿大大多做那类工作。这些职业当然都不是唐季礼喜欢的。而且经过一段时间的沉淀，他觉得移民加拿大并在这里长期待下去不是自己想要的，这里没有自己的事业，没有自己的理想，没有自己的生活。在加拿大游移了半年后，他最终没有如父亲所愿办移民，思前想后，收拾好行囊，买了机票飞回香港。

父亲的叮嘱受用一生

看到唐季礼回香港，家人非常高兴，妈妈更是开心地做了一大桌菜。全家一起吃晚饭后，父亲就跟儿子在书房边泡茶边聊天，一聊就是一个通宵。

父亲说，其实年轻人做事就怕瞻前顾后，不脚踏实地。男人最怕入错行，女人最怕嫁错郎。当时你在这个行业做了那么久，遇到一点点困难，你就觉得这个行业的人不讲信用，觉得这一行不适合你，就想改行。可回到加拿大，发现那条路也不是那么好走，所以你又回来。其实你心里一定要明白，没有一条路是好走的！最重要的是要问问自己，到底喜欢什么，想要什么样的生活。如果做的行业是你有兴趣的，你就会无私奉献不计报酬去做，加班即使没有加班费都愿意做。

接着，父亲给他讲了自己亲眼所见的一个米铺的故事。他说，就在香港西营盘有一个老乡开了个米铺，从大陆找来一对夫妻跟着他打工。老板特别吝啬，那时其他人都是八十几块钱一个月，老板只给这对夫妻俩三十六港币，他说你们在大陆三十六块，我在这里也给你三十六块，不过包吃包住。夫妻俩很老实，什么都没计较。就这样他们在米铺打了十多年工，老板才把薪水给他们加到八百块，那时香港的平均工资大约是两千块。老板觉得他们的工作很简单，无非就是看店和卖米，有什么复杂的活呢，更何况还包吃包住。那对夫妻也很知足，做事一直很认真。后来很多人都说那对夫妻傻，有人看他们老实，就劝说他们去自己的店做事，给他们涨薪水。可是夫妻俩都真心觉得，老板把他们请到香港来，吃住全包，生活很满足。最后这个老板决定

移民，觉得那对夫妻跟着自己那么多年，人老老实实，又那么忠心耿耿，甚至从没要求过涨工资，于是决定把这个米店送给夫妻俩。当时那个店已经值一千多万了，对夫妻俩来说，那可是一笔非常庞大的资产。

父亲说，讲这个事情其实是想告诉你，不管在哪里做事，做得到底怎么样，老板心里都是明白的。你做事时不用告诉别人你做了多少，也不要给老板讲你给他加班加了多少，人家心里都是有数的。你总是讲，你的付出就不值钱了。所有老板都希望能少付点工资，让员工多干点活，他觉得他赚了。他赚了他知不知道呢？当然知道。因为你任劳任怨，全心全意做事，每个人都有感情，每个人心里都有一杆秤。年轻人出来做事千万不要斤斤计较，人家叫加班你就马上问加班费多少，做一点点事情就要邀功请赏，这都是只能做低级打工仔的人，你不要学这些。出来做事就应该任劳任怨，加班、辛苦都不算什么，给加班费当然好，就算不给你也要干好，要干得特别勤奋，要当成自己的事情去干，最终赢的肯定是你。因为同台修行各凭本事，一帮人在这个公司打工，每个人都难免要加班，难免有做多做少。如果这时有个年轻人比较踏实，只管埋头做事，从不提及加班费。等到有人来挖他时，别人给了很多利益他也不走，很忠心。那如果公司有机会升职，你说老板不升他升谁？人心都是肉做的，你千万不要小看忠诚，出来做事你对人家忠诚，人家也会对你忠诚。

长期看来，有时别人多给你两百，多给你两千你就动心，或者处处算计、事事计较，人家有机会也不会给你。还有，你是聪明人，每个行业，当你做到一定程度肯定会升迁上位，一升迁上位就会有人对你挑剔、处处找你毛病，因为大多数人都对自己特别宽容，对人家非常苛刻，这很常见。很多人做错事都会先给自己找借口，找无数理由试图证明自己没错，把错误推给人家。你之前那件事也是，如果当时你不是觉得丢脸离开，认真地再做一部戏的副导演，老板不是答应你下一部就可以让你做导演了吗。你赌气一走就是六个月，回来一切又得从头开始，人家还觉得你这个年轻人不经事，受不得一点委屈。

如果当时不走，继续干副导演，现在不已经是正导演了吗？面子和虚荣都是不必要的负担，你还年轻，这六个月对你不是坏事。

唐季礼心里一下子豁然开朗。

父亲说，行行都有困难，每次事业遇到困难，犹豫退缩时，你都要问自己，离开这个岗位去别的地方，你再去冲的时候，最终还会不会再遇到这个困难。是不是每次遇到困难、遇到自己解决不了的问题时就换个工作，换个地方？你能换几次、换到多大？换个行业，原来的资源就得全部丢掉，就得重新开始，这个得失一定要认真掂量。如果每件事都想试试看，抱着不行就算的心态，那就肯定不行。

唐季礼听了频频点头，说我明白了。

父亲又说，定力和目标也很重要。你不能人家说你帅，你就想跑去当演员；某个朋友说开酒吧赚钱，你又想去跟着开酒吧；再听到谁说某一行生意好做，或者炒股票容易赚钱，你又跟着去做生意炒股票。千万不要耳根软。男人一定要有自己的专业，术业有专攻，有在那个专业和领域研究发展的能力，他才会有成就。

唐季礼至今还清楚地记得当时父亲给他算了笔账。父亲说，人的生命大概有九十年，这还是长寿的；一天睡八个小时很正常，一天二十四个小时，等于你人生光是睡觉就用掉三十年，三分之一没了；小时候的一岁到十岁不算在内，老年的八十岁到九十岁也别算了，幼时是很多事情还不懂不开窍，耄耋之年浑身都是病什么也做不了，这两个阶段又减去二十年——加上用来睡觉的三十年，已经五十年没了，剩下真正可以用来享用的时间只有四十年。接着还可以再算笔账：从你十岁开始，无忧无虑，慢慢懂得享受学校生活、享受和家人朋友一起玩时的开心，你已经开始享受人生了；可是当你二十四岁毕业出来工作，一般人退休年龄早的五十五岁，你也就有三十年，二十五到五十五岁这三十年；从你早上睁眼起来上班到下班大概要用十二个小时，

给演员说戏

那就是三十年的一半，又十五年没了，你自己剩下的时间很少；放假、开心、玩，就十五年。如果你选择了一个错误的工作，一个让你不喜欢的工作，你整个三十年里，那就有十五年是不开心的；如果选择一个让自己开心的工作，你开心的时间就延长十五年。所以选择工作一定要选让自己开心的，是你真正喜欢的，这样你的人生才过得有意义。而且你要明白，最终每个人都是一个人来，一个人走，什么都带不走的。有什么是你能带走的呢？

父亲接着问他，如果现在让你拥有全世界所有的钱，所有的权力，可是你只有二十四小时的生命，你要什么都有，你要多少钱花都有，可是你只剩下

左图：拍摄现场与工作人员沟通

右图：天生面"嫩"，拍《红番区》时，看上去仍像个大学生

二十四小时，你打算做什么？

唐季礼回答，我陪家人，见见我的好朋友，吃我想吃的美食。

父亲又问，还有呢？

没有了，不是只有二十四小时吗，你能不能多给点时间？

二十四小时你觉得少？我给你一百年算不算多？地球存在了亿万年，人类才在这地球存在了多少年？你跟我在人类历史长河里又算得了什么？每一天的开心与不开心在你整个人生中又算得了什么？可是很多人出来做事都是为了一些虚无的东西。有的女孩为了买个好包，开部好车，跟自己不喜欢的人，跟比她自己爸爸年纪还大的人在一起，就是为了更轻松地得到这些东西。有的男人为了赚

钱不择手段，行贿受贿、坑蒙拐骗，就是为了赚钱去挥霍。可是他们在做这些事的过程中，就没有想过要花时间去陪家人朋友，他们努力想要得到的都是刚才你没提过的东西，都是你人生生不带来死不带去的东西。人生只是一个过程，你要让自己的人生过得精彩，一定要找一个你真心喜欢、愿意为之付出的工作，这样你天天出去工作就是一种快乐。

父亲说，在决定以后从事的方向之前，你要认真想清楚你自己适合做什么，你想做什么。只要是自己真心喜欢的行业，遇到任何困难都不能放弃，必须努力撑过那个困难。遇见那种你觉得想办法也无法克服的困难，就是你能力还没达到或者条件还没成熟，不要强求，顺其自然，不要因此就消极懈怠。

我叫你挑战力所不能及的事，如果因为没有经验而做不好，那也没关系；如果这次做不好，一定要弄清楚自己什么地方错了，什么地方不足，下次你就明白、就有经验了。人往往是随着挫折与经验成长，这样你就会越来越有经验，越来越有所悟，人生也越来越精彩，所以你不要怕任何困难。很多时候困难一来，大多数人扛不过，如果你能扛过，你就是人中龙凤；人家做不到而你做到了，就是你的成功。人要成功必定要不断挑战力所不能及，继而做到能人所不能。如果你做的事是谁都做得到的，你就是庸常的一般人。这也是我一再跟你说的，要能人所不能，要挑战力所不能及。

最后父亲告诉他，做人一定要有决心，什么叫破釜沉舟？什么叫背水一战？那些故事你都念过，可是你没把它当一回事。如果你做每一件事都有破釜沉舟的决心，都有背水一战的心态，你的胜算就会更大。

1985年的那个晚上，父亲对他讲的每一句话，唐季礼几乎都能复述下来。他知道，那是父亲一生的领悟与总结，他希望儿子早点明白这些道理，少走弯路，过好自己的人生。正是因为父亲的启发，唐季礼开始明白，人生什么都带不走，最重要的是有时间去关爱、陪伴你的家人朋友，认真过好每一段时光，让他们快乐，让自己快乐。

对唐季礼来讲，正如父亲说的，有时间多陪家人很重要，找一份自己热爱、让自己开心的工作很重要……所以这几十年来他觉得自己很幸福，因为一直做着自己喜欢的事，一直为了理想不断迎接挑战，不断奋斗努力。

重回电影圈

唐季礼从加拿大回香港不久，姐夫罗烈成立了自己的电影公司。罗烈告诉唐季礼，最近正在筹划去广东韶关拍一部电影，是一部武打片。罗烈说，你也有不少经验，现在正好没事做，不如你过来帮我，大家一起把电影拍好。那时唐季礼虽经过父亲的开导，依然对没当成导演的事耿耿于怀，也还是拉不下面子，不好意思去找往日剧组里的兄弟。在加拿大的那段时间他彻底想明白，影视才是自己今后真正想一生从事的、也是不二的职业选择。罗烈这么一说，他立刻答应下来，因为这次是在大陆拍片不是在香港，没问题啊，面子还保得住！

于是，1985 年年底，唐季礼跟随罗烈一起到广东拍摄《少林禅宗六祖》。电影是由罗烈成立的香港罗氏影业联合珠江电影制片厂共同拍摄，那次也是唐季礼长那么大第一次来到中国大陆。

《少林禅宗六祖》由罗烈导演，选中北京武术队优秀运动员孙建明和上海影视新秀乐韵做男女主角，元彬做动作指导，在广东韶关六祖惠能真身保存地南华寺开拍。孙建明曾是太极拳冠军，曾任日本国家武术队的总教练，是李连杰在什刹海体校的师兄。电影原本以少林禅宗六祖的故事为题材，讲述五祖欲在弟子中选拔继承人，大弟子神秀立即讲出了他那段著名的偈语——“身是菩提树，心如明镜台，时时勤拂拭，勿使惹尘埃。”神秀本以为胜券在握，不料舂米沙弥惠能在此基础上讲出更胜一筹的另一段——“菩提本无树，明镜亦非台，本来无一物，何处惹尘埃。”五祖认为惠能的“空无观”比神秀更彻底，又因为看不惯神秀的霸道，决定将衣钵传与惠能。为免与神秀冲突，惠能离开少林寺返回家乡。神秀不甘失败，亲自带人前去追杀。隐匿乡间的惠能因协助百姓击杀海匪暴露了身份，只好与神秀展开殊死搏斗。最终，神秀落败，心服口服地跪倒在惠能跟前……这本是佛教史上一段有争议的悬案，被改编成功夫片，又让两位高僧大打出手，以致惹恼宗教界人士，在媒体上提出抗议，后电影不得不更名为《南岭传奇》，其中人物的名字也做了相应改变。

更名后，故事也做了很大调整，变为孤儿悟性和慧清自幼由东山寺住持慧远收留抚养，在寺院里长大做了行者。神法和尚自恃地位高，为增强己方势力，强迫行者听经、练武、打坐参禅，待之如奴隶。悟性不满，认为佛在人心，不必拘泥形式，被神法斥为异端邪说。慧远年事已高，欲将住持之位传与他人，于是召集僧众，挑选继承人。悟性自认是晚辈，以德为重，与神法比武时有意相让，并作偈阐述佛法心得。慧远见悟性襟怀坦荡，对佛学亦有智慧见解，有意传位于他，但心知悟性所持新解难以在本寺立足，便将袈裟传给他，劝其离开本寺到南方发扬佛学新说。交代好一切，慧远安然圆寂。神法久觑住持之位，得知悟性已得袈裟离去，恼羞成怒……悟性来到宝林寺正式出家为僧，神法亲率众徒赶至宝林寺欲夺回袈裟、除掉悟性。悟性为护法与神法恶斗，但手下留情未伤及他性命，并告诫他应收敛心魔。神法自知己过，返回东山寺。悟性则留在宝林寺潜心于佛学新解。

当时唐季礼在剧组里担任动作副指导、副导演，以及编剧之一。电影原本有个老式的剧本，唐季礼自告奋勇表示要负责把它改成能够拍摄的分镜头剧本。以前长期做副导演，而且在加拿大那段时间他读了很多英文原版关于电影制作的书，他很乐意学以致用做这些工作，觉得是自己学习的好机会。有唐季礼在，不管是导演还是摄影都觉得省心，因为他做的分镜头剧本非常细致好用，让他们省了不少时间和精力。

1985年在广东拍摄《少林禅宗六祖》（后改名《南岭传奇》），因为勤于练功，那时唐季礼虽瘦，却是个不折不扣的肌肉男

不仅如此，分内工作做完，唐季礼就去跟摄影师学习摄像机怎么摆位，怎么取景，怎么对光；如何用俯、仰、摇、跟、推、拉等方式拍出更好更有表现力的运动镜头；明白了拍武侠片时因为动作快速强烈，多用特写短镜头，光与影的比差尽量显著，色调对比宜强硬，细节处描写富有力与美的表现……此外他还认真跟武术指导元彬学习套招，怎么放机器，什么样的场地合适，遇到具体问题该如何解决，怎么谈判，如何跟政府官员沟通以取得他们的支持等。

唐季礼在《南岭传奇》剧组一待就是十个月，这十个月他一点时间也没有浪费，非但没觉得漫长，反而过得相当充实，每天都在学习新的东西。当时罗烈给他开的薪水是每个月两万港币。因为是自家人，他就让罗烈每个月给妈妈三千块，其他的钱先帮自己存着，反正暂时也用不着。整天在剧组待着，那十个月他只花了五千块钱，除了买点衣服，还买了个冰柜。当时正值又闷又热的时节，他花八百块钱买了个很大的冰柜，然后买了一箱箱可乐冰起来。他还买了好几箱火腿肠和公仔面，熬夜饿了就泡面吃。听说他买了冰柜，后来大家有事没事都聚到他这里吃喝聊天，他很开心，自己一下成了剧组最受欢迎的人。

拍戏大部分时间都在南华寺，唐季礼早上开工前都会先去参拜一下六祖惠能的真身，工作之余还找来《法华经》《楞严经》《大般若经》《金刚经》《心经》等认真研读。正是那段时间，他开始体悟到，所谓广结众缘，就是不要轻易伤害任何人；他尤其对佛法讲的众生平等深有感触，“郁郁黄花，无非般若，青青翠竹，皆是法身”，是用一种平等的视角和心态护持一切有生命的物种，慈悲为怀，善待一切生命。在工作生活中，这种平等还包括对人的一视同仁——不论场工还是投资人，他都一样对待，在他看来，对人尊重，就是在庄严自己。所以，不管遇到什么状况，他都不会随便贬损别人，更不会在拍戏时满场爆粗口。与家人一起是缘分，与朋友一起是缘分，与同事一起工作也是一种缘分……唐季礼认为，正因为如此，善待身边的每一个人即是善待有缘之人，这也是佛法之要义，这些对他今后的做事、为人影响深远。

时间过得很快，拍完戏接着做后期，所有人都发薪水了，唐季礼只收到一千八百块，是帮着姐夫做后期的车钱。至于那十个月每个月剩下的一万七千块（十个月一共十七万），因为回来后罗烈和姐姐唐嘉丽闹离婚，一分钱也没拿到。唐季礼倒也没有太介意，反而宽慰自己，就当交学费去学习了。

因为那十个月没赚到钱，又不好意思伸手跟父母要，唐季礼回香港后就不断接戏，最多的还是做武行。二十世纪八十年代正是香港电影的黄金时代，电影产业相当兴盛，电影生产的数量也非常多。那时他早晚都开工，同时跟着四个武术指导，只要有工作就去做，每周休一天，如果有急活儿，干脆一天也不休息。当时香港电影圈的行市是替身一天一千六百到一千八百港币，他一天能做两个就是三千多块。时间几乎都被工作排满，自然很少有机会出去花钱，甚至吃饭都是靠剧组的盒饭解决，所以他记得那段时间赚了很多钱，觉得还挺有成就感。不过，确实每一分钱都是辛苦钱，是以危险、搏命，以及累累伤痕为代价赚来的。

因为身材比较瘦小，唐季礼给当时很多一线女明星如米雪、戚美珍、钟楚红、张曼玉、杨紫琼等当过替身；也因为武术功底好、身手敏捷矫健，给狄威、钱小豪、陈惠敏、周润发、狄龙、张国荣、许冠文等诸多男明星做过替身——细数起来，他给大部分的当红明星都做过替身。

唐季礼的拼命三郎精神也给大家留下深刻印象。据著名武术指导元彬回忆，1986年，唐季礼在由周润发、张曼玉、钱小豪、惠英红等主演的《原振侠与卫斯理》中做替身。电影讲述名医原振侠在泰国北部探险，发现大巫师将已故酋长之女芭珠血祭“老祖宗”，原振侠救了芭珠，自己却中了血咒……唐季礼在片中不仅给张曼玉当替身，还同时饰演一个戴着面具完全看不到脸的怪兽。拍怪兽一场戏吊威亚时，他从五六米的高空中降落下来，因用力过猛，整个人撞向旁边的栏杆，当即疼得直不起身。元彬以为没什么大事，当武指的小磕小碰见得多了，再加上眼看太阳快要下山，意味着光线限制拍摄时间所剩不多，元彬大声叫他别假装受伤，赶紧再做一遍好收工。唐季礼二话没说，起身忍住痛又做了一遍，这次镜头顺利通过。不过他从高处再跳下来马上被送到医院，一检查原来是肋骨被撞裂了。肋骨断裂的疼痛是一般人难以忍受的，给他检查的医生听说他还坚持做了那么高难度的动作非常惊诧，嘴里不断地说着：简直难以置信，简直难以置信，常人早就疼晕过去了！铁打的！

1987年，吴宇森、徐克导演的《英雄本色2》中，有一个高难度的动作场面，动作导演程小东想找人做张国荣的替身，那就得找一个相貌英俊身手敏捷有功夫功底的人。大家当时都很犯愁，长得英俊的早就去当明星了，更何况还要身手好，上哪儿去找啊。正说着，大家不约而同想到了唐季礼。

在设计中，那个场面是快艇高速驶近，唐季礼从十多尺高的岸边纵身一跳正好跳上快艇。第一次拍摄时他飞身一跳，结果快艇没跟上，整个人直接拍到冰冷刺骨的海里去了。程小东觉得特别不好意思，他很清楚这个动作不但难度很大还相当危险，而且要求演员和快艇的配合度要高。等唐季礼上到岸上，还没等身上的水擦干，就主动跟程小东说，我没问题，换了衣服再跳一次。一切就绪，唐季礼又跳了一次，这次镜头一次完成。

与好友李心洁

做执行导演，拍《天使行动》Ⅱ、Ⅲ

1987年，唐季礼作为武术指导和副导演，跟随《天使行动Ⅱ之火凤狂龙》剧组去看外景。当时的导演和制片人闹矛盾，制片人解雇了原来的导演并决定自己亲自执导。他见唐季礼参与了前期剧本的很多意见，对整个故事非常熟悉，而且很有想法，于是决定让唐季礼来当执行导演。他对唐季礼说：好好做，如果做好下一部戏我就让你当导演！

唐季礼一听非常开心，马上全心投入去拍《天使行动Ⅱ》。电影拍摄地在马来西亚，全部为实景拍摄。拍摄中，唐季礼除了担任执行导演和动作设计，还担任其中的飞车特技。由于是第一次做执行导演，唐季礼请了好兄弟元德共同做武指，还请了圈中好友李文耀做副导演。

《天使行动》系列一共三集，是二十世纪八十年代港产动作片的重要作品，第一集于1986年在港澳台及东南亚地区上映，因为票房不错，翌年又筹划拍摄第二集《天使行动Ⅱ之火凤狂龙》，由李赛凤、方中信、陈庭威、吕少玲、萧玉龙等主演。电影完成后，于1988年9月在港台及东南亚上映，票房收入达六百八十多万港币，制片人很轻松地赚了一大笔，对唐季礼的表现相当满意，于是又找到他，让他接着再拍《天使行动Ⅲ》，还是做执行导演。

唐季礼有些不高兴，因为制片人之前跟自己说过，这次拍好了，下次做导演，怎么还是执行导演？

制片人解释说，因为上一部卖得不错，发行方希望第三部和第二部是同一个导演，这样才好宣传。如果第三部导演变成你来导演，怕到时候不好发行。

南洋商報　一九八八年三月四日　星期五

香港星輝影業公司二百萬元制作

「天使行動」續集來馬開戲

籌備工作就緒·獨欠大馬天使

「天使行动」续集执行导演唐季礼。

港产电影「天使行动」即将开拍续集，这回，天使飞来了吉隆坡。

由於故事发生在马来西亚，因此执行导演唐季礼与制片李文耀必须拉大队前来驻扎，三月七日正式开镜。

他们早於一个月前在我国进行筹备工作，一切都已准备就绪，唯独大马的天使尚未物色到。

唐季礼说，大马天使可男可女，除了会演戏外，基本条件是身手必须敏捷，因此此片是以动作为主，火爆场面颇多。目前，他已接见过很多名大马人，日内作最后决定。

「天使行动」续集少了上集的西城秀树，但李赛凤、吕少玲和方中信这三位天使仍形影不离，三人结伴来马来西亚游玩及探访方的同学陈庭威，结果卷入一宗贩毒案。

将参加康城影展

陈庭威饰演本地一名富商，……

由龙虎武师晋级至武术指导，副导演的唐季礼透露，这部片的外景地区包括吉隆坡、槟城、怡保及马六甲，有几场飞车特技戏是在市区和园丘内拍摄。他已邀得本地的一些赛车好手参加演出。

预料这部片需三个月时间拍摄，星辉影业有限公司准备以「天使行动」续集来参加法国康城影展。

他表示，大马政府对外国人在本地拍片方面，手续较复杂，不过在当局协助下，问题仍能迎刃而解，军方更供应他们真枪拍戏，因此，效果必然逼真。

制片李文耀还说，国家汽车经销公司特地提供了五辆普腾赛佳给「天使行动」，其中一辆是改良的快速车，另一架甚至可应用至全毁。

他入行达七年，原是拍广告出身，转至电影业后曾参与德宝、宝禾、嘉禾及好朋友等公司的拍戏工作。

谈及这次为何选马来西亚拍外景，他说，香港影业竞争激烈，外景缺乏，而大马风景在影业中还很新鲜，因此决定在这里开戏。

器材由香港运入

他希望以「天使行动」把真正的马来西亚介绍给全世界的观众。他认为大马其实有许多值得突出的地方，所以欲在不夸张的情形下尽量配合剧情给予介绍。

「天使行动」续集耗资二百余万元（港币八百余万），大部份拍戏用具皆从香港带来，在运输上蒿大费周章，单是两套昂贵的Panavision摄影器材便有五十三箱待空运，余者则通过海运抵达大马。

本报记者：覃宗兴

「天使行动」续集制片李文耀。

葛香亭及林青霞等获台新闻局长颁奖

（台北消息）行政院新闻局长邵玉铭前天上午十时颁奖给杰出电影从业人员葛香亭、侯孝贤、小……

1988年3月4日，《南洋商报》关于《天使行动Ⅱ》以及唐季礼的报道

于是，1988年，唐季礼继续担任《天使行动Ⅲ魔女末日》的执行导演。拍《天使行动》第二部时，唐季礼从开机到后期制作，从头到尾兢兢业业任劳任怨。由于第一次做执行导演，有机会全程参与各个环节，他觉得是个绝好的学习机会，凡事亲力亲为，很快对电影制作的各个领域都熟悉起来。到拍第三部时，他已经有了相当的经验，称得上是驾轻就熟，能够独立驾驭一部电影从前期准备、拍摄到后期制作、宣传发行的全过程。

拍摄《天使行动Ⅲ》时恰逢唐季礼生日，剧组一起为他庆生

身上的包是唐季礼去日本时买的，他小得意地说，当时演艺圈他是第一个戴这种腰包。左为李文耀

在第二部中，有一个情节是女主人公从百尺多高的树屋上跌落下来，撞破一个茅草屋摔在地上。当时因为周围环境限制不能吊威亚，不过大家都认为只是个简单的动作，根据以往经验，只要在地上做好防护就没关系。等到正式拍摄这场戏时，先是由剧组里的武师上去做女主人公的替身。服装穿好、摄影机架好、灯光布置好，地面也铺好各种垫子作为防护，结果武师爬了一半就喊头晕，大家以为武师在开玩笑，都一阵起哄，

结果武师怕到腿软失足掉下树，当即被送进医院。

唐季礼往上一看，觉得这有何难，不就是从树上跳下来嘛！看着还好吧，没那么可怕。于是他跟大家讲没关系，拍摄继续，我去当替身。他很快换好服装亲自上场，一上到树上才发现，这个距离实在是高，从下面看不觉得，可是站在上面往下看，腿的确开始发软，加上树上无处下脚，站都站不稳，难怪武师会摔下去。他心知不妙，自己未必能顺利完成这组镜头。但是转念一想，这种情况若吩咐别人做自己不做，有点太没义气；而且，他明白如果自己都做不了，剧组里其他人更是做不到。因为实在腿软，他扶着树干蹲了好一会儿，看见树下的工作人员准备得差不多了，只得硬着头皮站起来，鼓起勇气，心一横就跳了下去。虽然地面已经备有防护垫，因为太高，他跳下去之后还是重重地摔在地上又弹起来，头立刻撞起一个很大的包，头套也摔脱了，拍的镜头自然不能用。大家都围过来，看他一副惨不忍睹的样子都吓坏了，谁都不敢说话，也不敢贸然过来动他。

唐季礼被摔蒙了，躺在地上浑身疼痛难忍，好像五脏六腑都被摔出来一样。他平顺了一下呼吸，心知摔得不轻，又试了试觉得自己的左胳膊还能动。他想，如果自己现在去医院，整个剧组都得停工，于是装作没事，忍着痛冲大伙儿摆了摆左手，假装语调轻松地说我没事没关系，我先躺一下，大家去吃点东西休息一下，一会儿重拍。其实唐季礼是太疼了，趁着这个时间赶紧恢复一下。半个多小时之后疼痛总算缓解了一点，大家也都吃完饭，为了赶进度，他强忍着痛又爬到树上做了一次，每走一步都是钻心的疼。有了上次的经验，这次还好摔下来的位置比较合适，头套也没有摔脱，这场戏勉强通过。但是唐季礼落地后疼得已经连话也说不出来，又不敢贸然移动，就那么在地上躺了很久。收工后他马上去医院检查，还好并无大碍，但是此后半年多的时间，哪怕是轻轻咳嗽一声，都会觉得胸口疼痛难忍，如撕裂般难受。

拍摄过程中，剧组人都对他的能力和人品非常肯定，对他的为人也相当

开机仪式

敬佩。经过那段时间的历练，唐季礼对自己越来越有有信心，觉得通过拍摄这两部作品，自己已经熟悉了电影拍摄的整个流程，在处理场面、故事，跟演员沟通，以及整个剧组的管理等方面都有底了。

这两部作品的市场反响相当好，每一部都很赚钱，他开始渴望真正拍一部自己的电影。

剧组合影

2

【作品篇】

《魔域飞龙》一波三折

故事梗概：

日本企业家中村宏一（张国柱饰演）曾在“二战”期间当过军人，战后到港创办企业，却因某次周转失灵，必须用大量资金挽救公司。于是他孤注一掷，决定发掘在战时获悉的藏于印尼热带雨林中的宝藏，不料途中遇上土著食人族并被抓获，人们都认为他已经死亡。

印尼警方发出中村宏一的死讯，消息传回香港并引起轩然大波。由于中村宏一在失踪前曾投过巨额保险，他的律师去法院诉保险公司立即赔偿。原本在日本留学的江子（吕少玲饰演）回港办理父亲后事，但她不相信父亲就这么死亡，坚持要去热带雨林寻找父亲。曾负责中村保险业务的Lucy（利智饰演）被公司高层误解和中村串通骗保。为洗清自己，Lucy冒

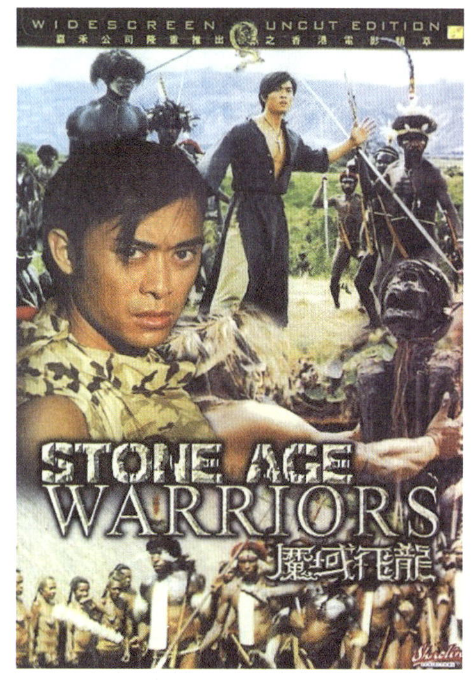

主　　演：利　智　吕少玲
　　　　　樊少皇　张国柱
编剧、导演：唐季礼
上映时间：1991 年

2017 年在马来西亚做《功夫瑜伽》宣传时，当地影迷找来当年《魔域飞龙》的海报

充中村的情妇并假装怀孕找到江子，说服她带着自己一起来到印尼。

寻找中村的过程中，她们结识了在丛林中生活的传教士后代飞龙，在他的帮助下，江子和 Lucy 顺利到达热带雨林深处。经多方观察打探，她们发现这里有个食人部落，且受一伙制毒集团的控制。为得到藏宝图，这伙人把中村抓到部落中。

解救中村的过程中，飞龙三人历尽艰辛。江子在发觉 Lucy 并非父亲女友后，和 Lucy 产生隔阂。但在险恶的环境中，二人相互扶持帮助并彼此了解，结下深厚友谊。闯入食人部落后，凭借飞龙矫健的身手，三人团结协作救出了中村。经过和匪首及其部下的殊死搏斗，Lucy 身负重伤，但四人最终成功逃脱，乘坐从匪徒手中抢来的直升机离开了这个噩梦般的地方。

在当时香港影视圈，武行是收入最高的幕后工种。转做幕后工作的唐季礼，月收入少了很多，投入工作的精力和热情却提高了百倍。从场记、武术指导、副导演做到摄影、剪辑、执行导演，他已经对电影制作的各个环节了如指掌。尽管头两部片都是替他人作嫁衣裳，但市场反响不俗，票房收入很好，让他对自己充满信心。

1990 年，已在电影界摸爬滚打多年的唐季礼终于在家人和朋友的帮助下，有机会自组“金门电影公司”，投资拍摄电影。当时香港正流行《英雄本色》《倩女幽魂》那样的影片，唐季礼考虑到自己在导演界只是新人，资金有限，请不起周润发、张国荣、王祖贤那样的大牌明星，要想吸引观众注意、突出重围，必须要做到“能人所不能”。

中意探险题材

由于喜欢猎奇和冒险，喜欢斯皮尔伯格的电影，尤其喜欢《印第安纳琼斯》系列和寻宝题材，加之一直对《人猿泰山》类的故事情有独钟，唐季礼决定规避当时香港电影的热点题材，另辟蹊径，开始着手自己编剧、自己写故事。经过再三斟酌几经修改，最后他把自己创作的一个全新的故事命名为《魔域飞龙》——这种探险类型的作品在当时的香港电影界是个新鲜的题材。

从唐季礼第一次拍电影的选材角度来看，他从起点就与很多香港导演不同，有着更为国际化、更加西化的视野与风格。

就这样，唐季礼带着从家人朋友处筹集的八百万港币资金，去印度尼西亚的几内亚岛拍摄自己的处女作。当时唐季礼请了利智和吕少玲做女主角，男主角樊少皇那时才十七岁，刚刚入行没多久；他还请来狄威客串。

之所以把拍摄地点选在印尼，缘于他在做武术指导时曾来过这里，当时有一个令他非常意外的发现，就是当地有被称为“猎头族”的土著部落（那个部族认为人头的魔力会给自己带来好运、力量和兴旺，因而捕猎其他部族

拍摄“土人大战”一场戏

的人头，也被称为食人族），部落以采集、狩猎、捕鱼为生，至今还生活在石器时代，过着原始的刀耕火种的生活。不仅如此，他那时还在当地的原始森林中看到过成群的史前动物，也就是后来在电影中出现的科莫多龙。这些科莫多龙皮肤粗糙无鳞片，全身呈黑褐色，长满了隆起的疙瘩，

与《魔域飞龙》的男女主角一起，都是意气飞扬的年龄

有长长的舌头和坚硬的爪子，粗厚的硬皮可让它们在捕猎蛇时防止被蛇咬伤。唐季礼还专门向动物学家请教，对科莫多龙进行了研究，得知它们属于蜥蜴类，也叫科莫多巨蜥。科莫多巨蜥的尾巴十分有力，粗壮的大尾末端的尾鞭可扫倒敌人，尖爪则可以轻易地将猎物撕成碎片。它们敏锐的舌头能够像蛇一样起到收集到气味颗粒的作用，可以察觉一千米范围内食物的气息；捕食动物时凶猛异常，行动迅捷，在茂密森林中奔跑的速度极快……唐季礼对那种浓厚的史前景象简直着迷了，当时就暗下决心，以后一定要拍一部自己的作品，一定要到这里来实地拍摄。

当年唐季礼为拍摄《魔域飞龙》而成立金门电影公司

到了印尼之后，听说他要拍科莫多龙，当地人告诉他，科莫多龙的唾液中含有至少三十七种细菌，每一种都是致命的，即使是水牛被它咬上一口也会无药可救。如果被咬到，即使猎物逃脱也没用，因为科莫多巨蜥的涎水中有多种脓毒性细菌，细菌会通过伤口进入猎物体内，顺着血液循环迅速传播，很快就引起败血症使猎物行动变缓，七十二小时内便会身亡。听到这些，唐季礼这才觉得原来这种动物不像自己想象得那么“可爱”，应该是恐怖才对。不过既来之则安之，要拍一部好电影的决心让他战胜了一切恐惧。

在拍《天使行动》时，虽然拍出来大家评价还不错，但唐季礼心里很清楚，电影里面很多情节都似曾相识，都有出处，很多桥段是在 Copy 其他的戏，缺少创新，而电影最重要的就是要有创新。所

以拍《魔域飞龙》时他暗下决心，这是自己的电影，不仅要好看，更要拍别人没拍过的东西，拍别人拍不了的，拍出新鲜感，拍出真正的创意。

在剧本创作阶段，唐季礼曾设计了一个情节，就是 Lucy 和江子被两个土著人追赶，失足掉进一个水流湍急的瀑布，又顺着瀑布落下晕了过去。醒来后又被蜥蜴追逐，被逼爬到一棵大树上……这个桥段设计得很热闹，也让唐季礼颇有些得意，可是临到拍摄时问题来了：利智和吕少玲都不会游泳，唐季礼当时就有些傻眼了。好在吕少玲表示自己虽然不会，但是可以学。而利智天生怕水，更何况要做那些非常危险的动作，说什么也不肯下水，怎么说都不行。

摄影机已经架好，所有人都在等着，怎么办？

思忖再三，唐季礼觉得不能放弃这段情节，他想起父亲跟他说过的，要能人所不能，什么都要试试看能不能做到。于是他想尽办法把两个女生“忽悠”下水，然后自己一遍遍地示范给她们看，让她们放宽心，这些动作其实有着十足的安全保障，不会有丁点差池。他还通过自己的示范告诉她们，怎么做才能达到最佳效果——最后，利智和吕少玲勉强同意试试看，一试再试，终于达到预期要求。回忆起当时的情形，唐季礼认为，一点点说服两个女演员去实现在她们看来不可能实现的情境，这本身也是件很有意思很有挑战的事。

在江子和 Lucy 二人误入战场、最后跌入瀑布之前，唐季礼设计了一场一千个土著人开战的场景，他对这一想象中非常壮观的场面充满期待。

到了拍摄土著人大战时，摄制组早上六点不到就开始忙碌，认真做好开拍前的各种准备，找土著人来演戏的工作则交给几个当地人负责。准备工作已经万事俱备，一直等到九点，突然听到土著人的叫声，声音由远而近。只见一排排卡车接踵而至，一车车土著人载歌载舞，好不热闹。下车后土著人分成七组，因为他们一共分属于七个不同部落。剧组正准备按照既定计划开拍，可是突然又开来一辆卡车，车里下来一队荷枪实弹的警察。警察先是来询问片场谁是负责人，然后对唐季礼说，在这里拍摄可以，但不能拍打斗场面。经过一番交谈，警察告诉唐季礼，如果照他说的那样拍摄，到时候这些土著人绝对会真的开战，场面肯定控制不住，无法收场。唐季礼心说惨了，大家来到这里等了三个星期，经过多方艰难沟通，该花的钱花了，该打点的打点了，也早就发出通告，现在一千多个土著人已经来到这里，居然说不能拍打斗场面。更何况这段戏还是剧中的重头戏，如果拍不成，电影的整体效果就会大打折扣，那不就白折腾了。他有些傻眼，一边试图跟警察沟通交涉，脑子里一边快速地想着各种解决方案。

《魔域飞龙》的男主角樊少皇至今对当时的情景记忆犹新。他记得警察一来，大家全都不知所措，不知该如何应对。本来在那边的拍摄条件就相当艰苦，这么重要的一场戏如果不让拍，前边的辛苦准备不都白费了？！当时剧组每个人的情绪都无比沮丧低落。

正当大家一筹莫展时，唐季礼突然灵机一动，可以把这七队人每队分成两组，设置一个区域，让他们同族人之间互相打斗，而拍出的效果在观众看来，就像是两个部族在打斗。如此一来，其实就是七个部族本部落的人各自在打斗，这样就不会出现部族间发生冲突乃至战斗的意外场面。

唐季礼马上把这个方案告诉在场的人，因为土著人语言不通，所以交流时先要将英语翻译成印尼语，再将印尼语翻译成他们的部族语言（每一个部族都有不同的方言），以便向酋长解说，再由酋长向族人讲解拍摄方法，以及教他们如何演戏……几个小时过去了，经过艰难的沟通，到了下午，这个方案最终得到警察认可。

唐季礼告诉大家说：就这样吧，先拍大场面，抓紧时间，太阳快下山了。于是大家各就各位，按照唐季礼的想法开始拍摄。

停机后，大家各自回到原位，没承想还是发生了意外：两个土著人躺在地上，一个臀部中箭，另一个大腿中箭……

条件太苦，剧组的人相继离开

在电影拍摄过程中，当地的警察、军队、流氓不断来剧组滋事及敲诈勒索。搭布景原来预定三个月，因为不堪各种骚扰，重新找场景、搬地方，重新搭景又多用了一个多月。由于资金紧张加上拍摄环境极其艰苦，工作人员生活很简陋，吃不好睡不好，老鼠、蚊虫更是随处可见。于是每隔几天剧组就有人离开，到拍摄后期，最初二十九人组成的团队只剩下十一个人。

最让唐季礼难过的是，在关键时候，电影筹备阶段主动要求加入剧组的一个好朋友也提出要走。他再三恳求那个朋友留下帮他，他很恳切地对朋友说，人手本来就少，大家都知道你是我的好朋友，如果你走了，人心就更散了，很可能电影就拍不下去，前期投入都等于打了水漂。之前拿了人家的投资，可能全部亏掉，就当是帮我渡过这个难关，我希望你不要走。

《魔域飞龙》开机

但朋友不为所动，实在不愿继续吃苦，还是决绝地离开了。送走那个朋友，唐季礼背着其他人偷偷落泪。他想到一开始都是好兄弟，因为互相信任在一起搭建了这个团队，可是现在兄弟们一个个离开，好朋友也在这么困难的时候离开自己，不由得暗自神伤。

不过，他想得更多的是在现有条件下如何完成拍摄。家人朋友因为爱与信任才会给自己这些投资，这不是一笔小数目，不能辜负家人朋友的信任，说什么也不能因为自己半途而废让亲朋好友蒙受损

《魔域飞龙》中的土人

失，不能让他们的投资血本无归。于是唐季礼擦干眼泪，打起十二分精神，暗下决心再怎么艰难也要把电影拍完。彼时剧组只剩一个摄影师，一个助手，一个灯光师，还有五个武行跟两个演员，于是他就身兼场记、副导演、摄影、制片、武术替身、司机数职，剧组需要什么就做什么，需要什么时候顶上就立刻顶上。

当时拍的是宽银幕(panoramic screen)，一共有两部机器加四十九个箱子的胶片、道具等，光这些东西搬运起来就是个很大的问题。于是剩下的人就每人带一队，每队带四五个土著人一起工作。因为语言沟通障碍，那些土著人大多时候不明白他们在讲什么，往往做起事来南辕北辙，该搬东西的时候他们放下，该放下的时候他们又搬起来……好在不管再苦再难，他们还是咬牙坚持下来直到影片拍完。

多年以后，唐季礼谈起那段经历时已经心平气和，“那个经验让我觉得，以后做每件事情，都要问自己有没有能力做到。自己请人的时候也会很小心，会衡量对方的能力和实际困难。拍《魔域飞龙》时，最后我求他不要走的那个朋友在拍《超级警察》时我又请他过来帮忙，现在还在我身边做事。当时他觉得辛苦，觉得坚持不下来，走也有他个人的道理，这方面我不会去怪他们。我觉得，其实责任还在自己身上，因为毕竟我的经验不够丰富。虽说知道一定会遇到很多困难，但对困难的程度估计不足。”

这就是唐季礼，不管遇到什么问题，不会怨天尤人，首先从自己身上找原因；对人，总是换位思考，持豁达包容之心。

遭发行商抢白：谁知道唐季礼?

《魔域飞龙》拍完后遇到发行以及上映档期问题，对此唐季礼一筹莫展。

到台湾做发行时，唐季礼的哥哥帮他找到自己的一个蔡姓朋友，蔡先生在台湾开了一家电影发行公司。哥哥当着唐季礼的面给蔡先生打电话介绍了《魔域飞龙》的大致情况，就让唐季礼马上去找他。

见到蔡先生，唐季礼先是简单介绍自己在电影圈的经历，然后又讲了拍《魔域飞龙》的过程，因为想到对方是哥哥的朋友，所以就很直白地告诉他自己拍这部电影资金方面有亏损，问他买片的时候价钱能不能稍微高一点，然后大家一起分账，并且希望蔡先生能让公司的宣传队伍帮忙推广一下，发行做得努力一点，这样好歹能收回成本。

蔡先生听后低头沉吟片刻，抬头告诉唐季礼，你哥哥是我很好的兄弟，所以我更应该跟你坦白。我是有个宣发部门，整个团队只有九个人，全年里我们这九个人要发行一两百部电影。你算一算，这说明每个星期分到这九个人多少部戏，这九个人每天干多少活？你是新导演，电影里又没有大明星，你的题材又新，我怎么跟他们说？就说你这部戏宣传要做得好一点，要特殊对待？这话很难开口。其实即便我说了，他们都不知道该怎么做。你那部《魔域飞龙》我也看了，我觉得其实还不错，可是即便这样我也不知道该怎么去宣传。有什么卖点呢？导演是新人，影片里没有卖座的明星，夺宝的题材也不热门，不是观众熟悉的港片样式，你说我该怎么说服观众买票？观众愿意花钱买票去看的港片要么是王晶那种搞笑的，一帮美女一群明星；要么就是成龙、洪金宝主演的武打类型；要么是《倩女幽魂》那种鬼怪爱情；要么是周星驰那类无厘头。那些类型观众熟悉，我也知道该怎么宣传，知道什么人会去看。可是你这个什么类也没有，我怎么弄啊？你不是吴宇森，不是徐克，不是王晶，你是唐季礼。谁知道唐季礼？！你是做导演的，不能只埋头拍片，你应该在启动项目时就想好怎么宣传，就列出几个卖点给我们。我只有九个人，怎么发行或该重点宣传什么电影，把发行重心放在哪部戏上早就定下来了。你在拍片的时候就应该当发行的人什么都不懂，预先帮他们找到卖点，让他们拿到电影就知道该怎么宣传。说白了，怎么发行、发行的好不好那是导演你的责任，不是我的责任。你不能做完了再来交给我，让我帮你。很抱歉，这样我实在帮不上忙，不知道该怎么帮你。

虽然这次见面对《魔域飞龙》的发行没有任何帮助，听完这番话，唐季礼还是真心诚意地谢了蔡先生——他知道，这就是实实在在的市场。迈出大门后他强忍着眼泪，不是为自己受到抢白，而是觉得对不起投资人，对不起自己的家人朋友，是自己没做好，以为自己什么都行什么都懂，以为自己完全熟悉了拍电影的各个环节，其实最重要的发行工作却没有做在前面，没有早做打算。

自从那次辞别蔡先生后，唐季礼拍摄、制作的影视作品就再也没有一部亏过钱。他开始明白，从剧本策划阶段，就要按照发行的方向，事先想好怎么宣传，卖点在哪里，影片卖给谁。不仅如此，还要事先规划好这样类型的电影、这样的明星组合，该用多少钱的投资才合理。

唐季礼至今说起那段往事，都发自内心地感谢蔡先生给他上了人生重要的一课。

就这样，一个当时默默无闻的年轻导演的处女作，没有明星，宣传发行不得力，上映时间自然被排到电影市场最差的“五穷六绝”档期。香港所谓五穷六绝档期就是指暑假前的期末考试前那段时间，该放的假都放完了，学生们都开始忙于期末复习考试，正是工作学习非常紧张忙碌的时候，进电影院的人数自然也是全年最少。

尽管如此，由于惊险曲折的故事、稀缺新颖的题材、独具匠心的动作设计、令人耳目一新的异域风情以及对大场面调度的娴熟把握，《魔域飞龙》仍然收获了九百多万港币的票房，这在当时是相当不错的成绩。但是拍摄费用、后期制作费加上宣传费，算下来电影仍然亏了两百多万，这对于当时的唐季礼来说无疑是很大的打击，刚刚开始的事业，眼看处于风雨飘摇。

输了票房，赢得口碑

不过《魔域飞龙》在评论界得到很好的口碑。香港评论家登徒回忆起第一次看《魔域飞龙》的情景印象非常深刻，“当时我看午夜场，那时候不知道谁是导演，只是觉得这部电影能够以蛮荒的新几内亚为背景，有很多与巨蜥蜴做对手战的场面，很多令人匪夷所思的动作设计，觉得这个导演很大胆，很厉害，有勇气拍这种电影。”

香港著名武术指导元德认为，“透过那部电影可以看到，Stanley 走的是西片的路线，不是港产片擅长的中国功夫片种。第一，他去新几内亚取景，那里设施欠缺，拍摄困难。第二，戏中有很多激流瀑布场面，类似《第一滴血》，这不是中国功夫类型，讲求胆量和体能，但他敢于挑战。”

以今日的标准回顾审视，唐季礼独立执导的处女作《魔域飞龙》因为经费、创作环境等因素制约，在制作上算不上精良，但其在非一线明星阵容出演、五穷六绝档期上映的情况下仍然能取得近千万港币的票房，得以引起影评界和制片商的关注，足见导演的潜质和创造力。该片也初步显现了唐季礼对动作片特有的驾驭能力：在水准之上的动作设计基础上，更具有异域风情的造型空间、对大场面调度的娴熟把握、敏锐的细节观察力，以及尚属稚嫩却独到的镜头语言——例如龙飞（樊少皇饰）抓住吊索攀上树枝的动作，用了约二十个镜头剪辑而成，顺畅灵活而又清晰真实。

唐季礼执导的动作片之所以能取得跨地域跨文化的商业成功，与其独特的电影语言形态有着至关重要的联系。他开创性地结合香港与美国动作片的不同镜语特征，成为迎合东方西方间不同观众的游刃有余的走索者，这从他的处女作便可见端倪。

拍摄《魔域飞龙》时还给唐季礼留下一个“印记”：当地要求凡是去那里的外国人都要事先打三种疫苗，并且要间隔至少一个星期再打一种，而唐季礼为了赶档期赶拍摄，每隔一两天就去打一针，直接导致内分泌失调。结果只要一累、一紧张，就会浑身出满红疹子，像过敏一样非常难受，至今如此。

不过也正是因为《魔域飞龙》，唐季礼得到一个在电影圈改变命运的机会！

《超级警察》一举成名

故事梗概：

为了打击犯罪、接近贩毒集团的核心，香港警察陈家驹(成龙饰)被派到大陆，主要任务是做卧底，假装囚犯混入大陆监狱中，想办法赢得国际军火毒品走私集团成员、毒贩豹强的信任并将其救出。在大陆美女警察杨建华（杨紫琼饰）的帮助下，陈家驹顺利接近正在服刑的豹强（元华饰）。很快，豹强视家驹为心腹，向他吐露自己正在策划越狱行动，并让家驹帮他。为放长线钓大鱼，家驹爽快应承了。

越狱后，豹强主张到家驹随口编出来的家乡躲避，幸得杨建华提前安排，才没有露出马脚。初到大陆的陈家驹对大陆警察充满新奇，当然他对杨建华这个漂亮的女警察更感兴趣，可他没想到，自己将要和这位刑警科杨科长一起出生入死。杨建华自称家驹的妹妹，与他们一起到了香港。通过豹强引荐，他们成功打入贩毒集团内部，在香港见到集团老大猜霸，顺利成为集团一员。不过，卧底从来都是个危险行当，杀机四伏、步步惊心。猜霸带着手下前往吉隆坡营救被绑架的妻子，遇到家驹的女友

导演：唐季礼
编剧：唐季礼　马美萍
　　　邓景生
主演：成　龙　杨紫琼
　　　张曼玉　曾　江
　　　元　华
上映时间：1992 年

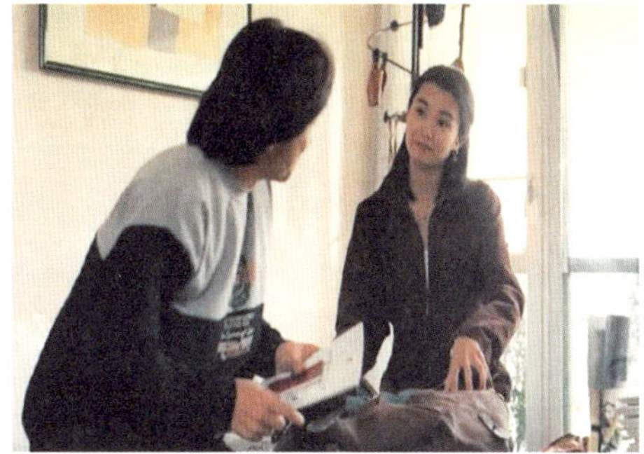

阿美（张曼玉饰）。阿美不知家驹正在执行任务，以为他和杨建华在偷情。阿美的举动引起了集团成员的怀疑，一场大战一触即发……

拍摄《超级警察》的成龙、杨紫琼、唐季礼

何冠昌慧眼识人才

执导的第一部作品《魔域飞龙》赔了两百万，这让唐季礼很受打击，他觉得因为自己的不成熟，让家人朋友蒙受损失，一直感到非常内疚，那段时间心情也落到谷底。

不过让唐季礼意想不到的是，有一天素昧平生的香港影业巨子、嘉禾公司的创始人之一何冠昌先生忽然通过唐季礼的经纪人苏孝良（当时也是梅艳芳、黎明等明星的经纪人）约他见面。何冠昌是香港影视界举足轻重的人物，早年曾在邵氏工作。1970年他离开邵氏，与邹文怀和梁风一起创立了嘉禾电影公司。嘉禾集电影制作、发行、放映及电影融资业务为一体，

是香港乃至东南亚最大的华语电影发行商和跨区域影院经营商。1994 年嘉禾在香港上市，并一举成为当时最具影响力的华语电影公司。

在香港半岛酒店的咖啡厅，唐季礼第一次见到何冠昌先生，何先生的平易近人与礼貌周到让他感到非常温暖，两人初次见面就聊了近两个小时。何冠昌告诉唐季礼，自己看过他拍的电影，非常喜欢。然后很和气地问他接下来有什么打算，要不要接着拍《魔域飞龙》续集。唐季礼有点沮丧地回答说没有打算，一没有资金，再则那种类型看来并不卖钱。

何冠昌告诉他，你那部戏在那样的地方拍，那么低的成本，能拍成这样已经很不容易了，如果投资再多一些，肯定比现在的效果更好。接着，唐季礼谈了自己近期的一些想法，何冠昌先生一一给他提出非常中肯、全面的意见与建议，让唐季礼非常感动。本来说好何先生只是跟他喝杯咖啡，聊着聊着干脆一起吃了饭。与何先生分别后，苏孝良感慨地说，何先生竟然跟你聊了那么久，实在很难得，他一般见大牌导演最多也就聊半个小时。

更令唐季礼意外的是，一个星期后，何冠昌再次发出邀请，这次是请他到嘉禾公司参观。到了嘉禾，何先生仍是亲自接待唐季礼，似闲情逸致般给他介绍各个部门的情况以及公司的运转状况，并且介绍他认识了自己的左右手董韵诗小姐。董韵诗小姐后来在唐季礼很多作品中担任监制，至今仍然是他非常好的合作伙伴。

随后，何冠昌安排唐季礼见了嘉禾的老板邹文怀以及邹文怀的弟弟邹定欧，还有时任嘉禾发行总监的蔡永昌。那次还见到了成龙，以及邓景生（成家班的重要成员，一直是成龙作品的御用编剧）等人。这些都是电影圈的大佬，以前唐季礼只是听过他们的名字，没想到今天竟然全都见到了，这让唐季礼一时间有点缓不过神儿来。

参观完，何冠昌貌似很随意地给了唐季礼一个剧本让他回去翻翻，并且对他说，你可以看看这个你有没有兴趣。唐季礼打开一看，上面写着《警察故事3》。他想，这不是成龙大哥最近打算投拍的最重要的作品吗？他试探性地问何先生，您是打算让我当执行导演吗？

何冠昌和蔼地说，不是，是让你当导演。

唐季礼知道成龙的戏以武戏为主，又问，那武术指导是谁？

何冠昌说，也是你。

唐季礼有点不敢相信自己的耳朵，那成龙大哥他同意吗？

何冠昌说，同意啊，你刚才不是已经见过他了，他刚才说同意。接着，何先生又补充一句，这部戏我们投八千万。

唐季礼的心当时咯噔一下，一切来得太突然，根本就没有反应过来。今天一下见了这么多电影界的大佬巨擘，都是香港电影界一言九鼎的人物，自己这个才导过一部电影的年轻导演，更不用说还亏了钱，现在竟然要给成龙大哥当导演和武指，他连想也不敢想。

何先生接着说，这个剧本你拿回去看看你喜不喜欢，有什么意见尽管提，你想想看怎么样才能拍出一部更新更好看的成龙电影。

他又鼓励唐季礼，我们决定请你就是看中你的能力。拍《魔域飞龙》时你没有钱，在那么恶劣的环境下能够引导演员完成你要的任务，拍得出你想要的东西。如果我给你很好的辅助，给你最一线的明星，给你很好的预算，给你更强的班底，你应该会做得很好。

唐季礼出去之后跟经纪人讲，我是不是在做梦？何先生说要请我当导演拍成龙大哥的电影。

那一年，唐季礼刚刚三十岁。

原来，唐季礼最低迷的时候，香港著名影评人石琪在一段关于《魔域飞龙》的影评中写道："《魔域飞龙》里的土人场面和动作场面比《飞鹰计划》有过之而无不及。"

《飞鹰计划》拍了两年多超支150%，一个亿的预算结果花了1.5亿，成为当时最昂贵的港片。《魔域飞龙》在成龙的《飞鹰计划》几个月后上映，拍摄费仅为八百万。

何冠昌看到这个评论非常重视，马上找人调来《魔域飞龙》，观毕立即约唐季礼见面。何冠昌对这个有头脑有想法、充满冲劲、才华横溢而又温文尔雅的年轻人极为欣赏，当即拍板做出一个大胆的决定：请唐季礼执导《警察故事3：超级警察》。

在今天看来，何冠昌的确独具慧眼，他不但发掘了一个日后在国际上鼎鼎有名的实力大导演，对嘉禾来讲，也无疑做了个非常正确的决策。当时成龙主演的电影是嘉禾公司重要的投资项目，一部成龙电影的发行往往能够带动多部其他电影的发行。而唐季礼接下来给嘉禾拍的几部电影，不仅让成龙的银幕形象更加可爱亲民，还帮助成龙打开国际市场，更让嘉禾赚得盆满钵满。

挑战成龙电影

得到这样一个千载难逢的机会让唐季礼欣喜万分。成龙大哥是唐季礼的偶像，成龙所有的电影他都看过。成龙一度是香港电影的票房保证和金字招牌，做成龙的导演是当时的唐季礼想都不敢想的，因为成龙的成家班一向有固定的编剧和导演，已经与成龙合作多年，也被称为成龙的御用班底。唐季礼深知，何冠昌先生对自己有知遇之恩，绝对不能让他失望。正因为如此，唐季礼感到自己责任重大。

唐季礼认为，成龙电影里展示的功夫是实打实的，没有那些花拳绣腿花架子，成龙的功夫片能长盛不衰常看常新，关键是成龙勇于创新的头脑和不惜搏命的精神。成龙自谐趣武打的路数起家，后来不断创新，拓展自己的功夫内容，渐渐走上了求新、求险、求奇，以肉身凡胎搏击惊险极限的道路。虽然在此之前唐季礼也在影视圈摸爬滚打了十年，从武术替身到场记、副导演、武术指导，但真要和成龙这样的圈中传奇合作，年轻的唐季礼心里还是有些没底，他怕自己做导演超越不了前面的作品，那对自己、对成龙大哥来讲都没有太大的意义。

他拿着剧本回去就跟自己的经纪人苏孝良商量，一贯言语不多的唐季礼却变得像个话痨，不断在自问自答地跟苏孝良念叨着：我能做吗？我该做吗？不行，我感觉压力很大。如果我拍了一个星期以后，他们觉得我的东西不适合他，把我解雇，把我炒掉，那我不是更难看吗？我到底要不要做这个尝试？这对我来讲是不是太快了？

虽然心里打鼓，其实唐季礼心里已经在第一时间决定迎接挑战。

唐季礼无比珍惜这个机会，他想证明自己可以拍成龙电影，而且这次一定成功，不会被临时炒掉。当时他心里很明白，自己作为一个新导演面对的是香港乃至华语电影的“大哥大”（当时成龙既是动作演员的大哥大，也是动作指导的大哥大，香港电影界的大哥大：导演工会主席、武师工会永远名誉会长、演员工会副主席、摄影工会副会长、灯光师工会名誉会长）。而且大家都知道，成龙对自己主演的电影几乎有绝对的掌控权。这一次成龙大哥不做导演而让自己去做，要想做好的话，必须得有与众不同的地方能够打动他。

与何冠昌先生谈过后，唐季礼回去先是把所有的成龙电影都找来重新看，反复研究，看看每部戏好在什么地方，有什么遗憾以及缺憾，什么地方可以加强，希望自己能让成龙主演的电影呈现出更有活力、更富创意的新面貌。

大胆改剧本，打造国际化格局

拍《超级警察》时，原本有一个现成剧本，就是何冠昌先生给唐季礼的那一个。同《警察故事》前两集一样，那个剧本写的还是发生在香港的故事，讲的是关于大圈帮持枪在香港闹市区制造的珠宝连环抢劫案，警官陈家驹卧底香港黑帮，最终破案。

唐季礼看过之后，觉得第一、第二部都是发生在香港，但是以他自己拍片的经验，知道香港对拍戏有诸多限制，既不能封路，也不能有开枪场景。以前很多涉及枪战或者爆破的电影，其实都是偷偷摸摸地拍，剧组一组镜头拍完就赶紧“逃”，就像打游击一样。因为是违法的，警察只要知道就会来干涉，有时还会有各种处罚，拍片也有风险。至于飞车追逐、直升机或者重型武器等场面，每次都不得不去沙田或者工业园区拍摄，而且那类情节在拥堵塞车严重的香港发生，无论如何都不会令人信服。

考虑到成龙电影一向投资高昂，比如《飞鹰计划》一个多亿，这在当年

成龙、唐季礼、杨紫琼、曾江、元华

是非常惊人的投入，以当时香港的制作经费，很多好莱坞大片的场景也能实现。于是唐季礼找到何冠昌和成龙，建议修改剧本。他首先提议把故事改为香港大陆两地警察联手追捕东南亚毒枭，把主要动作场面放在马来西亚或者泰国。因为唐季礼以前曾在东南亚拍过戏，知道当地政府很支持拍电影，甚至可以提供军方支持，能够构思一些更壮观、更火爆的场面，也能与第一、二部的情节场面拉开距离。更何况东南亚本就是香港电影的大市场，在那里拍摄会使得影片更具有国际化面貌。此外，他又建议把事件改为与金三角的毒枭斗智斗勇，这样事件本身格局更大，而且全世界都知道金三角，这类题材更容易打开国际市场。何冠昌与成龙一听都觉得是个好主意，欣然同意。

果然，如唐季礼预料的那样，在吉隆坡拍戏时，当地政府非常支持，甚至还派来军队和坦克协助拍摄，拍片现场场面浩大，气势非凡。在拍结尾高潮段落直升机与汽车追撞时，当地又把吉隆坡火车站前的主要交通干线划给剧组使用并出动武装警察帮助维持秩序，还封锁住吉隆坡火车站前的地带。及至拍摄时，吉隆坡的不少街道万人空巷，现场人潮涌动，大家争相目睹成龙拍片的盛大场面，等于给电影做了个免费宣传。

在唐季礼的提议下，《超级警察》还加入身手不凡的杨紫琼作为与成龙戏份相当的女主角，为影片带来新的娱乐元素。前两集《警察故事》中张曼玉饰演的女主角在电影中基本是个花瓶角色，而杨紫琼的功夫扎实，与成龙搭档会相得益彰。同样一个动作，女星做更会加分，也更有看头。而且香港女打星第一号杨紫琼与男打星第一号的成龙搭戏，观众一定会更期待，这在后期宣传上绝对是个大卖点。何冠昌和成龙都认为他的想法很有道理，认可了他的提议，于是唐季礼立即按照自己的想法着手对剧本进行全新修改。这部戏是当时杨紫琼与香港富豪潘迪生离婚后复出的首部作品，也是一次完美的亮相，令她人气大增。因为《超级警察》的大获成功，次年嘉禾还特意为杨紫琼度身定做了《超级计划》，仍由唐季礼执导。

为了树立成龙作为动作明星的独特性，突出成龙的敬业精神、英雄气概和他对观众的负责及拼劲，唐季礼精心设计了几场“能人所不能”的独具创新的动作场面，最后他把原来的剧本改成全新的背景、全新的故事、全新的人物关系。现在看来，《超级警察》好像是一部动作片的百科全书：有追逐、有枪战、有拳脚，还有剧烈的爆破场面，其中很多场面比好莱坞电影中的大场面毫不逊色，更难能可贵的是，剧中人物形象丰富、饱满，个性突出。

跟成龙第一次沟通

警察故事拍了两集后，这部《超级警察》使成龙总算放下了导演的包袱，专心演好自己的角色、设计自己的动作，他跟唐季礼的合作也就此开始，并成为一对“黄金拍档”——二人的合作不仅碰撞出更多的灵感火花，在票房上也收获丰厚，“警察故事”系列由此开始彰显出唐季礼风格。

嘉禾公司的制片人董韵诗女士后来回忆，我记得有一天何冠昌先生来找我，他说要给我介绍一个导演，我问是谁？他说是唐季礼。我们觉得很不理解，为什么何先生会让一个年轻人来当成龙电影的导演，这会不会有点冒险？后来与何先生倾谈，他叫我看看《魔域飞龙》，看了之后我就明白了。她说，坦白说，我一开始的确抱有怀疑，这么个年轻人挑这么大的担子谈何容易，能否成事？！因为他的构思很具有挑战性，电车飞上一列行驶中的火车车顶，然后直升机扣住火车，我觉得这个场面实现起来相当困难，不知道最终能不能做到。

就这样，1991 年，作为一个年仅三十岁、只独立执导过《魔域飞龙》这样一部没有收回成本的作品的新导演，唐季礼抓住了这样一个大好机会，从处女作的八百万预算直接开始接拍八千万预算的电影。这是一个巨大的飞跃。

以往的香港动作片大多是古装动作片，而成龙的《警察故事》系列成功地给动作片披上了时尚的外衣。这一系列电影体现了成龙电影的动作设计从搞笑动作到危险动作，直至需要搏命出演的玩命动作的不断拓展，而且彻底夯实了成龙作为香港首席动作明星的地位。这一系列作品不仅是香港动作片的巅峰之作，在世界动作片历史上也有重要的地位。在自编自导自演的《A 计划》和《警察故事（系列）》里，成龙以高超的身手和独特的亲和力塑造了拼命三郎式的可爱警察形象。《A 计划》中马如龙冒充周永龄潜入匪巢捉拿海盗领袖罗三炮，《超级警察》里陈家驹冒充“佛山武术队”成员救出黑社会骨干豹强，并混入黑道捣毁毒贩巢穴……这些作品已经以成龙扮演的陈家驹的形象深入人心，而在与唐季礼合作的《超级警察》《红番区》《简单任务》等作品，则成功地打开了成龙冲出亚洲，成为国际巨星的道路，最终成为国际上最具盛名的亚洲功夫巨星。

拍《超级警察》前，唐季礼决定不用成家班的武术指导，而是挑选了三个自己合作多次的武术指导加入剧组，这也是第一次有人打破成龙以前固定不变的创作班子。这样大的改变，不知道成龙能否接受，会不会觉得自己太过越界？想到这些，唐季礼心里一直惴惴不安。

《超级警察》第一天开工的时候，虽然只是拍一个开场，是片首出字幕的场面，唐季礼还是很认真地准备了一个一百多个镜头的分镜头剧本，其中有文字，有自己手绘的场景、机位画面。他觉得，这样做效率更高，现场状况更容易把控。

当时在香港电影圈拍片，多数导演都是心里知道这场戏讲什么，对白大概是什么意思，他们会到现场现处理，现排机位、现找灵感、抓感觉，演的当中再去找什么镜头更合适、什么样的风格更贴切。他们对现场的控制能力非常强，但是前期筹备相对较弱，身边的人不到拍摄现场，往往不知道他们要什么，导演大多是拿着剧本直接拍，有什么情况现场处理。唐季礼的分镜头剧本在当时还很少见。

到了现场，唐季礼首先把分镜头剧本和自己手绘的脚本拿给成龙看，成龙很吃惊他做了这么充分的准备，看时连连说好，看完后还提了个意见，问他其中一场戏能不能按照自己的想法改。唐季礼面露难色，他觉得成龙的想法很好，但是那个镜头和戏中以后的情节有很大关联，牵一发而动全身，如果那样一改，连后期的剪辑都要做很多改动。但毕竟是第一次开工，而且成龙又是大哥，他对成龙非常尊重。他先答应下来说，好，你让我想一想。然后心里一直合计着怎么才能把成龙的意见融进去，又不至于全剧改动太多。

考虑再三，唐季礼试着跟成龙商量，能不能按照自己的思路先把开场的镜头拍完让他过目，如果觉得不好再做改动。没想到成龙很痛快地同意了。拍完看回放时，短短的几个镜头就让成龙眼前一亮，这完全改变了成龙惯有的武打模式，在他以前的电影里是没有出现过的。一向对自己的作品相当苛刻的成龙，这次被年轻的新导演唐季礼征服了。而唐季礼也发现，其实跟成龙的沟通并不像想象中那么困难，因为成龙非常平易近人，也非常谦逊，能听得进他认为好的意见建议。更重要的是，成龙非常专业也相当明白怎样拍效果更好。

第一天收工，成龙还特意过去告诉唐季礼：导演，今天效率果然很高，感觉挺好的，就按照你原来的计划拍吧。以后我会多给你提意见，你自己觉得好的就听，你觉得不好或者不合适，不要因为我是大哥你硬要听我的，那可能就会把你原来想好的场景都打散，那就没必要了。如果我要你都听我的，那就不如自己做导演了，还是更希望看到你自己的想法。

没有了沟通的障碍，唐季礼也没有了给成龙大哥拍片的心理障碍，后来的拍摄变得更加顺畅。每次拍特技，唐季礼都会事先把方案给成龙看，通常成龙听了就会说，哇，这个想法很不错，可是怎么拍啊？能实现吗？而唐季礼会习惯性地说，你喜欢就行了，怎么拍怎么实现我想办法解决。他一直觉得，拍成龙的戏一定要不断有很新鲜的场面出现，成龙没做过，其他演员没做过，连好莱坞都没做过，这样才能突出他是成龙。

这么做的结果就是危险。“跟成龙大哥拍《简单任务》的时候，他掉入冰湖；拍《红番区》的时候，他的腿摔断了。”

何冠昌认作义子

在《超级警察》拍摄过程中，一场惊险戏的拍摄，更让成龙和唐季礼之间的感情发生了微妙变化。

那是拍《超级警察》中一场重头戏：成龙从吉隆坡市区的高楼上，攀抓住前来救援的直升机，整个人吊在飞机下，在市区飞翔一个多小时，闪过回教寺的尖顶、撞坏招牌后，直升机停在火车上。接着，成龙和反派对手在火车上有一段打斗，之后，反派对手跃上飞机，企图驾机逃走，但不慎发生事故，直升机爆炸化为灰烬（剧组花了十万美元买一架旧直升机专供爆炸用），成龙则摔在一辆大货车上……因为整场动作非常连贯，几乎一气呵成，拍那个场面前应该有武行先试一遍，以确保各个环节的安全。唐季礼心知这些动作非常危险，他不敢让其他武行去做，于是主动去换衣服说，我自己来吧。

成龙说，导演，这个太危险，你还是不要自己做。唐季礼向他保证，大哥你放心，我也是武行出身，我有把握。唐季礼的语气坚决而又不容置疑，成龙不好再说什么。

正因为做过几年武行，唐季礼很清楚这个动作的危险程度。因为紧张，他在做防护时忘记穿护垫，从直升机上摔了下去后"啪"一下，随之脚跟爆裂。当时成龙非常紧张，他直接走上前帮忙把唐季礼从货车上抬下去，一边焦急地说，都叫你不要做了，现在怎么办。因为太疼，唐季礼苦笑着说，今天我不做，别人做可能别人也受伤，我就没关系，拿着拐杖我还能拍。

及至正式开拍成龙跳向直升机的吊梯那场戏，之前唐季礼试做过这个动作，成龙自己也试做一次，都没问题，但真正拍摄时是要从八楼跳下去，比试做时更加危险，现场所有人的心都悬着，气氛非常紧张。唐季礼只说了一句：这个镜头很重要，有成龙式的难度。成龙没有说话，唐季礼第一次看见他的嘴唇发抖，以前从没看见他这个表情。

回忆起那个场面，唐季礼说，其实成龙是有些恐高的，但是他仍然成功做到了，这就是成龙大哥。

因为示范动作导致脚跟爆裂，唐季礼不敢跟家人说，尤其不敢让妈妈知道，只说自己在外面拍戏很忙，他怕妈妈又开始为自己担惊受怕。

一起拍片以来，唐季礼的表现让成龙对他刮目相看，而且唐季礼和成龙

《超级警察》剧照

在电影圈的成长背景有很多相似之处：都是先做武行，再做演员，继而导演，都迷过李小龙……成龙之前的导演大多是拍文戏，但成龙电影里60%是武戏，而唐季礼两样都能做。唐季礼做武术指导非常有想法，会针对成龙的个人特点提出很多新鲜创意，这样整个戏的面貌都和从前大不一样，因此，成龙对他非常信任。更何况这次的经历，使两人多了一种英雄相惜的情感。在和成龙的合作过程中，他们还共同经历了很多危险时刻，拍《超级警察》《简单任务》《红番区》时二人都不同程度地受过伤。更巧合的是，唐季礼和成龙还是同一天生日——4

月 7 日，不过成龙要大六岁。很快，他和成龙这对组合被称为黄金搭档，不久，二人又都被何冠昌认为义子。

二十世纪九十年代的香港电影，时兴将拍摄中的 NG 镜头经过剪辑，在影片结尾处播放给观众，这也使得我们今天有机会看到拍摄《超级警察》时期唐季礼工作的画面。凭借着超凡的想象力、武行出身的经验以及拼命三郎的工作态度，唐季礼和成龙大哥组成的这对功夫片拍档，在李小龙之后，创造出又一波中国功夫片的高潮。

打造更有亲和力的平民英雄

在《超级警察》之前，很多港片在拍摄过程中现场不用剧本，拍完后再进行后期配音，写台词、补对白。成龙的电影亦是如此。唐季礼在国外虽没有系统学过电影，当时香港也没有关于电影的教育体系，但他觉得当下的这种制作体系存在一些问题。因为没有语言障碍，他平时看了许多英文原版的电影书，导演、制片、编剧、灯光、摄影都看，他觉得那些理论非常好也非常实用，自己拍片时试着搬过来用。以前成龙拍戏都没有分镜头本，但是自从唐季礼做了分镜头剧本，大家都觉得这个做法对于把控拍摄进度和提高拍摄质量确实很有帮助。此外，港片以前大多都是采用后期配音，到《超级警察》时改成了现场收音，也即同期声。同期声的好处是简化了音画对位问题，而且演员表现出的情感更加真实到位，还保留了各种声音与环境音的真实互动。不过，同期收音对导演的现场掌控能力要求更高，对演员和现场工作人员也提出更高要求。现在的电影基本都采用同期声。

在唐季礼的努力下，《超级警察》成为第一部同期声的成龙电影。制作过程一开始有相当大难度，因为大家都习惯了配音，觉得这样做岂不是多此一举。好在唐季礼事先做了详细的分镜头剧本分发给每个人，而且反复与演员及剧组人员沟通，很快大家都进入角色，觉得这样的确让影片质量、整体面貌及拍摄速度有了提升。

在与唐季礼合作之前，成龙的银幕形象是一个勇敢正义、不畏生死不折不扣的大英雄。过去是一支枪指着他，他就硬碰硬地把人家的枪打掉；他要跳楼也一定是被逼着跳的。从《超级警察》开始，乃至到《红番区》《简单任务》几部戏，成龙的形象变得更加生动、可爱，有亲和力、有小弱点，甚至有点孩子气。唐季礼版的成龙，人家用枪指着他，他就不敢动，会害怕；有人拿着玻璃瓶打他，他会被打倒、会疼得跳脚……这样的调整显得更加真实，也更平民化，不再是那种超级英雄的形象。这些细节的变化，更向成龙自身的形象靠拢，也让角色性格变得平实生动可爱了许多，形象更加丰满立体，更加人性化。

成龙的银幕形象健康向上，承继着香港电影指导人们积极向善的教化传统，反对色情暴露，反对赤裸裸的暴力展示。成龙以动作的杂耍化、游戏化、幽默化来冲淡暴力，以人物的正义与坚忍、仁慈与宽厚来感染鼓动观众，体现出平民化的英雄观。他的电影往往对当下时代和观众心态有着生动的表现，具有鲜明的时代特征。成龙饰演的电影人物大多生动活泼，其拳脚功夫和杂技身手十分了得。与李小龙相比，成龙是银幕上反传统英雄的人物类型，或者说是个喜剧英雄。自 1983 年《A 计划》之后，成龙的功夫喜剧成功转型，转向城市题材的警匪片。其中《超级警察》绝对是最能突出成龙个性特征的一部作品，因为影片几乎囊括了成龙式的所有风格，并使之提升到一个新的高度。谐趣打斗、大场面追逐、矛盾冲突中的搞笑段落随处可见，更遑论那些令观众耳目一新的搏命刺激的动作设计，以及扣人心弦引人入胜的情节设置。

此外，影片人物设置合理，形象丰满，细节出彩，情节发展环环相扣，又让人信服，难怪电影大师昆汀 · 塔伦蒂诺把《超级警察》列为自己最喜欢的二十部电影之一，《指环王》的导演彼得 · 杰克逊也对这部作品赞赏有加。

助成龙斩获金马奖

正如唐季礼期望的那样，《超级警察》取得巨大成功。1991 年影片推出后即打破东南亚多个国家及香港、台湾地区的最高卖座纪录，并获第十二届金马奖最佳电影及最佳动作指导提名。其中《超级警察》在台湾创下的票房纪录一直保持了十七年。

成龙凭该片首次获得金马奖最佳男主角奖。唐季礼声名鹊起，迎来个人事业上的重大转折。

《超级警察》上映不久，何冠昌先生在香港海都酒家（被香港人称为富豪厨房）举行庆功宴，成龙开心地跟唐季礼碰杯说，你第一次帮我做导演我就拿了影帝！

由于《超级警察》取得巨大利润，当时很多制片公司，包括有黑帮背景的公司开出高额片酬找到唐季礼，希望他能拍摄一些歌颂黑帮，美化、英雄化黑帮人物的电影，都被他顶着压力断然拒绝，这个拒绝当然要承担很大的风险。当时的香港，黑帮片大行其道，很多黑帮片以那些心狠手辣、冷酷无情的黑帮头目或巨贪警察为主角，在刻画人物时，多采用明贬暗褒的叙事方法，情节多表现黑社会头目从野心勃勃的小人物最终成为黑帮头目的发迹史，在当时也很有市场，甚至产生了一些很“经典”的人物形象。但在唐季礼看来，一部优秀的电影作品应该坚持正确的导向与价值观，要能够对培育民族精神和爱国主义、弘扬健康向上的民族品格做出贡献。

唐季礼从一入行就给自己定下一个原则：绝不让自己的电影作品对社会造成不良导向和产生负面影响——多年来，他一直恪守这个原则。

《超级计划》再度成功

故事梗概：

中国警察特种部队的特警杨建华（杨紫琼饰演）奉命消灭激进分子，在行动中重遇在越南长大的表哥程峰（于荣光饰演）并得其协助完成任务。程峰一心想到香港发展，决定暂时放下二人之间的一段情，但杨对程始终念念不忘。

香港高级督察何光明（周华健）及便衣探员李人龙（樊少皇）为何光明的妹妹May（朱茵）举行生日会之际，发现一帮悍匪打劫保安系统设计公司，其手法实非乌合之众大圈帮所为，遂求助于中国警方，大陆方派杨建华来港提供资料。

何光明初见杨建华即被她的刚强性格及靓丽外表所吸引，但杨建华心有所属，不为所动。不久，二人捣破一宗器械交易，匪首正是程峰。为免伤及杨建华，程峰由进攻变成撤退。主谋人Roger恐事败，欲终止计划，但程决定劫回被捕人质后再照计划进行。未几，中央银行发生持械抢劫案，杨与程正式对垒，并穷追入海底隧道地铁工程站，继而爆破隧道，大量海水涌入，众人性命危在旦夕……

导演：唐季礼
编剧：唐季礼　莫等闲
　　　邵丽琼
主演：杨紫琼　于荣光
　　　周华健　朱　茵
特别出演：成　龙　曾志伟
上映：1993 年

拍摄《超级计划》时聚餐

《超级计划》拍摄现场

《超级警察》完成后，成龙投入早已计划好的由刘家良执导的《醉拳Ⅱ》的拍摄，唐季礼也应何冠昌之邀协助该片的统筹工作。

在《超级警察》里，如唐季礼一开始设想的那样，杨紫琼饰演的大陆女警杨建华赢得了很多观众的喜爱，一时间，杨紫琼人气激增。嘉禾公司立即决定乘胜追击，追拍一部以杨紫琼为主角的《超级计划》。电影仍然沿用《警察故事》系列中杨建华、骠叔等角色的人物身份，有了《超级警察》的超级成功，何冠昌当即决定还是由唐季礼继续担任编剧、导演、武术指导。

动作电影的“全景式教科书”

《超级计划》讲述了一场精心策划的劫案，匪徒盗取保安系统数据，与中央银行金库设计师合作抢劫。本以为拥有中央银行金库蓝图以及天衣无缝的完美计划，没想到人为疏忽，一连串行动暴露，加上野心与贪婪促使他们由合作转变为互相残杀，结局自然是正义战胜邪恶，匪徒全军覆没。

导演唐季礼除了以杨紫琼为女主角，还在情节中加入了大陆女警察、越南退役军人、香港警察、大圈仔等招牌性标志，而且有意无意地让观众感觉本片时间线索是《超级警察》之前所发生的故事。

通过这部作品能看出，唐季礼的电影风格更趋西化，而且一直在努力尝试更新鲜、更有技术含量的电影手法和表现技巧。电影一开场就设计了一段场面非常激烈的解救人质的硬功夫场面，充分展示了杨建华和阿峰的身手不凡，并对二人的情感做了铺垫。当悍匪们手持枪械，计划周详地去打劫保安系统设计公司时，房上有阿峰用对讲机指挥调度，屋内是大圈仔用机关枪狂扫，打斗场面与剧情结合得非常紧密。而匪徒之后遭遇特警，双方不断翻滚、攀爬、追击、近身格斗，动作设计干净利落，场景调度毫不拖泥带水。随着情节的推进，片中层层递进式地展现出擒拿、格斗、枪战、飞车、追逐、滑翔伞逃脱、爆破等动作电影的诸多元素，且小高潮不断，动作场面的密度之大、难度之高，堪称 wall to wall action 的全景教科书。全片整体节奏在今天看来也是非常快，情节推进跌宕起伏密不透风，始终牢牢抓住观众眼球，呈现出非常典型的优秀商业电影面貌。

影片结尾，中央银行发生枪械劫案，大圈仔与洋鬼子因分赃不均而开战，杨建华与警察们随之而来，也将男女主角这对恋人的关系推向生死对垒。及至海底隧道地铁工程站遭遇爆破，大量海水涌入，到最后千钧一发命悬一线之际闸门关闭——典型的最后一秒钟营救——只有杨建华和周华健饰演的何光明成功逃出，而阿峰为救他们没能及时逃离，与杨建华以落下的闸门隔开。阿峰终被闸门内的海水淹没，从此二人阴阳相隔。

海底隧道这场戏的创意在当时非常新颖，这一段落使得紧张的节奏、人物间的生死离别、故事情节的发展与结束、氛围的营造等都到达高潮，甚至在今天看来，丝毫不输好莱坞大片。而对阿峰最后命运的巧妙处理，让做过坏事的他恶有恶报，也符合主流价值观。

拍《超级计划》被演员于荣光认为是他演艺生涯最心有余悸的一次表演。在影片开场时，阿峰与绑匪一场剧烈打斗后，为避开炸弹，不得已从八楼跳下。于荣光在接受《北京青年》周刊的一次采访中回忆，“《超级计划》里有个镜头是要我打完后从楼上跳下去，我一看，八层楼就这么跳下去？没有替身，只有威亚，跳楼过程中还要用身体砸断旁边的树枝。导演唐季礼是个特别执着和拼搏的人，别看平常总是温文尔雅的样子，其实挺‘生猛’的，看我正琢磨着怎么跳的时候，他居然亲自上阵给我示范。”有了导演亲自示范，自然没什么可说的，跳吧！于荣光说通常这种动作都是拍一条就过。他笑言，倘若要跳第二遍也许就没胆儿了，不过他不觉得自己这么拼命拍戏是在玩命，反而让他觉得很有挑战，相当过瘾。

影片在动作设计上充分利用了环境特点和周围的道具，片中杨建华（杨紫琼）同一个高她两头的身壮如牛的洋人打斗一场也颇为经典。一开始杨紫琼处于绝对劣势，洋人如老鹰抓小鸡般轻而易举地抓起她并把她扔到地上不断摔打，眼看就要被置于死地，又被洋人猛地抓起摔到桌子上。她这才站起来，站在宽大的办公桌上，并从桌子上跳起猛然发力，凭借高度优势，将洋人踹倒在地。

本片除了功夫实打，无论在匪徒逃逸，还是正邪双方对打之时，枪扫一大片，子弹满天飞，爆破火光冲天，剪辑凌厉紧密，毫不拖泥带水，场面与节奏的控制，在今日看来仍保持极高水准。

塑造大陆人的正面形象

另外，《超级计划》情节布局颇为巧妙，在警匪片中实属难得。尤其在匪徒之一被捕后，于荣光铤而走险，施妙计救人，情节编排得合理可信。当时他为了接近杨建华，先是冒充商人骗取心上人信任，又趁机在病房里应外合，仅借一场“烟雾”，便带人逃亡，这一“计划”多少迎合了《超级计划》几个字。如此一来，肯定要引来杨小姐的怀疑的，可《超级计划》在处理二人见面时，总透出一种若即若离，实则情深义重的含蓄情意，使他们在一起时，无论欢喜或争吵，皆叫观众瞧得出些许旖旎。

此外，片中何光明去火车站接杨建华一场戏也颇有特色。

《超级警察》拍摄于 1992 年。当时香港电影中的大陆人形象大多被丑化和妖魔化，很多港片里表现的大陆人都戴着“有色眼镜”，要么是僵化古板、呆头呆脑，被冠以“表姐”“北姑”等带有偏见及侮辱性的符号，要么如“阿灿”“大圈仔”那样愚昧落后、暴力残酷、穷凶极恶，从称谓便可知带着嘲讽色彩；即便其中形象稍好些的角色，也都对其带着一种优越感及俯视感。在那些作品里，大陆人衣着老土、行事乖戾，对信用卡、自动售货机等新鲜事物一无所知，处处以“同志体”的语录出丑。这也是当时一些香港人对大陆或恐惧、或仇视、或虚荣的文化心理作用下的产物。《超级警察》中，何光明去接杨

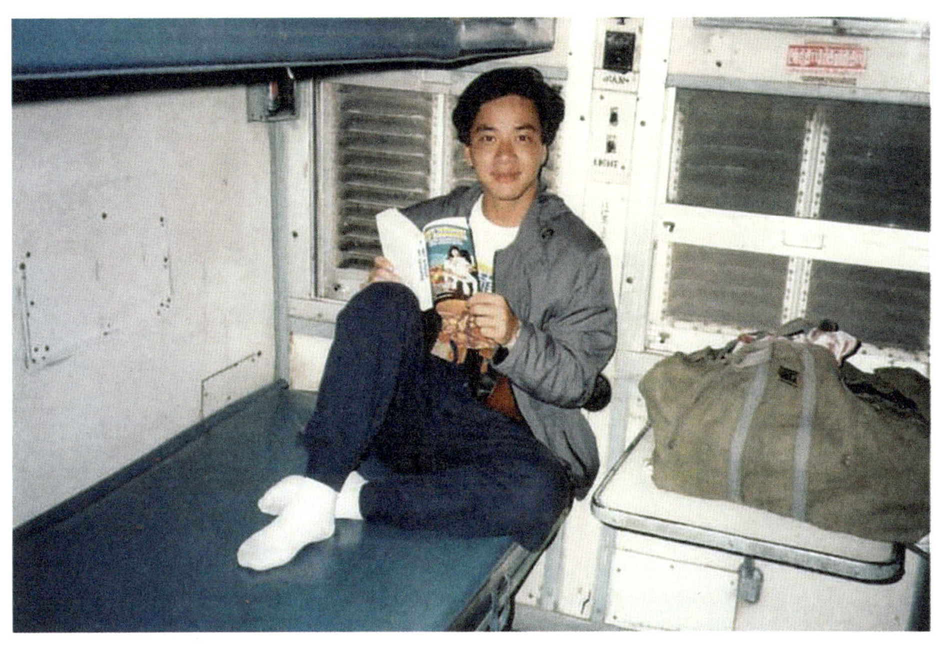

1993 年第一次去印度

建华时，显然也是带着这样一种先入为主的概念。然而在唐季礼的设计中，杨建华以一种非常摩登优雅、自尊自信的姿态出现，并且这种时尚靓丽的形象在片中一以贯之，与当时香港社会普遍的观念形成巨大反差。

片中成龙和曾志伟男扮女装客串出场的搞笑场面也令人印象深刻。成龙在影片里仍扮演陈家驹，不过这次是颠覆性地穿花裙戴假发，扮成一个丰乳肥臀的中年大妈去抓同样扮演成女人的超级大盗曾志伟。二人在金店的对手戏滑稽幽默，令人捧腹，后来曾志伟被拆穿后，场景转换迅速，随之而来的一场追逐打斗充分发挥两位明星的特点，场面激烈精彩，使得这场客串段落为影片增色不少。

《红番区》打入好莱坞

故事梗概：

导演：唐季礼

编剧：邓景生　马美萍

主演：成　龙　梅艳芳

　　　叶芳华　董　骠

上映：1995 年

香港警察马汉强（成龙饰）来到美国纽约，参加叔父马骠（董骠饰）的婚礼。骠叔在纽约开设一家超市，后因不堪歹徒骚扰，准备将其廉价出售。不明真相的汉强热情接待买主，将超市售予依玲（梅艳芳饰），由此陷入一场是非之中。

依玲的超市开张后，常受到托尼一伙纽约红番区无业游民的骚扰，他们在店中随意吃拿，欺侮店员，好打抱不平的汉强知道后，便去帮助依玲打跑歹徒。一天晚上，汉强听到一个姑娘的呼救，循声相助，结果中了托尼一伙的圈套，被打得遍体鳞伤。邻居残障儿童丹尼唤来姐姐南茜（叶芳华饰）为成龙包扎伤口。其实南茜正是刚才假装呼救的姑娘。汉强与丹尼姐弟成了好朋友，南茜也渐渐爱上了这位中国小伙子。在一场偶遇的黑手党与匪徒的拼杀中，丹尼的座椅因被托尼一伙藏了赃物，成为黑手党与警方关注的目标。后来，骚扰依玲的托尼一伙在汉强拳头和道理的教训下有所悔悟。汉强则与纽约警方配合，深入黑手党的老巢，救出被扣押的人质南茜和丹尼。

影片中的超市被拆掉前的合影。成龙和唐季礼坐的这对椅子至今还摆放在唐季礼上海的家中

获奖

1996 年第 15 届香港电影金像奖最佳动作设计	成龙、唐季礼

提名

1995 年第 32 届台湾电影金马奖最佳动作执导奖	成龙、唐季礼
1995 年第 32 届台湾电影金马奖最佳剪辑奖	张耀宗
1996 年第 15 届香港电影金像奖最佳男主角	成龙
1996 年第 15 届香港电影金像奖最佳女主角	梅艳芳
1996 年第 15 届香港电影金像奖影片	董韵诗
1996 年第 15 届香港电影金像奖女配角	叶芳华
1996 年第 15 届香港电影金像奖新人演员	叶芳华
1996 年第 15 届香港电影金像奖最佳剪辑	张耀宗

拍一部打入好莱坞的中国电影

还是在准备拍摄《超级计划》的时候，何冠昌就建议唐季礼同时着手准备一个剧本，也即《警察故事》第四部，仍然由他执导。

这时，一个好莱坞电影公司的买片商 Michel 因为看了《超级警察》慕名来到嘉禾公司与唐季礼见面。交谈中 Michel 告诉唐季礼，我非常喜欢你的《超级警察》、喜欢成龙，而且你的电影比前两部《警察故事》有了很大的改变，首先声音变成了现场同期声，感觉人物更真实，也更符合美国观众的观影习惯。除了成龙，我还很喜欢杨紫琼的配戏，二人之间的那种时而惺惺相惜、时而闹点小矛盾，既像情人又像对手的关系很有意思，充满张力。我更喜欢你们电影中动作的真实，尤其你的电影中既有火爆的动作场面，又有幽默温馨的搞笑场面，这是我们的电影缺少的。美国电影要么打得很厉害，要么专门搞笑，打中有笑很少见到。《超级警察》处理得很好，虽然是外语片，但你讲故事的方式美国人能看得懂。不过，他很遗憾地告诉唐季礼，美国主流影院几乎不放映非英语对白的字幕片，所以这部出色的作品无缘与美国观众见面。

Michel 建议唐季礼，你可不可以写一部戏和美国人有关，美国是个大市场，如果宣发得当，电影只要覆盖两千家影院，那么第一周票房就能达到一千五百万美金。当时美国有两万到三万块屏幕，两千块屏幕覆盖已经是最基本的数量。Michel 还告诉唐季礼，当年李小龙的《唐山大兄》《精武门》《猛龙过江》等片一开始并未在美国主流院线上映，只是通过在少数华语电影院、艺术院线放映和以录像带的方式在美国流传。直到华纳公司注意到李小龙电影巨大市场潜力后主动与嘉禾公司合作，才有了后来联合摄制的《龙争虎斗》。《龙争虎斗》基本以英语对白为主，以美国演员与李小龙联合主演的形式得以在美国主流院线上映。至此，李小龙电影才真正打入美国市场。

这些信息给了唐季礼很大触动，不仅因为美国市场确实很大，而是自从 1993 年《侏罗纪公园》等美国大片开始在港台地区上映伊始，好莱坞电影以

剧组里其乐融融，大家相处得非常愉快

横扫一切的姿态迅速占领亚洲市场，对香港电影市场的侵蚀越来越严重。香港电影那时已现颓势，拍摄数量质量都急剧萎缩。他想，我们为什么没有一部真正意义上打入美国主流市场的作品呢？他下决心一定要拍出一部由华人制作的、打入好莱坞的中国电影。

唐季礼当即去找何冠昌先生，告诉他自己想写一部和美国有关系，或者是发生在美国、以美国为背景，能够在美国主流院线上映的电影，这在当时是个非常大胆，听起来也相当狂妄的想法。在听了唐季礼一些比较详细的构想后，何冠昌先生当即表示大力支持，让他尽管放手去做。唐季礼又找到成龙沟通，成龙觉得想法虽好，但因为当时他英语不是很好，且拍《警察故事》系列，成龙一定是当仁不让的主角、正面角色，如果加入老外，老外就是反面角色。电影中都是成龙打老外，老外会不会接受？再则当时成龙电影票房在东南亚、日本市场非常好，亚洲第一功夫片巨星的地位不容撼动，成龙担心为了迎合美国市场，反而丢了现在的市场，甚至会两头不讨好。这些顾虑不无道理。

唐季礼很诚恳地告诉成龙，这些风险确实会有，但是李小龙的电影能打入好莱坞，你的一定也行。因为李小龙全靠硬动作，而你除了好身手和过硬的动作，还很可爱，很谐趣幽默，很有亲和力。更何况你的动作层面比李小龙还要多还要丰富，动作中还有很多谐趣好玩的东西，这些都是西方观众很欣赏很喜欢的，如果我们在剧本中设计合理，一定可以成功。

虽然唐季礼很有信心，但仍未能打消成龙的顾虑。唐季礼说，不如这样，我先回去写个剧本你看看。

肯吃亏的导演

二十世纪九十年代初期，香港社会的经济、政治态势出现剧烈震荡。1992 年 7 月，彭定康就任第二十八届香港总督，他在上任伊始的第一个政治报告中，即提出新的政改方案，内容包括取消所有区议会委任议席，大幅增加 1995 年香港立法局地区直选议席，以及增加九个功能界别的立法局议席。由于该方案违反了 1984 年中英两国政府签署的《中英联合声明》中关于选举安排、体制改革等实施须中英两国政府磋商一致的精神，英方及港英政府亦未有咨询中方意见，因而引起中国政府的强烈反对，中方更宣布放弃原来中英双方协议最后一届立法局议员可全数过渡为特区第一届立法会议员的“直通车”计划。由此，彭定康的新政改方案挑起了中英之间在此问题上的长期、直接对抗。这场政治波动使得一些对 1997 年香港回归本来就有恐慌心理的港人更感不安，于是一些香港人纷纷寻找机会，移民到美国、加拿大和澳大利亚等国。

拍摄《红番区》时唐季礼刚刚三十四岁，已经成为香港片酬最高的导演

从小在加拿大读书的唐季礼对中国移民在外国生活的艰辛苦恼、酸甜苦辣非常了解，也感同身受，于是决定以此为切入点和背景，写一个香港警察休假期间到美国探望移民叔叔的故事，巧妙地将整个故事带入到当下的美国社会，以中国人的视角、中国人为主角，表现中西方文化的碰撞。这就是由成龙、梅艳芳主演的《红番区》。

在写这部电影的时候，他想起 Michel 告诉自己的，动作片不需要很复杂的故事，因为美国当时喜欢看中国动作片的粉丝群不是很大，主要是非洲裔的黑人、东南亚人、印度人、拉丁美洲人、欧洲人以及少数美国白人等，且以男性为主。这些人来自不同国家不同种族不同文化，如果电影讲的东西太复杂、太深奥，这些人会不明白，也就失去兴趣，所以动作片最好是“wall to wall action”（也即随处可见的动作场面）。但他认为，正义、真理、善良是世界共通的，只要表达的是这样的理念，不论来自世界哪个角落，都会使人心领神会心有戚戚。

此外,唐季礼一直想着父亲从小教育他的,要做到“能人所不能”才能成功，于是在很多场面设计的时候都力求做到好莱坞电影中达不到的东西，每设计一个动作场面，都力求是好莱坞没有一个动作演员能做得到的，只有成龙能做得到。更何况，成龙的身手灵活、灵敏，他所能实现的动作场面之危险和真实的确不是一般演员能达到的。成龙曾说过，“我拍戏，不怕剧本外泄，就算我把剧本送给别人，别人也未必能照剧本拍出一部戏来。”他不是口出狂言。在他的影片中，一场戏的制作费用动辄数百万港币，即使有电影公司愿意出巨资拍摄，也没有人能做那些玩命的动作。

《红番区》中，唐季礼把香港电影特有的动作场面、拳脚功夫加之喜剧元素，通过成龙“能人所不能”的打斗动作展现出来，真正让外国观众领略到中国动作片的独有魅力。值得一提的是，《红番区》淋漓尽致地表现了海外华人弱势群体在被恶势力欺辱的时候，仍保持民族自尊，不畏强权不畏恶

拍摄《红番区》时，何冠昌先生与夫人特意去加拿大探班，看望他们的契子成龙、唐季礼，以及契女梅艳芳。前排左起二为成龙的父亲房道龙，左三、四为何冠昌夫妇

势力，与之做了坚决的斗争。这种顽强的民族气节，以及片中由成龙演绎的宽容忍让、正直勇敢、疾恶如仇、襟怀坦荡、助人为乐的中国式英雄成功征服了美国观众，赢得他们由衷的喜爱和尊敬。而片中中国移民强烈的民族意识，不屈的民族气节，更是深深激发了每一位华人观众的民族自豪感。这种正义感、英雄感以及强烈的民族自尊，正是唐季礼作品中一以贯之的表现主题。

电影拍摄中，每每遇到高难度的动作场面，唐季礼总是精心设计好每一个细节，力求万无一失。不仅如此，他每次都要自己先试过，然后一遍遍示范给演员看，事无巨细地告诉他们完成这一动作的要点、走位等，这样做一则是为了保证演员的安

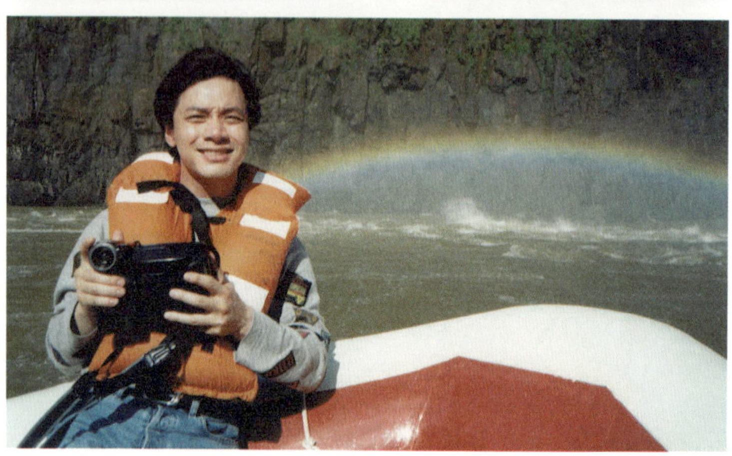

全，再则也是给他们以信心和鼓励。而对于他认为演员并没有十足把握，或者觉得演员完成起来确实难度太大、太过于危险的动作场面，他从不让演员冒险，而是干脆自己直接上阵做替身。因为电影中每一个场景都是他精心设计出来的，必定是自己有信心能做得到的。他总觉得自己即便受点伤也没什么，万一别人出了点意外，那就太说不过去了。但是，在影片杀青做宣传的时候，他对此只字不提，把功劳全归到演员身上，所以在香港被称为“肯吃亏的导演”。

自从与成龙合作拍片，唐季礼就一直在思考，拍成龙的戏一定要不断有很新鲜的场面，要设计那些不仅其他演员没做过，成龙本人也没做过，包括好莱坞电影都没出现过的动作与场面，才能突出成龙，才能让电影更吸引人、更有看点。第一次与成龙合作拍《超级警察》时，他把影片结尾最后十分钟的场面，从飞车到跳直升机、到火车，整个过程画了一个 storybook 给成龙看，这样成龙就会有非常直观的感受，也更有助于动作场面的顺利拍摄与完成。这一习惯一直延续至今。

《红番区》中有一段非常精彩也非常经典的场面，是成龙拖在气垫船后面冲浪……在温哥华看景的时候，唐季礼看到海面上行驶的气垫船非常漂亮，一问原来是海防守卫队的。于是唐季礼就把《红番区》最后那场戏的镜头画成一个 storybook，然后请制片拿着去跟他们谈判。

没过多久，制片打来电话来，说海防守卫队同意出借气垫船，可是他们不认可镜头中的动作镜头，认为太危险。也就是说借船可以，但不可以用气垫船拖着人冲浪。听了这个反馈，唐季礼心情顿时低落下来，因为自己设计的那么好的一个创意，如果没有实现，最后那场大结局段落就缺乏高潮段落和看点，缺乏新鲜感和张力了。

他对制片说，让我想一想，你隔五分钟再打给我。

五分钟以后，制片人再次打电话过来，唐季礼告诉他，没关系，先答应下来。

制片不解地问，怎么答应？你又做不到。

唐季礼说，你先答应，回来我们再商量嘛。

因为他对镜头处理相当清楚，他想到自己以前学冲浪的时候，曾经在汽艇后撑一根竹竿，拖着竹竿冲浪。那么可以如法炮制，用一个小快艇拖着成龙在气垫船旁冲浪，再利用镜头借位，就可以拍出气垫船拖着成龙冲浪的场面。这其实相当危险，因为快艇几乎是贴着那个气垫船滑才不会穿帮。而且它们的速度永远要保持一致，快一点、慢一点都不行，但他相信自己能做到，成龙大哥更能做到。

第二天，唐季礼找到开气垫船的司机，请他去吃饭并把自己设计的场景画成图拿给司机看。司机喜欢喝酒，唐季礼不喝酒，就陪他喝橙汁，一边找话题跟他聊。

酒过三巡，两人聊得相当熟络，唐季礼问司机自己设计的那个场面会不会好看，司机说肯定好看。

唐季礼说，其实这么拍是可行的，我肯定能做到。我们从那么远的地方来，就为了拍这场戏，如果拍不到，我觉得太遗憾了。

司机沉吟片刻，又喝了一大口酒说，不如这样吧，我们把那个船开远一点，开到海中间，那就不会有人看到我帮你做了。

当然，构想固然很好，这些相当危险的搏命场面，也只有被香港人称为“搏命龙”的成龙才能做得到。在《红番区》中，成龙除了冲浪，还有飞身跳楼、飞车过楼、用废铁栅栏做护身罩等，每一个场面均大胆出位火爆刺激，成龙演出时命悬一线，观众观影时也不由得捏一把汗。成龙在片中继续发挥他谐趣的特点，在一连串的寻仇、比武、打架中，不失幽默本色。如成龙对着超市内用来防盗的双面镜扮威风肌肉男，被梅艳芳扮演的依玲尽收眼底却不自知的细节，令观众忍俊不禁，亦是他化严峻为轻松的一贯风格，而这也正是唐季礼擅长并精心设计的。

影片的结尾，成龙在纽约警察的配合下，追击驾驶巨型气垫船逃跑的黑手党徒。气垫船冲上岸，在马路上横冲直撞，汉强等人终于夺取了气垫船。这是成龙影片中，海陆空齐备的追逐场面中又一个全新的创意。

成龙拍摄此片的代价是伤了左腿。他在一场打斗戏中，凌空翻跟头飞身踢向对方时，左腿却不慎撞到冰箱角，小腿肌肉当场爆裂，血流如注疼痛难忍。被送往医院后，医生勒令他一定要卧床休息三个月，否则很可能造成二次伤害，可他没过几天就回到片场继续拍摄。出了院继续拍片时，有记者前来采访探班，成龙虽然因腿伤疼得龇牙咧嘴，但并未影响他的好情绪，他还抱着伤脚笑意盈盈地拍了张照片。记者发表这张照片时，在旁题字曰："成龙受惯伤，所以抱着伤脚也笑容满脸。"

成龙当然不是不知痛痒的铁人，笑容如此灿烂，是因为在拍摄《红番区》时，剧组的氛围就好像一个和谐快乐的大家庭，而他也敏锐地感觉到，这部电影对自己一定会有重大意义。果然，《红番区》成功为成龙打开国际化市场铺平道路，是成龙电影转向国际化的一个重要标志。该片不仅奠定了成龙在国际影坛上的地位，更是他成功打入西方主流电影市场的里程碑之作。

拍摄《红番区》时，何冠昌先生特意携太太去加拿大探班，这对他是前所未有的。何冠昌先生对契子成龙、唐季礼，契女梅艳芳格外欣赏和疼爱，他们之间的深厚情感也由此可见一斑。

票房创纪录，成功开创大陆贺岁档

《红番区》以美国纽约为背景，以华人在海外的酸甜苦辣自强不息为内核，故事简洁明了，节奏欢快流畅，具有十足的娱乐性和喜感。在成龙一贯的漂亮打斗身份之外，梅艳芳的加入也增强了喜剧效果。该片在东南亚等地放映时再破票房纪录，还为中国大陆电影界首次引入"贺岁片"的市场营销理念。成龙和唐季礼凭借该片获得香港电影金像奖最佳动作指导。

1995 年初，《红番区》被引进中国内地市场，并创下了 1.1 亿元人民币的内地票房（当时京、沪、穗等地的通常票价为五元左右，最高票价不超过十元，二三线城市票价不过两元），远超同期上映的好莱坞大片《亡命天涯》，在国内更创下票房收入的最高纪录。用当时一些媒体的话讲："影片放映时万人空巷。"这无疑对于当时正处于低迷状态的中国内地电影市场是一剂强心针，更是一次巨大的冲击。

《红番区》上映时正值春节前后，在这之前，每到春节期间，内地所有的影院都关门歇业，到了大年初三后才开始营业，这就是当时业内著名的"灰色春节档"。1995 年 1 月 21 日，《红番区》在全球很多国家和地区同步放映，中国大陆也在首轮放映之列。1 月 21 日是当时农历小年前后，也是春节前最后一个周末，依照当时人们的生活习惯，正处于准备年货、打扫房屋、走亲访友的时节。据说当时这一排期让国内几乎所有电影院的发行放映人员都很郁闷。

时任北京新影联副总的高军回忆，大家都觉得影片很好，但对票房一致不看好。发行经理们认为那个时候人们都忙于阖家团聚辞旧迎新，马上到年三十，依照以往的经验铁定没人去看电影。而且以往新年前后电影院都是休息的，几乎没有人上班。为此，他们特意做了动员工作，让影院的工作人员加班放映。结果谁也没想到，真正上映的时候来看电影的人特别多。"简直是扶老携幼，几乎是全家出动来看电影。"而且看过电影的人对《红番区》都评价相当高，经过口口相传，人们蜂拥到电影院，票房不但没有在春节期间下降，反而直线上升，在春节期间达到高潮，并且成为春节期间人们茶余饭后一个出现频率非常高的话题。当时很多媒体都争相报道这一春节"贺岁档"现象，《红番区》也由此成为内地电影第一部真正意义上的"贺岁片"。高军说，那次《红番区》的票房结果给他的印象太深，是完全没有想到的事情。影院老板们这才发现，原来春节档期也能创造这么大的收益。

《红番区》当时收获内地票房 1.1 亿，占当年大陆市场全年票房的 8.5%。

1996年，唐季礼执导的第二部贺岁档影片《简单任务》再次进入中国内地市场，票房超八千万元。此后，中国电影人也抓住这一商机，立即投入制作贺岁片，抢占贺岁档。到现在，贺岁档已经和暑期档一起，成为电影市场最重要的黄金档期。

据日本一家权威的票房统计机构统计，1995年《红番区》的全球票房收入总计达8230万美元。如今看来，二十年前的这一纪录，即便排除通胀及物价上涨的因素，在现在依然是相当可观。

“我打进好莱坞，但是他看不到”

1996年，《红番区》由新线公司以五百万美元购得引进发行权，在美国上映并取得巨大成功，赢得3234万美元的票房，并成为第一部在美国超过两千家电影院同时上映的华语影片。而新线公司发行方依靠《红番区》的票房以及周边产品开发，比如录像带出租等，总共盈利达1.25亿美元，成为当年新线公司获利最高、最成功的投资项目。而之前无法打入美国市场的《超级警察》也立即由米拉麦克斯公司买断发行，并随即在全美公映，受到广泛好评，成龙一举成为北美地区最受欢迎的亚洲巨星。

《红番区》之所以能赢得跨地域跨文化的商业成功，与其独特的电影语言形态有着至关重要的关系。唐季礼开创性地结合香港与美国动作片的不同特征，迎合了东西方观众不同的观影心理。影片中处处表现出成龙式的正义感和英雄感。片中梅艳芳饰演的女主角是个一心想依靠自己的双手过好小日子，对未来充满憧憬的弱女子，当她遇到困难时，成龙挺身而出帮她伸张正义。而成龙这一不畏强暴，不为恶势力所迫，敢于反抗、敢于惩恶扬善的气节是不分种族和国家的，这也是该片能够为不同国家观众所接受的重要原因。

此外，多年来在海外生活的经历让唐季礼意识到，中国人在国外是弱势群体，所以更应该团结互助，这些思想也反映在电影里。在《红番区》中，英雄都属于弱小群体：梅艳芳虽是弱女子，当她所有东西被坏人夺走后，她没有埋怨成龙，仍站在成龙这一边默默支持他。正是这种支持，这种团结精神，激发了成龙去帮她。这是他反映民族气节和英雄精神的一种方式。

谈及自己的成功经验，唐季礼在一次采访中说，我的作品有我自己的特色，不是一味地迎合观众或者片商。而且我的作品都是国际发行，不可能迎合某一个国家某一个地区的片商。我一直认为，正义是国际通行语言。正义感全世界观众都一样具备。只要作品表现内容有正义感、黑白分明、惩恶扬善，就能让不同国家的观众认同，能打开国际市场。几乎所有国家的电检部门都会看你的作品是不是对观众有好处，某些香港片，比如古惑仔系列或者黑帮片在许多国家是不允许公映的。只有你戏里的导向是不同国家、不同民族、不同宗教的观众都认同认可的，才能走得更远。我是从我的制作、创作，从发行、宣传推广这样整体的角度去考虑作品的风格和内容。从电影语言的角度来讲，我的作品镜头感很强，很直白晓畅，不同国家、不同语言的观众都能看得懂，能把观众吸引进来。而在国际市场尤其是美国市场，很多观众是很“大美国主义”的，如果你的东西不让他们认同，是不可能进入主流院线，他们也绝对不会花钱去看的。在戏里我要抓住的就是“正义感”，还有英雄感，这在全世界都是统一的——不畏强权不畏恶势力，除暴安良伸张正义，这样的英雄是老百姓普遍认同的。

《红番区》拍完，老板在唐季礼生日时给了他一张七位数的支票。唐季礼当即把《魔域飞龙》赔了的钱全部还清，并去买了一部喜爱已久的兰博基尼。

之前《魔域飞龙》的投资没能全部收回，家人朋友对唐季礼没有一点埋怨和指责，反而鼓励他再接再厉，都表示不用他还这笔钱。不过唐季礼一直念念不忘，他觉得自己不能辜负亲朋好友的信任，只要有钱就坚持分期偿还，最终连本带利地把那些钱一一补上。因为他觉得这是自己的责任。

唐季礼尤其感慨父亲常常教导他的，男人要挑战力所不能及的事：拍《超级警察》是拍成龙大哥的电影，对于当时只有三十岁，且只拍过一部电影的年轻导演来讲，是力所不能及；拍《红番区》时，制作经费只有好莱坞一部电影制作经费的十分之一，演员英语不太好，故事是华人圈的，跟美国人的生活又没有太大关系，凭什么打入别人的市场呢？其实也是力所不能及——现在他都成功做到了，做到了父亲教诲他的“能人所不能”。这一切，都是父亲的那句话给了他极大的决心和信心。

此时，唐季礼心里最大的遗憾就是父亲没能亲眼看见自己的作品打入好莱坞。因为父亲于1995年底突发重疾，当时他正远在俄罗斯做《简单任务》后期，得知消息，他立刻买了最近的航班赶回香港，但是未及见父亲最后一面。此后很长一段时间他都沉浸在悲痛之中无法自拔，好像心里的什么地方就此坍塌了。

很多年以后，谈及此事，唐季礼依然不能释怀。他忍着泪水，一度哽咽着：我打进了好莱坞，但是他看不到。

《简单任务》不简单

故事梗概：

超级警察陈家驹（成龙）获 CIA 委派调查一个国际性核子武器贩卖集团，警司骠叔（董骠）与他均以为这是一项简单任务，因为骠叔与家驹都认为是天方夜谭，他们根本不相信有什么组织能从黑市里搞来核子武器，认为调查的只是一群乌合之众。怎料，家驹在跟踪疑犯徐杰时，误打误撞到达了乌克兰核弹基地，并目睹徐杰在雪山上与买家交易，家驹此时被对方发现行踪，唯有以滑雪板展开雪地大逃亡，可惜失足坠进冰湖，幸得俄军救回一命。

陈家驹康复后又被俄罗斯上校 Gregor 派往澳洲水族馆寻找杰的妹妹 Annie（吴辰君），但刚到唐人街，家驹就被金龙堂当做谋杀徐父的凶手。后来家驹发现 Gregor 才是幕后主脑，但唐人街已经危机四伏，家驹只好与 Annie 前往水族馆，取回藏于食人鲨鱼池底的铀核心盒子……

英文：Police Stroy IV First Strike

导演：唐季礼

编剧：唐季礼　唐铭基

主演：成　龙　董　骠
吴辰君

上映：1996 年

终于还完《魔域飞龙》亏的钱，买了自己喜欢的车

1997 年香港电影金像奖

最佳动作设计：唐季礼

入围最佳电影

入围最佳男主角：成龙

入围最佳新演员：吴辰君

入围最佳剪接：张耀宗、邱志伟

第 33 届台北金马影展（1996 年）

金马奖最佳摄影（提名）：马楚成

金马奖最佳动作设计： 唐季礼

金马奖最佳剪辑（提名）： 张耀宗、邱志伟

在拍《红番区》气垫船一场戏时，何冠昌与太太一起去加拿大探班，因为他们的三个干儿女成龙、唐季礼、梅艳芳都在。那时何冠昌说，《红番区》已经定了要上明年（1995年）春节档。随后他很郑重地跟唐季礼谈：你想一想，再写一部戏给成龙，1996年的春节档期也留给你了。

唐季礼有点为难地说，可是这部戏都还没拍完。

何冠昌拍拍他的肩膀说：没关系，有空你就想着点，先想好，不然来不及，我相信你。

就这样，《红番区》一做完后期，唐季礼就马不停蹄地开始着手进行《简单任务》的策划与创作。

拍成龙电影难度更大了

当时他脑子里一直想：下一部应该去什么地方拍？因为香港太小，他觉得电影应该属于全世界，不该把主题或者拍摄地点局限在某一个地方。他想到风靡了很多年的007系列，每次都会换一个地方拍摄，观众好像跟着进行了一旅游；加上令人眼花缭乱、色彩缤纷、极富创意的开场设计，风流倜傥的邦德、性感并引领潮流的邦女郎；情节虽然简单但紧张激烈，动作场景火爆密集，自然让观众大呼过瘾。所以《简单任务》在选景时，唐季礼也希望能像007一样，视野更开阔，更具有异域风情和国际风范。至于人物性格当然与007有很大差异，成龙虽然不是走帅哥路线，但《超级警察》《红番区》已经证明，成龙在片中塑造的那种具有亲和力的性格更容易让人接受。在这些电影里，成龙谐趣幽默，但是遇到困难，遇到不平事，敢于打抱不平，他体现出来的拼搏精神、爱国主义、民族气节，小人物大英雄，更是令人尊重与佩服。而这些性格，其实也是唐季礼自身性格的折射，与他多年来潜心追求、希望在电影里体现出那种堂堂正正、不畏强暴、阳光向上的精神一脉相承。

这些不仅源于父母亲多年对他的教诲和家庭环境的耳濡目染，也是李小

多年的合作，已经与成龙大哥亲如兄弟

龙电影传达给他的信念和影响。所以唐季礼电影作品中塑造的人物形象都非常积极健康，充满正能量，善良正义、疾恶如仇、诚实守信。他觉得自己的成长道路一直受益于艺术作品中那些善良正直的人物形象的影响，所以希望别人也能从自己的作品中受益。不仅是成龙塑造的那种英雄，像《红番区》中梅艳芳塑造的小人物形象，虽然只是个小超市的老板娘，但是也同样勤劳坚忍、乐观正直、节俭善良且富有同情心，有原则有底线、有正义感，同样值得尊重和敬佩。

拍完《超级警察》和《红番区》之后，唐季礼没有驾轻就熟的轻松感，反而觉得继续拍成龙电

影难度更大了。这时他开始理解初见成龙时，成龙对他说的那番话：以前我一推开窗，看见什么都有灵感闪现，脑子里总有很多新的想法。现在拍了这么多戏下来，只有两只手两只脚打来打去，每一部戏里动作场面至少有半个小时，哪里有那么多新招数？！观众都想看新的东西，上哪里去找那么多新的东西？！

唐季礼现在对此深有同感，自己的创作遇到了一个瓶颈，因为成龙的电影都是原创的东西，绝对不能抄袭模仿；而且成龙电影是动作和喜剧相结合，是打中有笑、笑中有泪的，是用肢体语言讲故事。作为成龙式的动作片，每部电影至少要有五场大型动作场面，这五个场面都得是原创，不仅要没有人做过，还要只有成龙能做得到，别的演员没有能力

给演员示范动作

拍水里的戏要亲自示范，以保证演员的安全。当时室外气温在零度以下

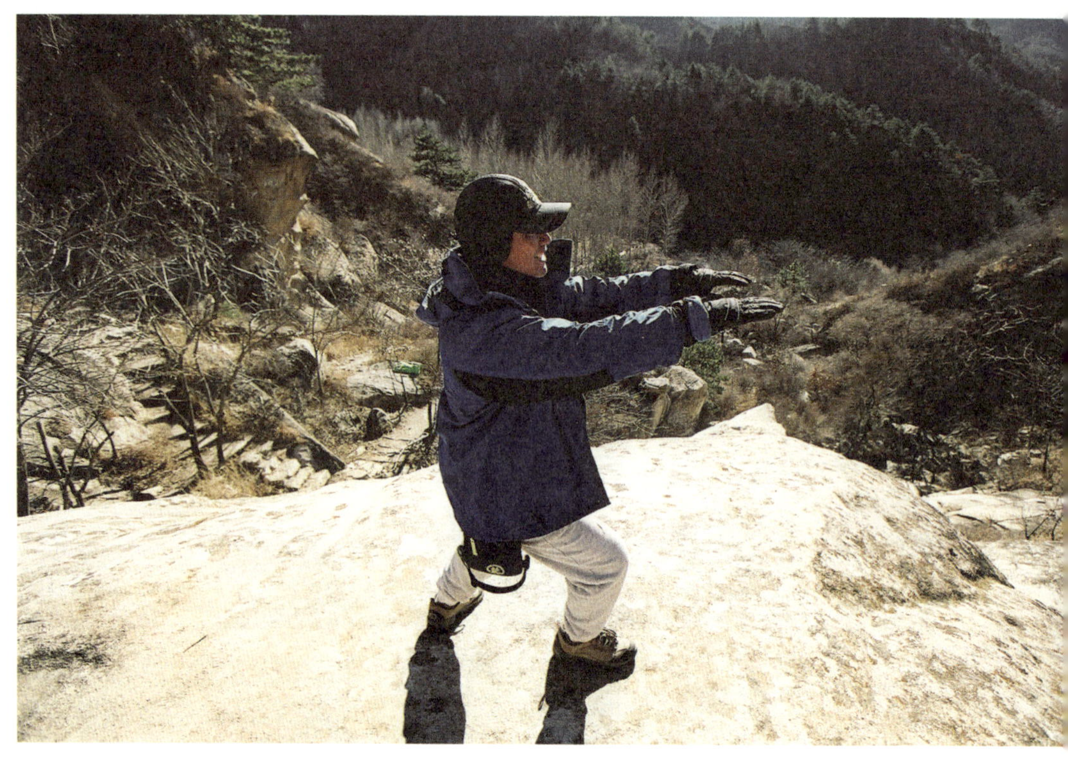

拍戏间隙做下伸展运动

挑战；既想故事情节精彩跌宕，又要符合成龙的大型动作片特点……这些可想而知有多难。

做成龙的电影导演，既要有编剧水平，又要有导演水平，还得能做动作导演，因为这些都是交叉并行的。此外，还要看足够多的动作电影，既要看阿诺德·施瓦辛格、布鲁斯·威利斯，还要看尚格·云顿、史泰龙、汤姆·克鲁斯、007，还要看李连杰、洪金宝、甄子丹等动作明星的电影。不过，不是为了借鉴，而是要做到心里有数，只要他们用过的桥段通通不能再用。

成龙电影跟小说改编或者文艺片创作还不一样，因为多了动作片的难度和危险，这种难度还得全世界的观众都能看懂。那时候中国电影曾出现在南方卖座但是北方不买账，或者在香港卖座大陆就卖不动的情况。唐季礼希望自己拍的电影全世界范围的观众都能看明白，能够心领神会、会心一笑。当时《简单任务》预算是一千万美金，但那时物价飞涨，拍片的各种成本大幅飙升，更何况还有大量场景要到境外拍摄。如何克服预算不够、特效不够成熟，又能达到有打有笑的场面，自然让唐季礼绞尽脑汁。

在前期创作《简单任务》时，唐季礼花了更多的精力在如何创新上。比如其中的滑雪场面007里出现过，那么如何做到比007电影里滑得更惊险更刺激，还要符合有戏剧冲突、有紧张悬念、有诙谐幽默等诸多元素？这些元素在创作剧本时就要想到是否符合人物性格，是否符合剧情，是否符合自己想要达到的目标，是否符合观众的接受度，风格是否统一……还有关于鲨鱼的场景好莱坞也拍过，但大都是非常恐怖血腥，比如斯皮尔伯格的经典场面《大白鲨》，至今仍位列世界十大恐怖片之列。而唐季礼想到的是，在这部电影里，遭遇大鲨鱼能不能变得既惊险刺激又搞笑好玩呢？！为此，他们反复斟酌构思，终于有了影片最后鲨鱼池里的精彩段落。

正是经过反复斟酌、反复考量、反复试验，影片才呈现出将曲折复杂的故事情节与谐趣打斗结合在一起，颇具娱乐性与商业性的效果。片中成龙去水族馆的鲨鱼池里取装有铀弹头的盒子，俄罗斯上校Gregor也带领一队打手前来追杀成龙。成龙跳入水池，发现鲨鱼池深不见底，自己匆忙之中没有拿氧气瓶，每次只好在打斗时乘机抢来对手的吸氧管猛吸两口。在鲨鱼池中，成龙的手指不慎被对手割破流出血来，此时一条鲨鱼正巧经过，他又急又怕，连忙把手指含在嘴里。对手穷凶极恶、不依不饶，成龙急中生智，抢过刀来，把对手的一只手指也割破，对手也学成龙的样子赶忙把手指含在嘴里，但仍不放弃，继续追打成龙。成龙无奈，又把他另一只手的手指也划破，对手只好把另一只手也含在嘴里，两只手都不能用了，成龙这才摆脱纠缠。这一场戏的情节设计堪称

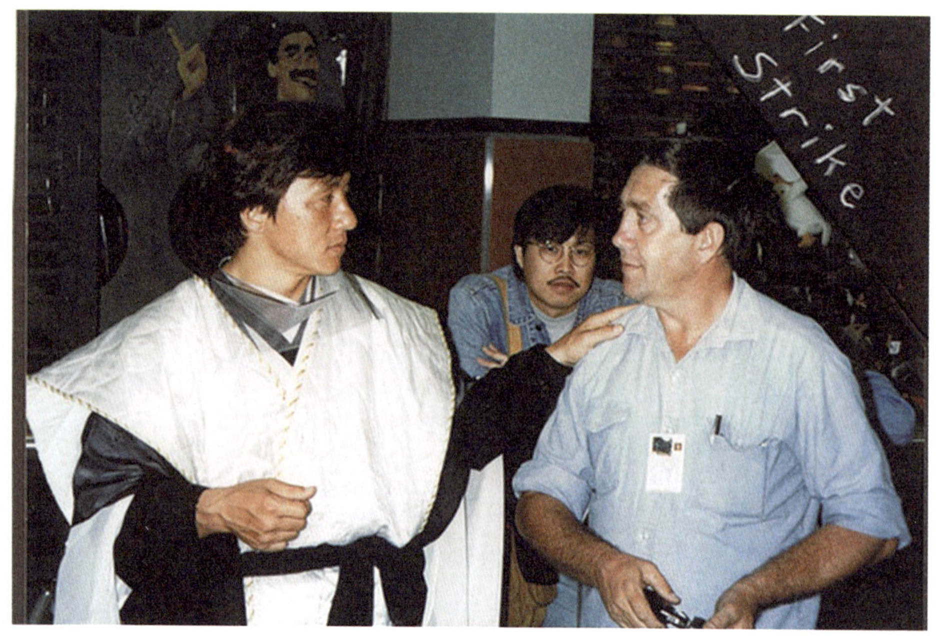

《简单任务》片场

经典，既紧张刺激又滑稽幽默，因为全是在水中的场景，整场戏没有一句台词，情节全靠动作设计和面部表情来表现与推进，让观众为主人公提心吊胆的同时又忍俊不禁，足见主创人员之功力。

片中细节之处也经得起推敲，以细节来丰满、勾勒人物性格，更加真实可信、有说服力。当鲨鱼池的观赏玻璃被 Gregor 上校炸掉之后，海水汹涌而出，鲨鱼也随之被冲出，冲向几个不知所措的无辜游客。成龙正要去追赶 Gregor 上校，虽然时间紧迫，看到游客处于危急之中，他还是先顺手拿起水中漂来的救生圈，把鲨鱼的嘴紧紧箍上，让其无法伤人，这才冲出去救被 Gregor 抓走的 Annie。从这些细节设计能清楚地看到唐季礼的艺术观念，他虽然长于动作电影，但绝不刻意展示血腥暴力吸引眼球；片中人物疾恶如仇除暴安良但宅心仁厚，并不是要置对手于死地而后快。而且，即便在危急时刻，主人公也会下意识地首先想到帮助别人。

剧中还充分利用唐人街里中国人踩高跷、出殡、雨伞等场景道具，既生动巧妙，又在异国风情中充分体现出中国特色、中国元素。片中依然是成龙以亡命肉搏或极限体能展示作为观影奇观来吸引观众，为了保持奇观的真实性，电影中的重要场面均运用长镜头无剪接的方式拍摄，并且辅以不同角度的倒叙镜头，将银幕英雄与现实英雄很好地结合起来，这也成为影片值得称道的艺术风格。

再创票房奇迹

《警察故事 4 之简单任务》（又名《白金龙》）在香港一地的票房收入为五千七百万港币，为成龙电影在香港的最高成绩。而二十世纪九十年代香港十大最卖座的电影中，唐季礼导演的《简单任务》和《红番区》分别位列冠亚军。

在做《简单任务》后期时，由于父亲去世，他赶回香港料理父亲后事。为了赶档期，他做后期的时间只有十一天，这十一天里，他总共睡了不到八小时。回忆起那段经历，唐季礼庆幸道：还好当时没有电脑特效，要不无论如何也完不成。

《简单任务》在 1996 年创下的当时香港电影华语片票房纪录，直到 2001 年周星驰的《少林足球》收获六千万港元票房，纪录才被打破，但《简单任务》票房纪录在排行榜上依然位列三甲。唐季礼因此获第 33 届台湾电影金马奖最佳动作指导、第 16 届香港电影金像奖最佳动作指导。

另外，本片也于隔年（1997 年）1 月 10 日在北美的千余家影院上映。

影片接连大卖，成香港最“贵”导演

《简单任务》于 1997 年 1 月在美国发行，影片的美国发行版本剪辑了大约二十分钟的镜头，被剪掉的分别为一头一尾两个武打段落。美版中第一场打斗场面只有十分钟，而原作有二十分钟；结尾处在水下决战一段，有约十分钟的胶片被剪掉，其中包括一晃而过的模型鲨鱼叼着人脚的镜头。在这些镜头被剪掉之后，《简单任务》被定为“PG-13”级（PG-13级是美国电影协会的电影分级制度中的一种，指特别辅导级的意思，主要是针对十三岁以下儿童定下的级别，这一级是警告家长说，这部影片有可能包括不适合十三岁以下儿童观看的内容，或者十三岁以下儿童由家长陪同观看。美国很多主流电影都被评为这一级别），并在1344家影院上映。《简单任务》在美国首周赚得五百七十多万美元票房，北美地区总计收获一千五百万美元票房。

因为电影接连大卖收益丰厚，当年嘉禾老板给唐季礼开出四百五十万港币的片酬外加影片分红，唐季礼几乎成为当时香港最“贵”的青年导演。

而当时电影圈整体的状况是，二十世纪八十年代被称为香港电影的黄金十年，这种繁荣景象一直延续到九十年代初期，当时各种类型片风起云涌，票房收入也令电影从业者信心大增。各种规模的电影公司以及电影工作室如雨后春笋般涌现，形成了一个日后被沿用的模式——先产生一个核心的创作班底，然后推出富有特色的影片，培养类型化的主创人员，推出风格化的系列作品。那一时期每个公司的特色堪称独一无二，以各自的特点及风格类型满足不同观众的需要。当时香港电影圈的创作力在今天看来非常不可思议——创作者们总是能在短时间内拍出质量上乘且有新意的电影作品，似乎灵感永远取之不竭，呈现出拍摄——制作——超越的良性循环，盛况空前。

但是必须看到，由于一向过于依赖外埠市场，香港电影市场自身的造血能力很差。自二十世纪七十年代以来，传统的东南亚电影市场逐渐萎缩，但是由于八十年代打开日、韩局部市场，并吸引了台湾资金进场，甚至许多台湾明星也改以香港作为他们发展的基地并成为香港电影圈的一员，使得香港电影得以转移市场并持续发展。然而好景不长，好莱坞电影大举“入侵”台湾，台湾电影业遭重创直至一蹶不振，也连带香港电影遭拖累，香港由此失去了最大、最重要的一个市场。随之而来，韩国和台湾地区等地片商都对港产片采取各种压价措施，外埠市场急剧萎缩，仅靠香港一地市场难以哺养和支撑整个电影业发展。市场环境的恶化直接导致了电影产量的减少——从二十世纪八十年代的每年两百部减产到每年八十到一百部，后来甚至出现连续三年产量不到一百部的情况，这是香港电影半个世纪以来绝无仅有的现象。到了九十年代中后期，香港电影最终陷入一片低迷颓势，量质齐缩。

彼时香港电影在发展上的各种弊端也愈发显现，加速了观众的流失。如在电影创作上逐渐因循守旧、活力衰退；明星青黄不接，高片酬和低成本的矛盾冲突，不少制片人急功近利，跟风抄袭、粗制滥造导致烂片泛滥，香港电影业急遽跌入低谷。

1993 年 6 月，由史蒂文 · 斯皮尔伯格执导，环球电影公司出品的美国大片《侏罗纪公园》以席卷全球的强劲势头进入香港市场并创下六千多万票房佳绩，此后，好莱坞电影在香港以及整个亚洲长驱直入，香港电影的制作发行自 1994 年开始便有如“屋漏偏逢连夜雨”，影片大量减产，票房普遍低迷。到了九十年代中期，港产片票房连续下挫，西片逐步抬头。1998 年的《泰坦尼克号》更是以 1.1 亿元的票房攀上顶峰，这部连续上映一百九十五天的好莱坞 A 级大制作，还在香港“二十世纪百部卖座片”中独占鳌头。

以有线电视、碟片、互联网等为代表的新兴传媒工业也对电影市场造成一定的冲击。严重阻碍九十年代香港电影发展的另一原因是“盗版”问题。八十年代录影带市场兴起已经令电影收入大打折扣，到了 1997 年后，盗版 VCD 更是给香港电影市场造成重创。不少电影在午夜场或首映过后便出现盗版，海关和警方却打击不力致使电影票房急剧减少。直至近些年，香港特区政府才开始正视这个问题，海关逐渐加强扫荡，盗版活动略为收敛。

此外，黑社会渗入电影圈也是九十年代电影环境恶劣的一个特征。黑帮大规模渗透并参与香港电影的投资经营开始于九十年代初期。据统计，在

1992年至1994年的三年间，警方共接报涉及娱乐圈的暴力案件多达二十多宗，其中以徐克工作室被掷燃烧弹，刘德华被勒收保护费及保姆陈嘉莉住所被纵火，许愿录像室被捣乱，《家有喜事》在发行前胶片被抢走和电影制片人黄朗维、蔡子明被杀等案轰动一时。成龙、周润发、周星驰、李连杰、张学友等影视明星都曾先后受到黑帮的敲诈和勒索。九十年代初，香港演艺界还组织了一场轰动国际的反黑帮暴力大游行。当时还有一个现象，就是一些有黑社会背景的影业公司还投资制作电影，极力宣传、美化帮派，使得不少年轻人竞相仿效。当时也有几家制作公司出重金找到唐季礼，让他拍摄类似题材的电影，被他断然拒绝。

声名日盛时，决定游学好莱坞

尽管彼时的唐季礼在香港电影界声名鹊起，票房号召力也如日中天，但他骨子里的"不安分"让他从不安于现状，时刻准备接受新挑战。更何况他一方面对当时香港电影的浮躁功利、后继乏力、创造力衰退感到失望，一方面又被好莱坞电影的优秀制作经验吸引。

拍完《简单任务》后，有一天何冠昌先生找到他，很郑重地跟他提出希望他再跟嘉禾签三部电影，继续给成龙当导演写故事。

唐季礼对何冠昌先生说，他觉得拍电影如果一直去迎合观众的趣味、揣摩观众的口味，其实很被动也很悲哀。拍成龙的电影，每一部戏都是大家用命拼出来的。不仅仅是成龙，因为他做武术指导，每个危险场面都要自己先去试然后才让成龙去做，因为有责任保证动作实现、保证演员安全。其实他的票房又何尝不是靠搏命成就的。他说，我们太悲哀了，香港电影打进好莱坞、进入国际市场，还是靠动作，靠搏命，靠危险，不是靠吸引人的故事，我总不能一辈子拍这种电影。现在美国大片对香港电影的冲击那么厉害，我应该去学他们好的经验。

他说，现在电影技术发展已经足以改变电影的格局和面貌，但我们并没能够和好莱坞接轨、抗衡的电脑特技公司，跟好莱坞电影仅从技术上就差距太大。那时候拍吊威亚的戏，连用电脑特技把钢丝P掉的技术都没有，全靠灯光摆位或者前物遮挡。吊威亚用的钢丝要事先用黑漆喷涂，拍戏时自然是钢丝越细越好。但往往因为太细，摄制现场由于钢丝断掉而导致演员受伤的事件时有发生。唐季礼对何冠昌说，希望公司能让自己去好莱坞学习五年，去那里学习他们的制作、电脑特技以及宣传发行，这些对电影创作都很重要，缺一不可。

他还告诉何先生自己的另一个规划，就是从好莱坞学习回来不想回到香港，而是想到内地发展。《红番区》在香港破了纪录，才收了五千多万，在内地上映十天就收获了上亿的票房，那个市场这么大，才是香港电影人努力的方向。“你让我帮嘉禾发展内地市场吧，那才是以后电影真正的市场。我一定能行。”

何冠昌沉默了，唐季礼在鼎盛期提出这样的想法，大大出乎他的意料。于公，唐季礼留在香港继续给嘉禾拍戏，显然能给公司创造更丰厚的利润，带来更可观的收益；于私，他对唐季礼一直非常欣赏，对他出众的艺术才华，对他的积极向上、志存高远、勤奋努力和善良正直非常喜爱。他知道这个年轻人有大的志向，也一定会有更大的发展。

良久，他抬头对唐季礼说，你去吧，我支持你。

应邀为迪士尼拍《脱线先生》

故事梗概：

一头华发的亿万富翁马固先生（莱斯利·尼尔森饰）年事已高，而且近视得厉害，所以常做出些令人匪夷所思的举动。他捐赠了一个很大的博物馆，博物馆开馆第一天就展出了一个价值连城的红宝石“科特斯坦之星”。这个红宝石引来犯罪团伙虎视眈眈。犯罪组织派出性感漂亮但心狠手辣的“黑寡妇”劳妮（凯莉·林奇饰）和珠宝大盗摩根，当夜他们就盗得这块宝石。第二天，在两个窃贼内讧时，

导演：唐季礼 (Stanley Tong)
编剧：Pat Proft 、Tom Sherohman
主演：莱斯利·尼尔森（Leslie Nielsen）
凯莉·林奇（Kelly Lynch）
马特·基斯拉（Matt Keeslar）
詹妮弗·加纳（Jennifer Garner）
埃涅·赫德森（Ernie Hudson）
斯蒂芬·托波罗斯基（Stephen Tobolowsky）
上映：1997 年

红宝石掉到不知情的马固先生的船上。与此同时，联邦调查局和中情局分别派出一名侦探调查此事，两个糊涂侦探竟然认为是马固先生偷走了红宝石。未能得逞的罪犯们又想出一计，劳妮假扮记者，企图用美人计拿下马固先生、骗走宝石。然而，就在劳妮快要成功之时，红宝石再次被摩根抢走。劳妮带着不知情的马固先生以及他的外甥沃尔多（马特·基斯拉饰）一起，试图夺回红宝石，而两个侦探则误认为马固先生和劳妮是一伙的，并对他们展开追捕……

终于说服七十二岁的莱斯利·尼尔森吊威亚，为此还买了高额保险

1996年，唐季礼把目光放在美国，想去好莱坞学习发展。因为《超级警察》《红番区》《简单任务》的傲人成绩以及一举成功打开国际市场，一时间唐季礼等于票房保证，自然也就片约不断。很多人让他拍一些类似吴宇森的枪战片、警匪片，可他自己不喜欢太暴力，尤其美国电影讲究真实，打人打爆头、血腥谋杀等，都不是他喜欢的类型。恰好迪士尼公司以三百五十万美金片酬以及全球票房分红（这是当时华裔导演最高的片酬）为条件，通过嘉禾的海外市场部负责人、也是唐季礼后来在好莱坞的经纪人安德鲁·摩根（Andre Morgan）的引荐，邀请他去拍摄动作喜剧《脱线先生》（Mr.

Magoo）。摩根于 1972 年加入嘉禾影业集团，他和艾尔伯特·鲁迪合作经营的美国鲁迪摩根集团是好莱坞历史最久，成绩最卓越的独立制片公司。他为中国、澳大利亚、欧洲及世界各地前往好莱坞拓展事业的影视界人士提供了宝贵的建议和帮助，在他的扶持下，许多业界明星和专业人士如李小龙、成龙、唐季礼、吴宇森等都在好莱坞打开局面。因为从小就喜欢迪士尼的电影，唐季礼毫不犹豫答应下来。

一次成功的学习与尝试

在拍《脱线先生》时，唐季礼本来找了一个三十多岁的演员，身手非常好，可是那个演员在开机不久后出了车祸，只好临时换人。这时迪士尼公司指定主演过《白头神探》，当时已经七十二岁高龄的莱斯利·尼尔森任男主角，他也是唐季礼演艺生涯中用过的年纪最大的演员，这让长于动作场面的唐季礼备受束缚。于是，他只能绞尽脑汁想着怎么才能拍好其中的动作场面。为了保证安全，莱斯利·尼尔森的经纪人以及本片的监制很多场面都不允许他做。其中有个段落需要吊威亚，而且只能演员自己上场，唐季礼就自己先吊威亚试做给他们看，然后不用威亚又做了一次，经纪人和监制才勉强同意。但是毕竟是七十多岁的老人，那个在唐季礼看来很简单的动作，拍了十八次才成功。此后，很多原本精心设计的动作场面只得删减或修改，直至改得面目全非，最后很多地方都背离了他的初衷。

影片开始以一段笑点满满的动画场景，交代了马固先生因为高度近视而发生的一系列令人捧腹的行为；及至马固先生开车到达慈善晚会现场，成功由动画切换到真人场景。这段开头设计巧妙，充满谐趣。

三千五百万美元在好莱坞是中等投资，但在香港绝对算是大制作。唐季礼很想了解，这三千五百万美元都怎么用，用在哪里。很快他发现，投资中的很多钱都花在电影看不见的地方，比如人员工资、交通等。在好莱坞，几

乎所有工作人员，包括现场打灯的工人坐飞机也是头等舱，住宿全部是五星级酒店等。实际上在现场花的钱，拍的天数，都比香港还要少。如果做对比，在香港拍戏，更像是一种家族式的管理模式；但是在美国，拍摄工作有一个完善的体制做保证，尽管有时也很浪费。好莱坞各大电影公司的机构总体来看可以分为行政和制作两大机构，行政机构可以分为决策、创意和制片三个部门，制作机构可以分为剧务、技术两大部门，这些职位分工相当明确，而且不会出现越俎代庖的现象。在香港拍戏可以省很多钱，但是体制不够理想，拍片时很多想法难以实现，因为缺少好莱坞这样相对成熟的体制来引导电影人一步一步完成拍摄计划。而在拍摄上，唐季礼觉得美国导演的自主权并不算高，有各种条条框框限制。

经过深入研究后，他还了解到好莱坞的大发行商针对不同类型电影的宣传手段有很大的区别。他们会事先针对不同的观影群体、不同性别不同年龄段的观众，制作出几种预告片。发行有多种渠道和方式，比如院线放映，录像带碟片出租和销售，电视播映权转让，以及一些周边产品。大量的扩窗发行（有线电视、录像带）和衍生产品（授权商品、主题公园）不仅成为影视公司新的收入来源，而且大幅降低其影视制作的投资风险。此外，还要针对不同的电影市场制作出不同的宣发方案。在院线放映方面，发行商通常会把市场分为北美和海外两个市场，北美票房收入发行商抽取 30% 左右的提成，海外票房则提取 40%（也就是我们所说的分账大片）。北美院线发行商还会和放映商谈分成，通常有两种分成方式，一种是发行商交付放映商一定的租金（视影片卖座情况而定，一般是一万美元左右），上映后每周放映商抽取提成（第一周为 10% ，越往后越高，但是不会高于 30%），第二种是发行商不交租金，放映商直接抽取提成，一般是 30%，越往后越高，但是不高于 50%。一般来说，院线放映所得的票房占一部电影所能创造的利润总数的 30%（北美票房占全球总票房收入的 25% 左右），录像带和碟带占 50%，电视播

映权的转让和周边产品销售一共占20%……事实上很多在影片上映前便收回了成本。这些是他没有去好莱坞之前不很清楚的。所以在拍摄期间唐季礼不只是导演，而是像海绵一样不断吸收着来自各方面的信息，制作、发行、放映、技术，什么都感兴趣，什么都要刨根问底。

获评全美十大家庭片

《脱线先生》在美国上映后反响很好，并且被评为1997年度美国“Movie Guild Award”十大家庭片，至今仍是各大电视台、视频网站点播率很高的作品，算得上是口碑之作。不过对唐季礼来讲，拍这部电影有很多遗憾之处，因为自己之前的很多设计和预期并没有得到很好的实现。

1997年拍完《脱线先生》去新加坡做宣传的时候，唐季礼接到电话：何冠昌先生因病去世。放下电话他立即赶回香港，同成龙、梅艳芳一起，以何冠昌的亲属身份参加葬礼。

谈及自己的成长道路，他说，我永远都感激何冠昌先生，没有他，就没有我的今天。这也是唐季礼一个很重要的性格特征，对所有帮助过自己的人，他始终怀着一颗感恩的心，并且推己及人，不仅在自己的电影作品里传达这种理念，在现实生活中，也真心地帮助每一个需要帮助、他能够帮助的人。

何冠昌去世后，他在嘉禾所在的部门被取消。嘉禾公司于1970年由邹文怀、何冠昌和梁风共同创建，并于1994 年成为香港的上市公司，是香港电影鼎盛时期最具影响力的电影发行公司之一。嘉禾电影融资制作超过六百部电影，为香港电影书写出辉煌篇章。2007年年底，老板邹文怀决心隐退，将嘉禾转手橙天娱乐，就此更名橙天嘉禾，结束了一段香江传奇。此后，成龙、唐季礼和董韵诗也先后离开。而唐季礼则先后创立了香港的中国国际传媒集团、上海华大影业集团，此后又成立中影国际和大成武艺等，开始打造属于自己的电影王国。

《过江龙》：唯一一部由中国人主演、主创的美剧

故事梗概：

《过江龙》描述了中国超级警察在美国警界历险的过程。

一个来自上海的超级警察（洪金宝饰演）无意中被迫协助美国洛杉矶警局跟踪调查一起犯罪真相。凭着非凡的中国功夫以及与众不同的调查方法，他成为洛杉矶警局犯罪科的一员。督察Amy Dylan起初并不赞同洪金宝的工作方式，但渐渐被这个来自中国的警察所感染，甚至逐渐开始对他产生认同感、开始欣赏他……

这个摄影师曾在唐季礼开工第一天就投诉他“粗制滥造”，后来对他非常敬佩

受CBS总裁邀请拍美剧

做完《脱线先生》后，1997年，媒体大鳄、美国三大商业广播电视公司之一的哥伦比亚广播公司（Columbia Broadcasting System，简称CBS）电视网总裁Leslie Moonves通过金牌制作人Andre Morgan约见唐季礼，因为他看过《超级警察》和《红番区》，很喜欢唐季礼导演的成龙电影。他认为，相比大多数好莱坞动作影片的残忍、暴力，唐式动作片注重美感与幽默元素，激烈而不暴力，紧张而不血腥，在谐趣中传达着脉脉温情与公理正义，非常适合美国普通家庭的电视观众。交谈中他告诉唐季礼，美国的电视剧审查其实比电影更加严格，不像电影因为有严格的分级制度，甚至可以拍相当残暴可怖的镜头。此外，很多电影里常常出现的火拼画面也不适合电视。在电视作品中有非常细致的规定，比如用枪指着头不行，一定要在肩膀之下……否则都算过于暴力而无法通过审查。尤其黄金时段的审查更为严格，因为那时会有许多少年儿童在看电

视，美国对少年儿童的身心健康保护相当重视，很多内容在那个时段都不让播出。但毋庸置疑，那是最受欢迎、最昂贵的黄金广告时段，广告商们对大笔的钱到底选择投放在什么样的电视节目上相当苛刻；那个时段播放什么样的电视剧既能过审又能赚钱更是让电视台头疼。

Moonves 说，可是你拍成龙的电影，有富于创意的武打场面，风趣幽默的喜剧色彩，被刻意淡化的暴力，价值观健康积极，非常符合美国家庭的主流观念，很适合黄金时间的播出标准。

唐季礼告诉 Moonves，自己在电影中呈现出来的风格或许和自己长期习武有关。在中国传统文化中，讲求以雌守雄、以柔克刚、以退为进、以守为攻，正所谓上善若水、刚柔并济，这与中国武术中“忍”和“守”的精神不谋而合。中国有本书叫《尚书》，里面有句话“必有忍，其乃有济。有容，德乃大”，中国文化和中国传统观念里其实都不具有攻击性，崇尚的是“以佛治心，以道治身，以儒治世”。正如中国功夫其实是没有“段数”或者跆拳道里“带”的概念，学了多少自己最清楚，主要用于强身健体，“防守”的理念胜过“攻击”。

唐季礼还强调，香港动作电影是香港电影人几十年吸取外来经验，同时结合创作实际共同努力的结果，香港动作电影的灵魂仍是中国人的主流价值、传统情感和传统文化。即便是极暴力的场面，他们也会尽力将之风格化、浪漫化、抒情化、舞蹈化和喜剧化，消解其中的暴力、残酷和血腥，体现出一种以和为美、中庸之道的中国特色来，因而与当时西方动作电影中逼真写实、充斥血腥暴力的打斗场面拉开距离。他说，我虽然长于拍功夫片，但不会去刻意表现和渲染过当的暴力，更多希望表现真善美，弘扬人间正道，告诉人们正义终将战胜邪恶。在此之余，如果还能再让人会心一笑，给观众带来快乐，那就最好不过了。

Moonves 当即问唐季礼，你能不能给 CBS 拍这类电视剧？他告诉唐季礼，其实美剧影响力比电影还要大，因为电影的观众可能只有几百万人，电视剧的观众却是几千万人起，而且电视的流传时间比电影更长，实际的观看人数也更多。他说，你没有语言障碍，也没有文化障碍，所以你应该考虑拍一部电视剧，而且电视剧赚的钱比你拍电影还要高。他怕唐季礼有顾虑，又补充说，只要你答应做总导演，不需要每集都自己拍，每一季应该是二十二或者二十三集，你就拍第一集，找一位美国当红的功夫片明星来做男主角，之后请其他人做导演，你来监制，你主管导演、创作、剧本、动作以及最后完片的剪片。

唐季礼考虑到自己入行时本来就是电影、电视都做过，能参与美剧的制作，一定是很好的经历与经验。不过，他更希望这个电视剧的主演是中国人，因为美剧的传播范围很广，他希望通过自己的作品，让更多的欧美观众了解现代的中国、现代的中国人。唐季礼告诉 Moonves，自己导演的影片，主演的功夫非常重要，如果不是功夫好，很多场面根本无法实现。不过，自己会认真考虑这一建议。

说服 CBS 第一次起用中国人做主角

当时恰逢唐季礼参加了美国导演工会举办的“亚裔电影人研讨会”，其中有关于“美国为什么没有由亚裔人主演的电视剧”“美国电视制作界是否有种族歧视”等话题讨论。大家发现，在美国有黑人为主的电视节目，有欧洲人、南美洲人为主的电视节目，但从没有过亚裔人主演的电视节目。尽管如此，大家又觉得以种族歧视来解释这种状况显然也说不过去。这时唐季礼想到了 CBS 的邀请，他决定拍一部以中国明星为主角的电视剧，改变亚裔演员在好莱坞的尴尬现状。

唐季礼随即找到 CBS 的总裁 Moonves 先生，他说自己想到一个很好的创意，讲一个来自上海的警察到美国来办案，他武功高强，所以不带枪，更

不要流血与暴力，由此引发的一系列有趣的故事。他还向 Moonves 大力推荐，应该由香港打星洪金宝出任主演。

Moonves 一听连连摇头，因为在此前，中国乃至亚洲演员在美国电视剧中大多只是龙套角色，镜头很少，甚至还没看清长相镜头就匆匆摇过。而那些电视剧中偶尔出现的中国人，往往说的不是日语就是泰国话，反正也很少有人听得懂。且由于文化差异与隔阂，当时大多美国影视剧中出现的中国人角色都形容猥琐、面目可憎，以反面角色居多，几乎已成一种定式。他说，如果用中国人来演，只能是成龙，因为成龙当时已经打开了美国市场，并逐步确立了坚不可摧的功夫巨星的地位。

唐季礼心知已成为国际巨星的成龙不可能放下

身段去演电视剧，他告诉 Moonves，洪金宝是成龙的师兄，身手跟成龙差不多，很多成龙做的动作洪金宝都能做。更有意思的是，洪金宝身材比较肥大，可是他身手非常敏捷非常厉害，绝对会大大超乎你的想象，他总能在最后的一刻给大家惊喜。他进一步说服 Moonves，美国胖子那么多，洪金宝的体型是个很好的卖点。看到像他那么胖的人却那么灵活、功夫又那么厉害，一定会成为很多人心中的偶像。更何况洪金宝身上天生有很多喜剧元素，肯定会大受欢迎。

Moonves 听了依然非常犹豫，但已经不像当初那么排斥了。

唐季礼知道自己的话已经打动了 Moonves，于是开始阐述自己的构想：这样一个大块头的胖子，没有人相信他会功夫，但是由于他来自中国，他的文化背景、训练方式、破案思路与美国人风格迥异，这样我们就可以利用文化上的差异添加许多笑料。所以，这部电视连续剧不但有武术，还表现了不同文化的交织与碰撞，不仅题材新颖，还会相当轻松幽默。

为了让 Moonves 支持自己，这次谈话唐季礼有备而来，他特意带来洪金宝主演的几部电影给 Moonves 看，不出所料，Moonves 果然喜欢上了这个又能打又可爱的胖子。思忖片刻，Moonves 说，这样吧，我给你六个星期的时间拍摄一个半小时的样片，如果样片通过，就按你的想法进行。

那时候洪金宝已经处于半退休状态，很少接戏，他和太太高丽虹在纽约买了个马场养马，过着悠然自在的生活。

与 Moonves 达成共识后，唐季礼马上打电话约洪金宝在好莱坞的四季酒店见面，并且告诉洪金宝想请他出演 CBS 的美剧，演一个从上海到美国查案的中国警察。洪金宝听后非常顾虑，他说我打不怕，演戏我不怕，我就是怕英语。因为他的英语不好。唐季礼说，那好办，由公司出资，请人教你英语，更何况你太太的英语那么好，她就是很合适的老师啊！你拍过那么多香港的电影电视剧，还没拍过美剧，这部剧展现的是在美国的中国英雄，名字我都起好了，就叫《过江龙》。

洪金宝一听有些心动，唐季礼向他保证，拍戏时会给他提示帮他翻译，而且拍他的戏自己一定会亲自导演，就像在香港开工一样，不会让他感到有任何沟通困难……

一番努力终于说服了洪金宝。

凡有歧视、侮辱华人情节的，绝不拍摄

终于说服了洪金宝出演《过江龙》的男主角，唐季礼开始准备拍摄样片。根据美国工会的要求，一开始剧组里大部分工作人员都是美国人。第一次开《过江龙》

与洪金宝合作默契

编剧会时，唐季礼发现很多美国人对中国的了解少得可怜，大多还停留在一些非主流华语电影传达出的贫困落后、肮脏愚昧的印象中，美国编剧们言语之中充满了对中国、对中国人的鄙薄与轻视。在写开场戏时，美国编剧想当然地认为洪金宝扮演的上海武术协会总教练、中国超级警察一定是土头土脑，有的干脆直接把角色定义成没见过世面的乡巴佬式的丑角人物。剧本里有一段是洪金宝上了洛杉矶警局的警车，对车内的电脑监视器非常新鲜，十分惊讶于警车上的先进仪器设备，对这些设备的功用一副浑然无知状。

看了初期的剧本，唐季礼对这些编剧的狭隘和偏见十分生气，义正词严地告诉他们：上海是一个非常文明繁华的现代化大都市，相当于美国的纽约；过去五年，电脑科技在中国突飞猛进，中国电脑监视器使用量在全世界居第一位，现在中国豪华轿车的保有量比美国还多，所以洪金宝不是阿土，而是现代黄飞鸿、现代英雄……美国编剧们面面相觑。

会后唐季礼跟编剧们讨论了中国功夫，还和其中几个编剧过了几招。唐季礼的身手令他们大为折服：看来中国功夫果然名不虚传！

样片拍摄出来顺利通过，大家都很喜欢这个幽默善良、机智正直、功夫高强的胖子。及至正式与 CBS 签约，唐季礼特别要求在自己和洪金宝的工作合约中明确加上一条："凡有歧视、侮辱华人情节的，绝不拍摄。"

拍摄过程中，他们常常碰到这样的情况：设计了一些拍摄主题，但是绝大多数美国编剧都不能理解中国的文化，因为从未在东方生活过，他们是在美国土生土长的编剧。想要设计一个以中国人为主线、情节丰富的故事，还要正确反映中国的文化，使人物栩栩如生，逼真可信，这绝非易事。想拍得独树一帜，就一定要对中西文化都有足够的了解，并用影视语言来表达，武术设计也是如此。

在《过江龙》中，洪金宝饰演的是一个从中国来的警察，他善于观察长于思考，言行既幽默又充满智慧；他乐于助人，路见不平常会拔刀相助、惩恶扬善，但与人相处却充满温情。因为是中国警察，他不能配枪；由于不配枪，一旦需要跟别人交手，他就必须使用拳脚。在剧中，他除了施展功夫，还擅长使用身边随手可得的道具，或操起任何一把椅子、桌子或梯子，甚至锅碗瓢盆作为武器。这使得他与美国通常的警匪片中的主角完全不同，那些影片中常常充斥着太多的暴力和血腥。而唐季礼觉得，在美国虽然佩枪非常普遍，但他从不主张滥用枪支，更不希望张扬暴力，这是他希望在自己的作品中传达的理念。唐季礼认为，这也是 CBS 让自己来接这部戏的重要原因。当然，更为重要的是，他希望塑造一个堂堂正正的中国人，塑造一个充满正义感的中国英雄，这个全新的形象将在美国电视台的黄金时间出现，一定会颠覆以往美国电视荧屏上的中国人形象。

《过江龙》第一集讲的是洪金宝塑造的中国警察被一个种族歧视的美国警察侮辱，还被抓到警察局。洪金宝智勇双全，在警察局想办法修理了那个美国警察，以自己的民族尊严和气节，最终赢得一片掌声……

就这样，《过江龙》成为第一部中国人做主角、监制的美剧。1998 年 9 月 26 日晚间《过江龙》开播时，收视率位居全美同一时段无线电视节目之冠。

在拍摄过程中，唐季礼觉得拍电影和拍电视的过程大同小异，两者最大的区别是时限不同。在拍电视剧时七天完成一集，要分成多个组别同时拍摄，然后把拍好的镜头剪辑在一起。但是电影就完全不同，拍成龙的电影时，常常会用两周时间来设计完成一场动作场面。比如《红番区》有一场戏花了十四天才拍完；《简单任务》中，剧组只设了一个拍摄组，仅片中最后一场利用梯子作为武器展开格斗的段落，也花了近两周时间才拍摄完成。而现在拍电视剧时的动作场面，每集只有一天半到两天的时间就要完成一场打戏，时间非常紧张。于是拍摄之前要在片场即兴设计武打动作然后开拍，力争拍出最好的效果。甚至要把所有的灯光都挪到一边，方便布置现场，等一切就绪再布置灯光。唐季礼发现，这比以前拍得快，可以节省四成的时间。

唐季礼觉得，拍《过江龙》是一种学习的过程，以前从来没有拍过电视剧，更没有制作过美剧，但是现在学习了如何在有限的时间里完成每集的拍摄，以及如何按照日程安排有条不紊地开展工作。这是一种新的经验。

先后将三百多名亚洲电影人带到好莱坞

唐季礼和洪金宝之间的合作非常默契，只要他说："我想要这样的镜头，我想让你把表情保持得长一点。"洪金宝马上会说："为了剪辑的需要，是吧。"或者唐季礼说："往前靠一点。"洪金宝立刻反应过来："是灯光不对吧？""是的，这样好了。"设计动作的时候，如果唐季礼说："我们用椅子做道具吧。"他马上心领神会说："好，就这样干。"或者是"我想让你找一件不常见的道具来打。""皮带怎样？"说着洪金宝马上抽出皮带，摆出架势。只要唐季礼告诉洪金宝自己的想法，他马上就能领会过来，这点和成龙一样。

唐季礼觉得，与成龙和洪金宝合作拍戏非常轻松，他们和其他演员完全不同，因为他们自身就是武术指导出身，而且功夫根底深厚。一旦开拍，他们就会在现场有更多更大胆的发挥和即兴表演，而且这些即兴表演往往契合情节，符合情境需要。

开机那天，《过江龙》的第二制片人到片场，摄影棚的其他工作人员也都过来了。那场戏拍的是洪金宝在一家商店里的打戏，他要站在汽车顶上，旁边有人向他挥出一拳，他必须做一个后空翻，然后稳稳地从车上落在地上。洪金宝按照剧情的要求排演了一遍，那位制片商惊讶得大呼小叫："Stanley！你看见了吗？""什么？哦。""他是怎么做到的？你为什么不给他找个替身？"唐季礼不以为意地说："那么，你为什么要请他来呢？这就是你想要的效果！"洪金宝可以做自己的替身——他根本不需要替身，这就是本剧的卖点，他的身手确实让人惊叹不已，也让唐季礼心里有些"得意"——这些老美看到洪金宝的实力并被洪金宝折服，也证明了自己没找错人。

在随后两年的拍摄周期里，唐季礼做监制的《过江龙》剧组先后请来了三十一个美国导演，都是些很优秀的导演。唐季礼和他们合作得非常愉快，很多还成为很好的朋友。后来这些导演有的拍了《24小时》，有的拍了《越狱》《犯罪心理》《犯罪现场》等，在美国影视圈炙手可热。

在美国发展的唐季礼还有一个更大的“野心”，就是希望在好莱坞拍片这段时间，能够培育一批电影人才，将来能把好莱坞的制度带回去，振兴祖国的电影事业。因此，《过江龙》拍摄过程中，在唐季礼邀请和大力促成下，剧组起用了大量亚裔电影人参与表演、制作。

最初，当唐季礼向CBS提出请香港的武术指导过来拍片时，他的要求一度引起美国影视业工会的不满。美国影视业工会有明文规定，只有在美国找不到的人才，才能申请聘用外籍劳工。唐季礼因为《红番区》和《简单任务》在美国上映，加入了美国的导演工会，所以能够顺利地在好莱坞工作，但其他人过来就没有那么方便了。当他提出要用香港武指，CBS的人答复他，武术指导、动作设计美国也有，有拍过《007》的，有拍过《致命武器》的，这些电影的影响难道还不够大知名度不够高？为什么香港的行美国的就不行？

唐季礼态度也很强硬。他说，不是说你们美国的武术指导或动作设计不好，你们美国的那套和香港的武指完全不一样，如果只用美国人就行，你们为什么要请我来拍片？现在是你们请我和洪金宝来拍有香港特色的动作喜剧，你们的武指不适合这部《过江龙》，如果不行就请你们另请高明。为此双方一度闹得很僵。

最终CBS的高层做出妥协，让他必须先在美国招聘，实在招不到再申请从香港请人。因为在样片出来后，这部剧已经接到了很多电视台的订单。

于是唐季礼很认真地“走程序”，“很认真地”面试了很多美国武指，当然最终都不合适。就这样，两位副导演李文耀、郑伟明，以及三位武术指导元德、郑继宗、薛春炜在他的协调帮助下顺利来到美国。后来，《少林足球》

为影片勘景

《致命武器》的武术指导程小东、《新方世玉》的武指元奎、《新龙门客栈》《笑傲江湖》的武指元彬，以及后来做了《蜘蛛侠》武术指导的林迪安等也都陆续通过这个项目来到好莱坞工作……随着大量香港电影人的进入并崭露头角，以及随后一批具有香港动作片风格的好莱坞片问世，改变了好莱坞人对动作电影的看法。尤其香港电影人在动作片中擅长的视觉语言处理手法，从美学的角度变换时空，把动作和过程分拆后重新组合，经过镜头的延长或者压缩使其节奏发生改变并产生别样的美感，更是将动作电影中的东方美学发展到极致。此后，很多好莱坞动作片吸取了香港动作片的特色而得以焕发生机。

1999年，在美国获得“亚裔传媒领导人”奖

不过，所谓班底未必一定都是中国人。唐季礼的制片搭档 Andre Morgan 就是美国人，他以前担任过《龙争虎斗》《忍者神龟》多部电影的制片，熟悉好莱坞人脉和制片环境。二人的默契配合对唐季礼而言无疑是如虎添翼。

拍《过江龙》的过程中，两季四十四集里，唐季礼前前后后从香港带过去三百多名台前幕后的工作人员，他还请了很多韩国人日本人来到美国电视圈工作，这在当时是不可想象的。之前从没有一个外来导演能带自己的人去好莱坞——更何况那么多。不仅如此，原本剧中只有男主角洪金宝是中国人，拍到最后，连女主角也成了中国演员胡凯莉。而且《过江龙》彰显了中国人自尊自强的民族精神，充满正义感、正能量。也正因为如此，好莱坞对亚裔电影工作者有了比较多的了解，大大拓宽了合作领域，增加了合作机会。剧中洪金宝饰演的主人公亲切智慧、幽默开朗、和蔼可亲、文武双全，赢得了美国家庭的尊重与喜爱，这个形象也成为美国电视剧史上的一个经典人物。很多美国人在看了《过江龙》后对中国人以及中国警察的形象有了全新的认识。

为了表彰唐季礼在传媒国际合作领域所做的卓越贡献，1999 年，美国 Asian Business Association（美国亚洲商业协会）还特别给他颁发了“亚裔传媒领导人奖”。

第一天拍摄遭投诉

当然，拍摄过程并非一帆风顺。就在开机第一天，唐季礼还曾遭到过剧组美国摄影师的投诉。

因为 CBS 对拍摄周期有明确要求，所以第一天拍摄时，唐季礼事先分好镜头才去了现场。为了抢时间，第一个镜头的后景还有人经过他就要求开拍了。摄影师很生气，他认为唐季礼是在粗制滥造。而唐季礼的画面感很强又亲自做过后期，他心里明白，那个镜头他只用一秒，稍纵即逝，在完成片里，后景的人根本不会出现。

摄影师不知道唐季礼曾做过摄影、武术指导、剪辑师（美国导演一般不剪片子，那边分工明确，由专门的剪辑师做），而在香港，最后剪片就是武术指导跟导演说了算，不是剪辑师说了算，所以唐季礼对画面最后出来的效果非常有把握。

当时唐季礼三十出头，长得又英俊，看上去就像还没毕业的大学生。这个从没拍过美剧的中国人每周管理着两百万美元的资金，而那个美国摄影师是曾拍过很多热门电视剧的老资格。加上以前工作时他们一天本来只拍十几个镜头，唐季礼一来，一天拍六十几个镜头，对他来讲很不习惯。摄影师马上当着全剧组的面打电话向制片人投诉，摄影师很气愤地说，他们香港人拍戏太粗糙了，我后面的灯还没打好，后景还有人他就开始拍了，拍出来怎么用？你们请的导演太不专业、太不负责任了。

尽管语言上毫无障碍，但唐季礼没跟他争执，而是要求剧组继续进行之后的工作。收工后，他连夜去剪辑室把当天拍的镜头剪出来，第二天现场放给美国摄影师看。看过之后，摄影师服了，嘴里一直在说，我明白了，我明白了，对不起，对不起。

唐季礼告诉他，我们香港的动作片主要靠节奏和感觉，有的演员不会打，我就用镜头剪接出不同的速度来帮助这个演员，让他“变得”很利索，这方面我很专业，你要相信我。至于每天拍那么多镜头，你看到剪出的片子，我知道出来的效果是怎样的，绝对不会粗制滥造。从那以后，摄影师对唐季礼敬重有加，二人相处非常融洽。

回想起在美国的那段经历，唐季礼说，正是因为面对太多的怀疑，那时候面对的压力真的很大。不仅如此，独自一人在异国打拼，孤独感袭来时，那种滋味常常令人寝食难安。他就用百倍的付出来面对，证明自己不仅能做，还能做好。他的确做到了。

《过江龙》播出后，获得 1998 年度美国电视协会“TV Guild Award”颁发的美国电视最佳新剧奖。同年 10 月又获得“Viewers Voice Award”颁发的最受欢迎最佳新电视剧奖及全美第九届观众票选大奖“最受欢迎黄金时段新影集”。

迄今，《过江龙》仍然还是唯一一部男女主角、监制、导演、武术指导都是中国人的美剧。

《雷霆战警》展现时尚现代之中国

导演：唐季礼
编剧：唐季礼
主演：郭富城　藤原纪香
王力宏　林心如
秦　沛　刘兆铭
马克·达卡斯考斯
上映：2000 年

故事梗概：

唐忠诚 Darren（郭富城饰演）与张力 Alex（王力宏饰演）从警校毕业后双双成为上海公安特警队队员，打击贩毒和贪污等犯罪活动。一天，两人一起出席青年时装设计师 Rube（林心如饰演）的时装发布会。Rube 是张力的女朋友，从国外学成而归，她和张力感情深厚。时装表演进行中，一男子突遭暗杀，机警的郭忠诚和张力在混乱之中追捕歹徒。这时，张力发现一位性感的日本女郎从死者身上拿走一样东西，遂紧追这名神秘女郎（藤原纪香饰演），但最终却让她侥幸逃脱。

神秘女郎身手不凡，她的真实身份是日本国际刑警纪香，因几年前她的搭档在美国加州被贩毒集团黑帮所杀，为追查证据将贩毒团伙彻底铲除，纪香隐藏身份，铤而走险追踪国际毒枭古里奥。她卧底打入以刘强为首的国际走私集团，以接近古里奥。上海干警经过周密调查，发现此案跟南方城市龙城有密切关系，于是 Darren 与 Alex 前往龙城调查。龙城警局的林局长负责接待二人，林局长是 Rube

的父亲，多年来一直与独生女Rube相依为命。Darren和Alex在龙城码头发现了曾在上海作案的可疑人物，并在龙城警方的大力协助下破获一宗走私案。追查期间，他们拘捕了涉嫌杀害龙城大亨马文豪的纪香，审问中，纪香向Darren和Alex和盘托出自己的真实身份与计划。Darren与Alex决定与纪香联手打击国际贩毒集团。

杀害马文豪的当然另有其人。马文豪是龙城土皇帝，表面上他是慈善商人，暗地却与地方势力勾结进行走私活动，他的得力助手刘强一直助他从事犯罪活动。但是刘强并不甘心，他想与国际大毒贩古里奥合作谋取更大利益，并将碍事的马文豪杀害。

Darren、Alex与纪香联手查到国际贩毒集团的幕后指挥是刘强和古里奥，一直追踪到他们的贩毒大本营，双方展开激烈搏斗，Alex为了保护Darren而被毒贩杀害。Darren义愤填膺，与纪香一起摧毁贩毒基地，两人也在生与死的较量中产生了真挚的感情。

“学习西方，发展回中国！”

1996 年，唐季礼前往好莱坞发展，执导的第一部电影《脱线先生》即获评美国十大家庭片；1998 年及 1999 年监制电视剧集《过江龙》，该剧集成为 1998 年美国新电视节目第一名，并且获得 1998 年度“TV Guild Award”美国电视最佳新剧奖；同年 10 月获得“Viewers Voice Award”最受欢迎最佳新电视剧奖，及第九届观众票选大奖“最受欢迎黄金时段新影集”，收视率居高不下。唐季礼本人则于 1999 年获得美国 Asian Business Association 颁发的“亚裔传媒领导人奖”，以表扬其在影视领域取得的成就，更成为香港人乃至中国人的光荣。唐季礼在美国发展越来越顺畅，已经成为一个有话语权、有分量的国际一线大导演。

1999 年，唐季礼接受中国 WTO 谈判组织有关部门邀请，回国参加在无锡举办的“二十一世纪中国影视与娱乐产业国际研讨会”，并且在研讨会上分享了自己走向好莱坞以及华语电影走出去的经历。会议期间，他结识了时任中国外经贸部副部长、WTO 谈判首席代表的龙永图。在几天的接触中，惜才爱才的龙永图部长向唐季礼介绍了目前国内的经济、文化发展状况。龙部长语重心长地告诉他，你有好莱坞的制作经验，懂得西方文化，具有国际影响力，国家需要像你们这种专业、优秀的双语人才。龙部长还殷切地鼓励他：“学习西方，发展回中国！”这句话对唐季礼影响很大。

此后，唐季礼应邀走了全国很多地方，亲身感受到祖国翻天覆地的变化，很多变化甚至让他感到相当震撼。他觉得，中国正在向一个现代的、富强的、文明的国度迈进，作为一个有责任感的中国人，理当参与到这个进程中去。

在影视圈奋斗多年，尤其在国外的经历让唐季礼清楚地看到，影视作品对一个国家整体形象的塑造和提升，尤其对国家软实力打造非常重要。当时美国很多制片公司都以丰厚的报酬邀请唐季礼继续留在美国拍片，而唐季礼思忖再三，却做出一个让很多人感到不可思议的重大决定：放弃以特殊贡献

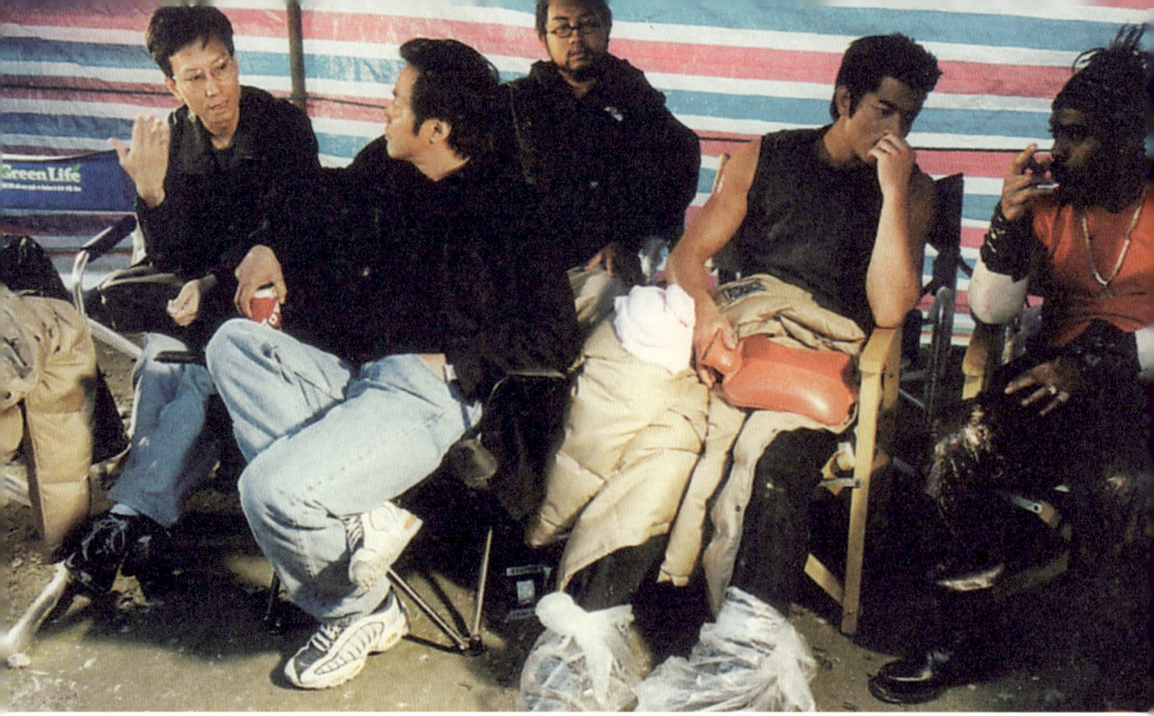

《雷霆战警》是唐季礼回国后拍摄的第一部电影

人才身份在美国拿到永久居留权的机会，一心一意回到内地发展。

去美国发展、得到好莱坞的青睐是当时很多电影人的梦想。仅从物质上讲，当时唐季礼在美国拍一部电影能拿到合上千万元人民币的酬金；从创作上讲，他拍一部电视剧的制作成本单集就接近一千六百万元人民币，这些条件对任何一个导演而言都是极具诱惑力的，唐季礼却毅然放弃。

2000年，他离开了被许多影人视为“艺术天堂”的好莱坞，把工作重心转回到中国内地。因为他觉得，在美国的几年，自己已经学到好莱坞影视剧的制片、制作、管理方式，对整个体系有了根本认识。从1979年年底入行，从香港的各大影艺公司到美国迪士尼、CBS，现在回到中国，唐季礼觉得正是时候。中国的市场太大了，他觉得自己现在需要做的是虚心学习如何适应、开拓中国的市场，因为他希望有朝一日能像何冠昌、邵逸夫那样，成为一个成功的投资人、制作人，将自己多年所学毫无保留地投入到这项事业中，打造一个强大的影视文化产业王国。

唐季礼认为，邵氏一年拍六十多部戏，嘉禾一年五十多部戏，人生很短，如果一直做导演，一个人创作电影精力是有限的。如果创建一个团队，把人才和自己的经验结合起来，建立一个产学研一体的集团，就能够量产，就能够用自己的知识、经验培养出新一代影视人才。如果只是为了做个人作品，他就会选择留在好莱坞。更何况，回到中国大陆发展，也是他对何冠昌先生的承诺。他说，如果何先生在，我愿意为他打一辈子的工，他是我见过最好的老板。

2000年，唐季礼首次在国内采用好莱坞电影的制作方法，耗资八百万美元，拍摄了由中国、日本、美国、欧洲演员联袂出演的《雷霆战警》。影片在中国和东南亚各地上映时叫好叫座，压倒许多好莱坞大片，更在美国、欧洲及日本等地成功发行，再一次证明华语电影能够打开世界市场。

或许由于父亲的关系，唐季礼对上海有着深厚的感情，《雷霆战警》依然选在上海拍摄。他在影片中刻意捕捉当下上海现代化大都会的繁华景象，希望告诉外国的观众：这就是上海，这才是现在的中国。

用国产电影打进国际市场

唐季礼在一次接受媒体采访时说，如果我觉得好莱坞处处都好，我就不会回来了。好莱坞电影有它既定的模式和框架，但是给导演的空间不多。我不像李安、吴宇森他们已经是美籍华人了，我不想移民，我喜欢拍中文电影，喜欢上海，喜欢国内的生活，我希望多拍一些国产电影打进国际市场。彼时，他已经选择在上海定居。

唐季礼说，我在美国虽然物质条件优厚，但觉得很孤独，在好莱坞我只是其中的一个导演，一部接一部地拍片，票房就是一切，常常感到如履薄冰。而我的理想是希望将自己学到的电影知识带回中国，也想把中国的历史、文化介绍给外国人。我读书的时候得分最高的科目就是中国历史，每个有性格的历史人物都让我记忆深刻，时常激励我前行。我认为要想与强者共舞，不能一味迎合、一味妥协，而是要有自己的文化特色，力求展现出我们中国文化中最优秀、最精彩、最博大精深的一面，利用文化上的差异吸引“老外”。也许有人觉得我大言不惭，但是我一直记得父亲的话，要“挑战力所不能及”，要“能人所不能”。

《雷霆战警》上映的时候，大陆电影市场一片颓势，尤其是盗版非常猖獗。影片首映当天，市场上已经有四个版本的盗版在卖，其中还包括一个不知从什么渠道流出的高清版本，这让唐季礼和制片方始料不及。尽管如此，影片还是取得了不错的票房收益（投资八百多万美元，收回一千四百万美元）。

唐季礼拍《雷霆战警》主要是想尝试用中国的题材、中国的演员为主，全部在中国取景，连融资都在中国的方式能不能打进国际市场。为了实现这一目标，他选择的题材依然是被海外市场普遍认可，而自己也非常擅长的商业动作片。他认为，通常一部电影的制作费来自市场，也一定要有把握能够从市场收回才可以投拍。投资人相信你才会投这笔钱，作为导演和监制，不能辜负投资方的信任，不能单为了实现自己的艺术理想，拿别人的钱做实验，甚至让投资人血本无归，这对一个良性电影市场的形成不利。只有让投资人有收益保障，乃至收益超过资方预期，市场上才会有更多的人愿意投资影视，愿意投入这个产业。所以在拍摄每一部作品之前，他都会做非常周详的前期策划，保证投资方的资金安全。

明星往往是一部电影票房的重要保证。《雷霆战警》请了天王郭富城以及当红歌星王力宏（这部影片也是王力宏的银幕处女作），他们可以保障东南亚市场；藤原纪香可以保障日本市场……影片中精心设计的必备商业元素也很重要，比如郭富城驾驶着最新款的方程式赛车与匪徒开的兰博基尼跑车在公路上展开追逐，甚至在大货车底下钻来钻去、平移超车那段三分多钟的追逐场面就非常吸引眼球……为了追求真实感，这些动作场面他都要求明星真实地去做，如果都用特技，那份悬念就没有了。拍摄过程中郭富城、藤原纪香都不用替身，结果相继受伤：郭富城肋骨撞伤、藤原纪香小腿骨折。影片中有一幕郭富城骑着中国大陆制造的重型摩托车追逐古里奥的直升机，然后飞车骑上城楼，最后纵身抓住直升机吊着的劳斯莱斯车上，与刘强进行生死一搏，场面惊心动魄。这个场面共用了四个机位，导演唐季礼在其中一架直升机上亲自任摄影，结果没想到他正举着摄影机半身伸出拍摄时，直升机以时速一百八十公里的速度快速拉升，他差点连人带摄影机一起被风吹走。

回到内地以后，唐季礼在电影、电视剧制作上都投入了同样重要的精力。在《北京青年报》(2002年11月22日)的一次采访中，唐季礼谈到今后的发展，“我想从导演转型去做监制，这两年是我的转型期。”而谈到海外的经历，他说：“海外文化差异太大了，我在中国读过书在美国拍过片，但为了更好地融合本土文化，也一定要在国内身体力行地去做事。我在好莱坞拍一集电视剧，最高制作费是两百多万美元，但是在内地十万美元一集已经是个天文数字了，普遍的制作费只是二三十万元人民币一集。在制作费上存在着如此差异，如何在不同的成本下拍出好作品，我都在尝试，并且需要更虚心地学习。”唐季礼虽然在好莱坞已是一线导演，但他更想在本土做一番事业，这两年的学习，也让唐季礼了解了内地的“电检”尺度、题材要求等，“只有了解这些，才能对症下药，针对市场做事情。”

当时的华语片，香港普通电影的投资一般是一千五百万到两千万左右，内地拍片成本基本在三百万到五百万，一千万就算是大制作了。而好莱坞的制作成本平均是七千五百万到一亿美元。电影拼的就是钱和人才，二者相辅相成，有了钱就能去找人才，有了人才就能去找钱。内地有很多人才，可是怎么能走向市场呢？这些都是唐季礼在实践中深入思考的问题。他希望能通过自己的不断努力，找到其中的解决方法。

在美国的时候有人跟他讲，美国的动作片在海外市场的回收率是55%，本地大约45%；文艺片本地占60%，海外40%。世界市场中，当时欧洲占67%，日本占11%，剩下是东南亚、阿拉伯国家、南美等，中国只占2%～3%。市场占有率这么小，如何以小搏大，以这个小市场占领世界大市场呢？而且，他在考虑影视剧选题时，首先考虑的是在作品中展现现代化的中国这一原则，希望尽可能制作出既有商业影响又能树立当下文明现代的中国、中国人形象的电影。

唐季礼认为，由《魔域飞龙》开始，到《超级计划》《超级警察》《红番区》，自己的风格其实是由港片慢慢往西片靠；及至拍摄《雷霆战警》，则是尽可能是由西片往中国片靠。

拍摄《雷霆战警》时起用藤原纪香，是在《雷霆战警》投拍半年前决定的。藤原纪香的好友、日本演员加藤雅恰好也是唐季礼的朋友。加藤告诉唐季礼，自己有个好朋友很想拍中国片，尤其很想拍你的戏，你能不能见见她？当时唐季礼答应先见见藤原纪香，可是手上没有合适的片子适合她。在跟她聊天时，唐季礼知道她很想学功夫，以后做打星。

在演艺圈里，唐季礼接触过的很多女演员都想做打星，可是真正上场的时候才明白打星不是那么简单，实际训练和上场的时候很苦很危险，好多在片场时都受不了那份累，在片场号啕大哭乃至情绪崩溃的不在少数。杨紫琼那么能打，也曾因为太苦太难太危险在他肩膀上哭过无数次。对于娇生惯养、那么多人捧着的女明星，每天训练三个小时，受那么多伤，不是件容易的事。

他问藤原纪香是不是能吃苦，还有她的意向、斗志强不强，如果不是，就不要浪费时间。藤原纪香当即给唐季礼看了一个录影带，里面记录了她去阿根廷学南美舞蹈的过程。当时她为了演好一个角色，特别去阿根廷学跳拉丁舞，高强度高密度地学习了一个多月。那一个月她坚持每天不间断地训练，一个月下来，她跳拉丁舞完全达到一个职业舞蹈演员的水准。

看了这段纪录，唐季礼觉得这个演员可以用。半年后，当他想拍这部《雷霆战警》时，就想到把国际刑警的角色给藤原纪香。

一开始训练她时，唐季礼亲自教她，一切从零开始。当时藤原纪香完全没有学过武术，拳头都不知道怎么握。于是唐季礼从握拳、劈腿、转身，打斗时的表情开始，一步步指导她。短短的几个月，经过一番艰苦的训练，藤原纪香已经可以很像样地进行拍摄了。

真惨，卖命的戏才可以卖钱

在选定角色后，很多人问他，郭富城和王力宏这两个时尚大帅哥怎么能演得像大陆的警察呢？在当时港台之间的互动还不那么频繁的背景下，就连香港著名制作人董韵诗都觉得不可思议，怎么想起要拍关于大陆公安的故事？

唐季礼还是坚持下来。他认为，大陆那么多警察，怎么知道就没有那么帅那么时尚的？尤其上海本来就是个现代化的大都会。另外他也希望电影里中国内地警察的形象跟海外的比较接近，让大家能够接受。在故事讲述上，他选择了贪污和贩毒、走私题材，并且用大量动作场面去赢得国际市场。当然，也是因为不够了解，电影中有句台词，就是王力宏说的那句“我是公安”引发议论纷纷。对此，唐季礼也深感遗憾，因为在香港出生长大，自己对中国大陆警察的形象缺乏深入了解，那时候毕竟也是刚回大陆，如果放到现在，绝对不会出现这种问题。而此时的他已在上海生活多年，对大陆的文化了然于胸。

唐季礼认为，一个国家文化越深厚，越源远流长，反而会掣肘其文化的广度、深度传播，因为要让别的民族真正接受这种博大精深的文化非常困难，很多时候只能是浮皮潦草地去了解。但是动作片却是全世界都能接受的，因为这种电影不需要太多语言、对白，不需要太深广的背景。当时细数真正打到国际市场的电影明星李小龙、成龙、杨紫琼、李连杰、洪金宝、周润发，每个人的成功几乎都是靠动作打拼出来的。导演中的吴宇森、徐克，包括李安也是拍了《卧虎藏龙》后使得自己的好莱坞之路进一步拓展。

在确定这些方向之后，唐季礼找到投资来拍摄《雷霆战警》。片中最后一场重头戏是藤原纪香、郭富城与古里奥在一块吊在四十五层楼高的玻璃上打斗的场面，三个人既要进行殊死搏斗，又时刻命悬一线，其激烈和紧张程度让人屏住呼吸，至今印象深刻。一个美国制片商看到这场戏时，认为如果按照好莱坞的价格，光这一场就要花掉全部投资。他认为要用很多特技，要搭建很多背景等。

拍摄这场戏的想法缘于多年前唐季礼在香港拍摄《简单任务》时认识的一个建筑师。那时候香港中环广场还没盖好，建筑师邀请唐季礼及一众友人到自己设计的项目上去看夜景。在那么高的地方看香港的夜景美极了——但站在那么高的地方，唐季礼觉得还是有些腿脚发软。当时他看到工人们当时正在吊木板，从一边吊到另一边，他就想，如果电影中正好有个情节，有人在追我，那么我就从一块木板跳到另一块上，应该会很有挑战很有难度，自然也很吸引眼球。因为拍了这么多年的动作片，从老板到观众，所有人都想看到新鲜的场面和招数以及更刺激的场景，中外的打斗、飞车什么的都看过了，他希望自己也能出点新招。这一想法在几年后用在了《雷霆战警》上。但当时制片去香港、马来西亚等很多地方的楼盘谈场地，不是楼不够高就是他们的预算不够。这时候他们得知上海有一家即将封顶的楼盘正好可以达到预期的高度，在跟负责人进行沟通后说可以来谈谈，因为他们得知女主角是藤原纪香非常感兴趣。于是唐季礼带上故事梗概和方案去跟对方接触，告诉他们拍摄非常安全，因为这个团队很有经验也有完善的保护措施。可是对方告诉他们，建筑是有工期的，如果因为拍摄而影响到工期推迟要被罚款，而且停工一天就是九十万的损失。

当时制片费用预算能花在这场戏上的只有三百万、七天时间。唐季礼想了想，请这些人晚上一起吃饭，跟他们讲电影，讲故事，并且答应绝不影响工期，在他的一再保证下，对方终于答应下来。

唐季礼先是让美工设计了一面五层楼高的玻璃幕墙，再由力学工程师经过计算，每根钢管都要达到很粗很宽才能保证安全，一算出来光这些就要九十六万，制片预算超支了。他拿着拍摄方案想了一晚上，决定把楼顶去掉，用玻璃替代，如此算下来只要二十九万，问题解决了。这样架子加起来十一吨，三块玻璃六吨，制片又找来一个能吊起一百吨重物的吊臂，把幕墙吊起来。

场景搭好后，制片人先爬到玻璃幕墙的顶上，刚上去没几分钟就打电话跟他说，季礼，在上面站着腿直发软啊。唐季礼说，才五层楼高，不可能软。说着他自己也爬上去站到玻璃上，因为都是透明的，果然腿发软。

为了不让人看出来，唐季礼强撑住，假装若无其事。为了表示其实不可怕，而且很安全，他还在上面一连翻了好几个筋斗，其他人见状，也不好再说什么。然后他让人把玻璃吊到五米高，先拍替身演员的镜头，等大家渐渐习惯了，再让演员自己上去。

拍摄中，摄制组来到建筑工地四十五层处的一个平台，在这里可以把机器斜着伸出去，感觉就跟吊在空中没什么分别，决定下面的镜头在这里拍，既真实又安全。在拍了一些镜头后，唐季礼觉得还是要去加拍些真的吊在空中的镜头。

唐季礼先自己上去试了试，那么高的高空，还是站在玻璃上，更加心惊胆战两腿发软。他硬着头皮在上面试了试身手，让摄影师先拍了一段，然后回放给藤原纪香看。藤原纪香看了面有难色，因为确实动作幅度、强度和难度都很大。唐季礼对她说，这是个很大的挑战，一般人很难做到，你是女士，如果你做到了，就会比成龙还厉害。藤原纪香眼睛一亮，问他这些动作是不是安全。唐季礼一再保证，虽然很难，但是保护措施非常严格，绝对能保证安全。也许是那句“比成龙还厉害”打动了藤原纪香，她跟经纪人商量了半个多小时，终于决定上去拍了。

藤原纪香既然都上去了，其他两个男演员也就不好意思不上去了，所以那场重头戏的拍摄还算顺利。

当时为了剧情需要，要将唐季礼的兰博基尼作为道具运送到内地，还要由珠海运送方程式赛车到上海，运送手续很麻烦；此外，拍摄中还要封闭上海浦东大道七天，封闭徐浦大桥两天，这简直是不可能完成的任务。但是为了达到预期的拍摄效果，他想办法找到各种关系，多方努力进行斡旋，最终都成功达到目标。

在拍四十多层高的玻璃上打斗那一场戏时，他更是每天都为此而失眠，力求每一个动作都万无一失。

后来《雷霆战警》发行到美国时，真的全凭玻璃上那场戏。美国发行商说，如果戏中有更多这类场面，销售成绩会更理想。

当时唐季礼心中暗想：真惨，卖命的戏才可以卖钱。

《男才女貌》《壮志雄心》：中国时装剧首次发行海外

《雷霆战警》后，唐季礼又开始做更多新的尝试。他开始试着引进一些美剧来到中国拍摄，因为低廉的制作成本会对好莱坞形成很大的吸引力，这样一方面能够引进资金，更重要的是能够成为传播中国文化、塑造中国正面形象的好渠道。而且在好莱坞拍片的经历让他明白，中西文化有着很多相同的价值观，比如邪不胜正、公理正义，比如种族歧视在任何地方都不被认同。

2001 年 7 月，唐季礼成功将美国二十二集高清电视电影《平地》引入中国制作并出任监制。全剧讲述的是发生在上海的故事，总投资近两千万美元，他希望以此来发掘、培训和培养更多内地电影台前幕后的双语人才，为中国影视业带来更多学习的机会。

2002 年，唐季礼监制的第一部 3D 动画片《龙刀奇缘》问世，这部影片在制作技术上真正实现了与国际水准齐平。高科技的使用，也为唐季礼设计的中国功夫拓宽了更丰富的表现层次。

在几年的实践过程中，唐季礼认为中国电影走不出去的重要原因，第一是太多电影学院的教学都是以艺术片为主，培养的人很多都是为了实现自己的所谓艺术理想而创作，为电影节而创作，却没有人为大众、为市场而创作，一些艺术片拍出来就被禁，或者即使不被禁也没有票房，对行业的良性循环发展是一种伤害；其二，有一些学院的教学方法缺乏与时俱进、缺乏进步，一些院校的影视教育观念停留在二十世纪七八十年代，那时是一种与现在完全不一样的影视生存环境，这种落后观念教出来的学生难以适应影视行业的飞速发展；其三，一些学院派的老师可能根本没有拍过电影，抑或是长期脱离业界实践，跟不上行业的发展，不仅如此，他们还故步自封，有着封闭在学院里的优越感和精英意识，这些人教学的结果可想而知。还有很多学生在学校里学了几年，及至毕业，他们甚至都没有摸过底片，也没有拿过摄像机——充分说明实践在教学中的缺乏。这种机制下其实是培养了很多失业人才，他们一毕业就失业。此外，在教学中与美国、日本等电影产业发达地区交流太少，对先进的技术、机制的了解较为滞后。相比之下，以他在美国、加拿大等地的实践及研究，了解到国外的影视教育与整个行业有非常密切的联系，会通过多种途径加强并拓宽和行业之间的互动，以期不断提升、改善教学结构和教学模式，甚至很多院校在自己的教学指导委员会里邀请众多有着丰富创作经验的业内人士参与，他们直接影响教学方案和课程设计，让教学更好地适应市场需求。为此，他还与一些高校合作，亲自担任教师，希望通过实践改变这一状况。

不过仍然有很多人不理解，唐季礼本来可以在美国拍两百万美元一集的电视剧，为什么非要回来拍八十万元人民币一集的《壮志凌云》、五十万元一集的《男才女貌》，甚至三十万元一集的《出水芙蓉》？甚至还有人猜想：是不是他艺术上走下坡路了，才沦落到拍电视剧了？还有人干脆说他已经江郎才尽。其实，唐季礼很早就想回国发展，从1994年《红番区》首次把贺岁片的概念带到大陆，当时每张票最高才十元，放映十天就冲过亿元大关，还不算盗版的。1995年《简单任务》上映后刷新了《红番区》的纪录。从那时他就意识到：华语电影最大的市场在中国大陆，今后影视产业的发展也一定在中国大陆。他觉得自己虽然在美国、在香港积累了很多经验，但美国那套在中国未必行得通，香港那套在大陆也未必行得通。所以他觉得要想在国内有大的发展，必须从基层做起，每一个重要环节都要涉足，要了解基层工作者面对的困难。电视剧是影视产业最基础的一环，如果要做影视产业，必须要从源头——电视剧制作上来研究它遇到的困难。电影和电视都是运用视听语言手段来表述的，在手段上二者非常接近，区别主要在于电影是通过影院这一特殊传播空间来传播，因此在创作观念、制作方式、工艺水平等方面和电视有很大区别；电视是一个家庭媒介，是一个以信息传播为主体的媒介，这个角度看，影、视存在差别。尽管有差别，但两者之间有共同的基础，而且电视剧的传播范围更广，接受度更高。他说，影视之间有共性有差异，不存在哪一个更高深。更何况这些年美剧、英剧无论从质量、内容、节奏还是制作手段上都更加精良，能够与最优秀的电影相媲美，在创新的意识和叙事的复杂程度上甚至还超越了电影，近几年二者之间的发展也是互有借鉴。他说："我希望把我的经验变成课程，告诉更多的人、影响更多的人。"

就这样，唐季礼不顾外界的种种猜度，甚至卖掉了美国的房子，一心回到中国内地发展。拍过《雷霆战警》后，他一口气监制了《壮志雄心》《出水芙蓉》《男才女貌》三部青春励志电视剧。在这期间，他自降薪酬，身体力行，为在大陆拍片积累了丰厚的经验。

据统计，2014 年北美电影市场全年票房为 103 亿美元，与 2013 年相比下降 6%。从世界范围来看，2014 年全球票房达到 375 亿美元，美国占 27% 的市场份额，中国占 13%，比 2012 年提升 5%。中国已经是全球第二大电影市场，排在第三位的日本比中国电影市场低 8%。2015 年 2 月，中国电影票房达 6.5 亿美元，超过北美当月 6.4 亿美元，成为全球第一，其中羊年大年初一（2 月 19 日）一天的票房产出是 3.6 亿元。2016 年，中国电影票房超过 440 亿人民币。电影银幕数量已达四万块，居世界第一。而且近几年，中国电影市场处于急剧扩张期，不得不说，唐季礼那时的确有着过人的远见。

在美国拍片的经历让唐季礼深深体会到，绝大部分好莱坞电影都是弘扬"主旋律"、传播正能量的，电视剧也是一样。从中你能看到什么叫正义、勇气、智慧、宽容、自由，什么是大爱。他们有意识地通过优秀的影视作品传达强烈的爱国主义思想和民族意识，潜移默化地宣传了民族文化、民族思想和本民族的价值观，推动着“美国英雄”拯救世界，将美国梦编织得熠熠生辉；凭借好莱坞大片的风行，美国政府在全球传播美国式的生活方式，宣扬主流意识形态，塑造国家的良好形象。比如《壮志凌云》成了征兵广告；比如《泰坦尼克号》中巨轮即将沉没，女人、小孩被优先送往小艇逃生，男人从容走向死亡，这种人道主义、牺牲精神正是美国式的主旋律。又如《2012》中，美国总统不愿离开自己的国土独自逃生，而是选择与国民一同赴难，这种大无畏的牺牲精神也是美国式的主旋律。再比如《百万宝贝》中快餐店的服务员麦琪通过个人奋斗实现自己的人生理想，从而成了美国梦的最佳阐释者……

在决定拍中国时装剧的时候，描绘宫廷斗争、权谋之术乃至三角多角恋内容的电视剧正大行其道，唐季礼对此并不赞同。唐季礼认为，当今国际社会的竞争除经济、军事等硬实力外，文化软实力越来越成为国与国之间新的竞争焦点。影视作品由于其符号的直观性而跨越了语言的障碍，在塑造各自国家形象、传播各自国家主流意识形态方面起到了不可替代的作用。其中，好莱坞电影在将近百年的对外输出过程中积累了一套相当成熟的经验，这对急于对外输出的中国电影来说，确实是一个可资借鉴的对象。一部电影或电视剧可能会改变观众对一个国家一个民族的看法，所以，在影视作品中更应该坚持弘扬正气的主流方向，而不是靠挖掘那些非主流的东西迎合外国评委所谓优等民族的优越感。于是，《壮志雄心》《男才女貌》《出水芙蓉》中着意传达出的都是年轻人那种朝气蓬勃、阳光健康、积极向上的状态。

其中，《壮志雄心》是唐季礼首次和内地影视公司合作拍摄的电视剧，该片在当时以每集八十万元的制作经费创下了国内电视剧单集的最高价格，被很多媒体宣传为“重金”打造。2002 年，这部电视剧还在香港亚视和中央台同步播出，并荣获 2003 年度江苏省“五个一工程奖”。其实，相比两百多万美金一集的《过江龙》，国内电视剧的制作预算还不够唐季礼在美国拍片的一个零头，实在是小巫见大巫。

在拍摄《壮志雄心》时还出现一个小意外。唐季礼在该剧的身份并非导演，而是出品人和监制，因此他完全可以只在拍摄现场做做指导工作，然而拍起戏来总是精力充沛的Stanley仍然亲自上阵。就在他帮忙架调摄影机时，一不留神从已经升高的摄影机位上摔了下来，当场挂彩，吓得剧组的工作人员立刻把他送到了医院。由于唐季礼的皮肤对麻药过敏，他居然在没有注射麻药的情况下缝完了九针，并且缝完伤口之后微笑着重返片场，令在场的人都敬佩不已。

在电视剧《出水芙蓉》中，包含多场由靓丽明星表演的“水上芭蕾”，观赏性极强。为了把花样游泳的魅力充分展现出来，剧组耗巨资采取运动式、多角度水下拍摄，而担任水下摄影掌镜的就是唐季礼本人。他认为水下摄影本身就是一种享受。

及至拍电视剧《男才女貌》时，大陆时装剧市场几乎已经被韩剧完全占据，荧屏之上“韩流”涌动，国产电视剧只有古装题材才能卖钱。唐季礼偏偏不信这个邪，他把该剧背景放在当代上海，并且将当时很多领先潮流的元素设置在剧中。加上林心如与陆毅这对靓女型男，以及演绎的故事发生在现代都市，男女主人公追求爱情和事业的坎坷历程，使得该剧推出就在当时引起收视狂潮。据统计，《男才女貌》在播出时创下6.9的收视率，仅次于《新闻联播》。这部剧是林心如从古装剧向时装剧转型的代表作，也是陆毅从“男孩”成功转型为“成熟男人”的重要作品。《男才女貌》在当时赢得很好的口碑，观众惊呼，原来中国的时装剧也能拍得如此时尚、好看！正因为如此，这部剧成为中国第一部出口韩国的电视剧产品，被评论家定义为国内第一部真正的偶像剧。如今看来，早在十几年前，唐季礼就在中国文化走出去的道路上，有了自己的积极尝试与探索，并取得成功经验。而这一段经历，正是唐季礼敢于挑战自己，知其不可而为之，勇于逆流而上的性格使然。

《神话》再创票房神话

故事梗概：

骁勇善战的秦朝大将军蒙毅（成龙饰）受秦始皇所命，护送朝鲜公主玉漱（金喜善饰）入秦为妃。一路上二人情愫暗生，可蒙毅还是选择效忠君主。路上遭丞相赵高暗中指使的叛军伏击，蒙毅为保护玉漱公主，二人紧握着手随战车坠入万丈瀑布……秦始皇病危，蒙毅去拿长生不老药并战死沙场。而公主试药成功，在秦始皇死后被禁在秦王陵中。

千年以后。同一个梦境已缠绕考古学家Jack（成龙饰）多年，梦中容颜脱俗的白衣女子玉漱公主使他夜不能寐，越发对秦朝古物着迷。一天，Jack的好友、热心钻研超自然能量，誓要青史留名的科学家William（梁家辉饰）又带来了新发现，他邀请Jack同往印度参与研究神秘漂浮力量。在帝沙的圣殿中，信众膜拜悬于半空的灵棺，二人看得目瞪口呆。William斗胆摘下祭坛上的宝石，灵棺立即失去浮力坠地粉碎。Jack与William被守墓侍卫与信众穷追不舍，二人分头逃命。失魂落魄的Jack遇印度少女Samantha带他到高僧师父处暂避，高僧感

导演：唐季礼

主演：成　龙　金喜善

梁家辉　于荣光

邵　兵

上映：2005年

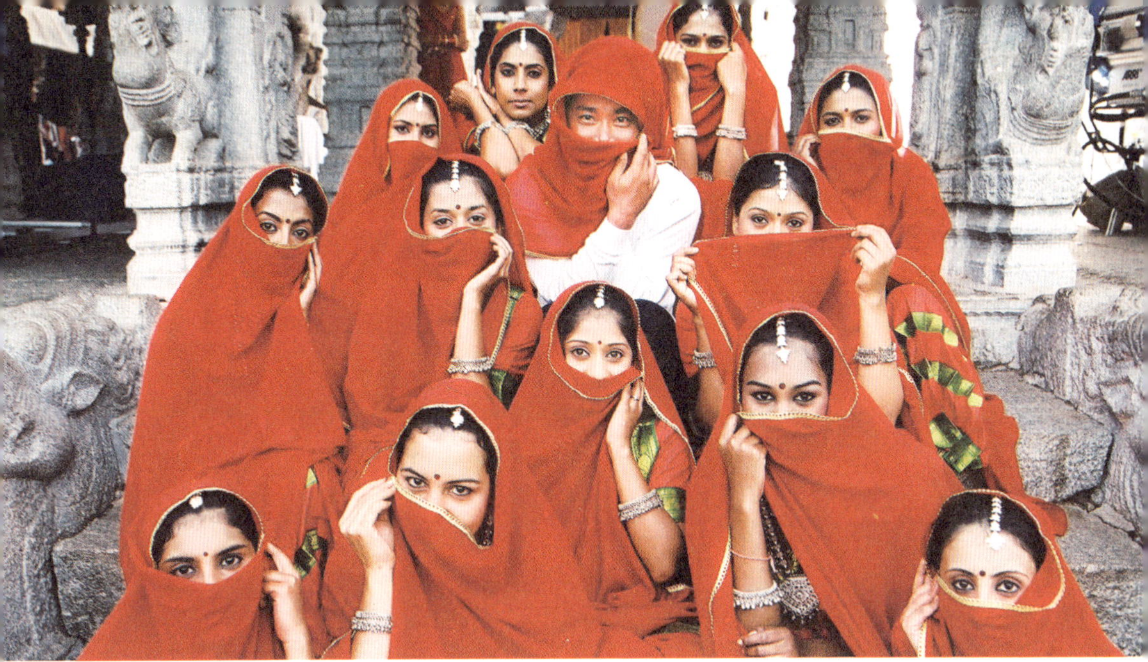

找找导演在哪里

应到Jack被一段前世缘分困扰。Jack急于解开梦境之谜，决定前往前秦帝都。

Jack在秦俑博物馆重遇大难不死的William，他兴奋地向Jack透露，发现灵棺宝石可抵御地心引力，遂将浮力宝石据为己有，William更投靠假借学术研究之名，行盗墓走私之实的古先生，依附对方的财力继续进行研究。Jack痛斥William自私的行径，一对曾出身入死的好友因信念迥异决裂。

Jack乘直升机到骊山上空，冒险跳入峡谷中的瀑布，情景一如梦境；而William则借助高科技仪器尾随Jack，闯进一条通往“悬浮天宫”的隧道。一直魂牵梦萦的玉漱公主活生生地出现在Jack眼前；守候了数千年的玉漱，终于等到了蒙毅将军。

此时，古先生竟试图以武力接管悬浮天宫，要当长生不老的皇帝。着了魔的William在混乱间撬出机关上的宝石，天宫顿时失去浮力，成千上万的兵马俑从空中直坠而下，水银涌出……

很早以来，唐季礼就想拍一部爱情片，这不是为了证明自己不仅仅会拍商业动作片，他一直认为，电影里最让人刻骨铭心的不是动作，而是“情”。亲情也好，友情也好，爱情也好，一个情字最能使观众为之心领神会、为之动容。

在拍了《红番区》《简单任务》之后，唐季礼就和嘉禾的老板商量说想拍一部爱情片，得到的答复是爱情片市场太狭窄，很难赚钱，如果一定要拍爱情片，只能给八百万的投资。八百万的投资在当时意味着如果请梁朝伟、张曼玉这样级别的明星，预算就已经不够了。无奈之下，唐季礼接拍了《简单任务》，之后去好莱坞学习和发展。

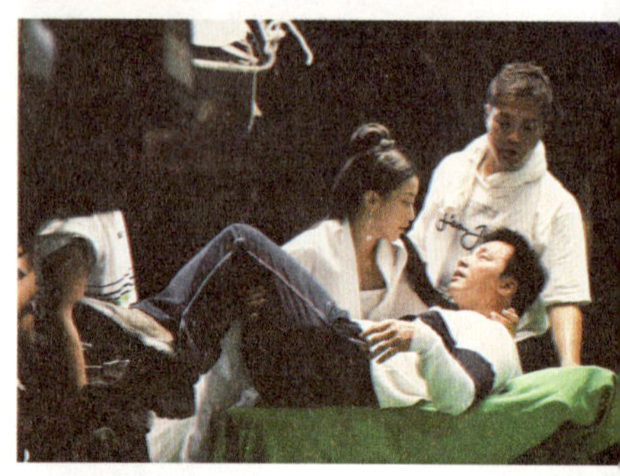

在《雷霆战警》之后，拍一部爱情电影的想法重新萌生出来。虽然唐季礼是非常国际化的电影人，但骨子里却非常推崇中国传统文化，他心里想表达一种“我欲与君相知，长命无绝衰。山无陵，江水为竭，冬雷震震，夏雨雪，天地合，乃敢与君绝”的中国式唯美纯真的爱情，以及海枯石烂、死生契阔的感觉。

这一次，他又想到与成龙合作。

因为有过之前几次的合作，唐季礼明白写一部适合成龙的电影非常之难。成龙这么多年一直是最有票房号召力的武打巨星，他拍过无数非常震撼的动作场面，而一部成龙电影里最少要有五处以上原创的动作场面，还要和故事结合得非常好，这是非

常难的事。最重要的是，唐季礼希望这部电影不要像以前的《红番区》那样动辄要去跳楼、跳海，或者在水底与鲨鱼搏斗，用低科技的搏命手段来取悦观众。这些玩命的手法不仅惊险万分，连保险公司也不愿给他们上保险。尤其在经过好莱坞的工作经历，唐季礼觉得现在拍电影不应该都是玩命，应该更注重故事，故事里更应该有感情，情才是电影里最刻骨铭心最惊心动魄的内容。这些都是他想在《神话》里做到的——更注重感情，讲更完整、更让人动容的故事。

《神话》的故事缘于唐季礼一次去西安秦兵马俑博物馆参观，回家后做了个梦，他梦到自己是古代大将军带着兵马打仗，甚至梦到自己会飞，在空中任意翱翔。当一觉醒来那十几秒，他觉得一切是那么真实难忘，那么触手可及，以致一时竟然有些恍惚，不知是庄周梦蝶还是蝶梦庄周。他当即决定写一个跟这个梦有关的故事。就这样，唐季礼花了两年多才把整个故事结构和故事内容确定下来。

在《神话》里，蒙毅将军与玉漱公主虽然经历过生死与共的历程，但二人之间的情感始终发乎情止于礼，没有越雷池半步。唐季礼认为，虽然有爱也不能表达，古代人是能做到这个分寸的，现代人就不一定了。他希望观众看完后能反思一下，我们现在拥有追求、享受爱情的权利与自由，或许并没有好好去珍惜这份自由与情感。

唐季礼之前的电影时长几乎都是控制在一百分钟左右，但《神话》片长变为两个小时，他希望多用二十分钟去把这个爱情故事表达得更完整更透彻。事实上，整部电影原本剪出来两个半小时，感情戏方面更深厚些，但唐季礼最后经过再三考量，还是忍痛又剪掉三十分钟的戏，毕竟观众对成龙的转型还需要一个接受的过程。《神话》要把动作与爱情结合，把古代与现代、真实与虚幻结合，他用了两年时间才把这些完美地融合起来。

《神话》的故事主体经过精心虚构，整部影片用亦今亦古、亦实亦虚、亦真亦梦、亦庄亦谐的艺术手法，运用不同的历史时空关系，讲述着两千多年前秦朝大将蒙毅与朝鲜公主玉漱的爱情故事——如歌如泣，荡气回肠，配之以铁马金戈、血流成河的古代大漠战场厮杀，以及东方神秘文化的情调，衬托着这对英雄美女的爱情之伟大悲壮和深情悠远，从而穿过两千年的时空，在现代人心灵深处留下历史的回声和梦幻。尽管这种回声和梦幻也同时暴露出人性的贪婪和丑恶，但正义必将战胜邪恶，伟大的爱情将引导人性走向真善美。

片中秦国大将蒙毅的形象既是古代英雄的化身，又是中华文化的象征。他忠君爱国，骁勇善战；虽是武将，却恪守道德礼节，在保护朝鲜公主回秦

的路上，他深知自己爱上了玉漱公主，却始终压抑着自己的情感没有表达。直到他战死沙场，仍然选择将这份感情深深埋在心里，没有说出来。他的灵魂两千年后在考古学家 Jack 身上重现。栩栩如生的梦境引导着 Jack 千辛万苦去寻找吃了长生不老药、在地宫中苦苦等待了两千年的玉漱公主。在唐季礼的造梦空间，两个有情人终于穿越时空的艰难险阻再度相逢，千年梦幻在一个特殊的时空中变成了现实。

以中国故事讲述中国梦

古今中外的爱情故事，或伟大或平凡，或贵族或平民，或古典或现代，或悲或喜或情意绵绵，早已被作家艺术家们讲绝了，似乎我们很难再讲出新意。然而，一代代的作家艺术家还要讲述，照样出新，照样动人。唐季礼就是这样一个艺术家。他知道怎样讲一个当代人心灵深处渴望的爱情故事；他知道当代人心中的梦。

的确，艺术上的多层次多时空的巧妙组合，除了把一个可能很模式化的

拍摄间隙，几个人累了就席地而躺

故事讲得生动感人之外，还无声无息地表达了新的内涵，激发着观众透过这个神秘莫测、转换复杂的情爱时空，有意无意地感受着一个民族遥远的光荣与梦想。对一个有着五千年文化的民族来说，它的脉搏将在一代代人的身上跳动。每当我们面临着严峻的时代考验和挑战时，历史的脉搏就会跳动得异常剧烈。优秀的艺术家总会比我们更加敏感地捕捉

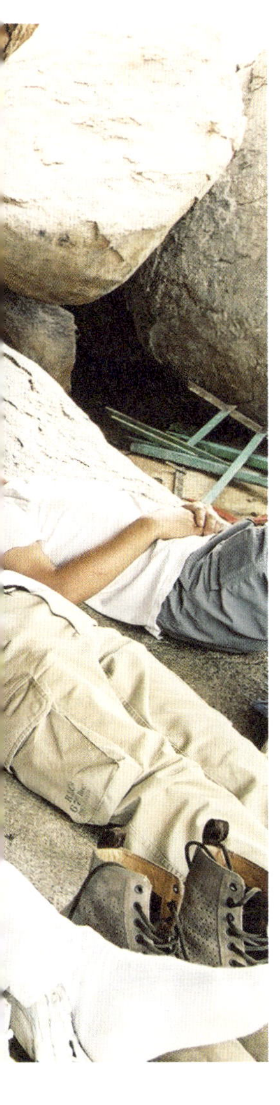

到民族历史脉搏的跳动。这个时候，他可能借助英雄美女的模式，向我们传递着来自祖先的更多信息。这就是电影的梦幻功能和魅力。《神话》所表达的内涵，正是在这个意义上远远超出了爱情本身，从而逐渐凝聚成一个民族的梦，也可以说是中国的梦。

优秀的电影作品就是要千方百计运用电影造梦的功能，凝聚起一个时代之梦。美国好莱坞大片做的是美国梦，中国的大片要做的是中国梦。如果中国大片做的是美国梦，那不仅是错位，而且十分滑稽可笑了，这一点从好莱坞走出来的唐季礼可能比别人更加清醒。因此，他讲述的故事尽管运用了许多当代高科技和电影的技巧，但内核却是民族化的、东方式的。他的故事，不是西方模式的翻版，而是从民族文化的底蕴中生发出来的独特的艺术；他在寻找“中国梦”的大格局。

作为商业大片，立足于中国观众的同时，必须有世界市场的竞争力，才能真正实现“中国梦”。唐季礼在长期实践中积累了丰富经验，知道怎样能打入国际市场。据唐季礼自己说，《神话》的剧本他整整打磨了两年——寻找不同民族文化背景观众的共同点，让他们看得明白，看得喜欢，看得动心，让中国的大片在国际观众心里扎下根。实际上，只要比较一下国内同类题材的影片，就不难看出《神话》里各种故事元素构成的不同之处和独特之处，那就是民族化特色突出，国际化特色也突出，二者有机交织在一起又融会贯通，形成了一个具有国际市场竞争力的格局框架。要做到这一点，非常不容易。

剧本是一剧之本，故事是市场之本，必须在这个方面狠下功夫。这个道理说起来容易，做起来却很难。不少人总会不知不觉地把民族化与国际化对立起来，以为坚持民族化就得放弃国际

左图：两人常常一起商量怎么处理难度大的动作

右图：孙周、唐季礼、梁家辉

化，追求国际化就会损害民族化。事实上，只有二者浑然一体，才会成为具有国际竞争力的中国商业大片。在这个意义上，《神话》创作的经验非常值得中国电影界学习。

中国电影走向世界、占领国际市场，道路并不平坦，我们要做许多工作，或者说，我们有很多工作没有做。然而，所有工作的重中之重就是拍出优秀的、真正受国际市场欢迎的作品。好作品依赖好故事，把故事讲好了，主要矛盾就抓住了。

就这样，《神话》的故事启幕了。

在《神话》中，一向以动作见长的成龙第一次尝试古装情感戏，没想到一开拍，就对如何演好古代将军的表情犯了难。

唐季礼对成龙说，你跟金喜善演戏的时候，要记着你想爱又不敢爱，因为这个女人是皇上的妃子，你爱她你就越轨了、逾越礼数了，你为之心动却又不能有所动，这种时候你的表情……

成龙马上说，这种表情怎么演，你又说不能有太夸张的表情。

唐季礼说，你到了现场，看到凄美、凄凉、悲壮的长城，见到一个美丽善良的玉漱公主金喜善，她也是一个很好的演员，当你们在现场对戏的时候，我相信你就会做到。

在唐季礼的启发下，习惯了丰富表情的成龙，在《神话》中留下了他经典的克制、压抑，甚至略显冷酷的表情；那种极力压抑却又偶尔流露出的内心的火热情感，也准确地表达出来。

片中有一个重要场景，蒙毅将军奉命护送玉漱公主上京，途中遇到前来追赶拦截的高丽将军。两军都在想办法抢夺公主的马车，很多辆马车在悬崖边奔跑。其中有一场戏是讲有的马车掉落悬崖，马车追逐时玉漱公主的那辆车还着了火，眼看失去控制。

这一幕拍摄时非常危险，因为可想而知，只要一见到火，马就开始发疯发狂，这时如果还想让旁边的马去追那辆着火的马车是不可能的。更何况，如果没控制好马车真的掉下去后果不堪设想。

为了拍好这一场戏，唐季礼特意从美国请来《指环王》幕后班底负责驯马，他们在看到当时的环境和这个情节设置之后认为唐季礼是个疯子。剧组特聘的驯马师领队听完介绍，马上表示这不可能做到，要全盘推翻导演的想法。由于双方分歧严重，驯马师声称要撤出剧组，这样一来拍摄计划就不能按时完成，而制片方一直在催拍摄进度，因为剩下的时间紧迫。

经过慎重考虑，唐季礼仍然坚持要拍这场戏，否则整个观影效果会大打折扣。他拿出方案，跟驯马师协商先训练马，每天用火把在马面前不断晃动，马惊慌时拉着它不让动，这样它慢慢习惯不再怕火。接着唐季礼对驯马师说，你是怕到时候拉不住马吗？那我们试试这样，我在前面开一辆车，在前面顶着它，让它掉不下去。驯马师说，到时候马跑得太快，它会撞到你的车。唐季礼说，你放心，我曾经做过飞车特技，我在前面会控制马的速度，帮它减速，我绝对不会让它撞到我的。

于是，大家试着照唐季礼的方法做，唐季礼亲自开车，马的速度果然被控制住，试了几次都没问题。

据担任《神话》动作导演的元彬回忆，拍摄马车坠崖那一场戏实拍时很困难，不只马车着火，而且还要表现马在悬崖边挣扎。拍摄时用最原始的方法，利用钢丝吊住马车，起起落落的，加上马车着火，车上坐着的是金喜善本人，导演希望能拍出真实感，一定要演员亲自坐在车上不用替身——身后正在着火，那样表情才够真实。金喜善当时非常害怕，于是元彬躲在车后，稍有闪失，便要托住她，因为他比金喜善更害怕。当时的场面实在太紧张了，不容许有丝毫差池。因为绷得太紧，拍完这场戏元彬整个人都虚脱了。

《神话》中光那场人马大战就拍了一个半月，一百一十多组戏。唐季礼觉得，这恰恰是拍电影有意思、吸引他的地方，因为可以尝试很多平常生活里不可能遇到的情境和场景，能不断接受新的挑战。

《神话》影片投资约1.6亿港币，取景地包括西安秦俑博物馆，云南九乡的溶岩洞穴，骊山的悬崖瀑布，印度的帝沙圣山、帝沙神殿和圣沙帝古墓等，选景花费约六千万港币。剧组走了中国七个省市，每个地方都要拍山，瀑布戏则是在两处瀑布分别拍摄，后来又去了印度世界文化遗址取景。而他们拍摄取景过的地方后来都成为当地非常有名的旅游景区，有的地方至今还张贴着《神话》的海报。

在拍摄的过程中，整个剧组好像是出去打仗，经常要带着两千多人、一千多辆车来来回回，随处安营扎寨，经常是三军未动、粮草先行。为了拍摄大的战争场景，每天要动用十几万人次。全片规模的浩大在打斗的时候表现得更为明显：不仅人与人之间要混战，连马也要参与打斗场面，片中光特技镜头就有一千多个，对导演的现场调度、管理能力是极大的考验。尽管动作场面惊心动魄且非常复杂，但唐季礼觉得《神话》不能算是动作片，准确地说应该叫爱情片，动作、战争场面只是这部爱情片中的商业元素。他认为，每个人都希望有一段浪漫的爱情，他把自己心目中这种美好的感情放在了电影里，希望每个看过影片的人都能够体会到爱情的唯美，自己只是通过这些商业元素，传递中国式的文化和情感。

令人印象深刻的场面

电影中，梁家辉扮演的 William 听说印度有一个帝王在死后成仙，与棺木一起悬浮在半空，于是邀 Jack 一起去探索“悬浮”之谜。但是他们却被印度教徒发现，冲上来要把他们捉住。这一场打斗主要以轻松谐趣为主，梁家辉在棺木里翻来覆去的逃生和数以万计的教徒追打 Jack 的场景都是带有很强幽默感和谐趣效果的大场面。其中，Jack 跳悬崖那一幕最为惊险，而且没有吊威亚。

片中激斗捕鼠胶带那一场戏则是最经典的“成龙式”打斗，讲述的是 Jack 和印度美女躲避警察的追捕，逃至一间制造捕鼠胶的工厂。众人在打斗过程中跳进了老鼠胶带的传送带，才发现被粘在传送带上无法动弹，于是各人用尽奇形怪状的方法继续打斗和脱身，搞笑之余也展现出成龙打斗片的幽默特色。而这个场景唐季礼八年前就想好了。有一次他在地下车库发现了老鼠，属鼠的他却非常害怕老鼠，一时间被吓得半死，鞋还被捕鼠胶粘到了，折腾了十多分钟，最后还是把鞋脱了才跑出来。他当时就想，这个场景以后一定要用在自己的电影中。“现在终于等来了，不过如果没有成龙和那么好身材的印度美女，这场戏也不会这么好看。”

丞相叛变，企图抢夺拯救秦始皇的灵药，并与蒙毅的军队发生戏里最轰烈的一场大战。这一场戏里的“人马合一”是唐季礼最引以为傲的动作设计，不但人坐在马背上交锋，马匹也在互相厮打。最后蒙毅终于不敌叛军，被砍掉脑袋后仍以宝剑支撑身体誓不倒下的一幕堪称豪壮、经典。

都是好兄弟，拍摄期间一起散步、一起练功，格外开心

决战秦始皇陵墓一场戏中，孙周扮演的盗墓者古先生跟踪 Jack 来到瀑布里的“悬浮天宫”，并引发最后一场决战。“天宫”是悬浮在陵墓上空，天马行空的想象力使之成为整部电影最富有创意的一幕，而 Jack 和古先生就在“天宫”陨石的作用力下悬浮在空中进行大战。这一场景的出现不仅充满瑰丽的想象，亦和千百年来人们对秦始皇陵的传说和想象相契合，令观众充满期待。而影片对于悬浮天宫的展现确实精彩，观众看到银幕上的效果无不叹为观止！而影片高潮处的天宫塌陷，水银倾泻而下，也不是凭空想象，而是有史书记载为依托。

影片拍摄时还有一个很困难的场景是拍摄片尾的天宫，出字幕的时候大家看到演员在绿布景前飞来飞去。其实拍摄的时候，唐季礼只是画出一些构想图给剧组成员看，演员、摄影、武术指导都没有导演自己清楚到底要拍出怎样的场面。拍天宫这一幕时，因为他们想象不到唐季礼想要的东西，演的时候就很别扭，对着那绿布景演戏，后面什么都没有，大家都很担心，不知道出来后是怎么样一种效果。当时国内电脑特技还不很成熟，一切都在尝试摸索中。整个 3D 模型，所有天、墙、瀑布、飞鸟、乡村、河流、兵马俑的配对，都是通过 3D 做出来的，做完这个模型，还要把灯光打得很有立体感，大家一看才会觉得真实。对于国产片来讲，能做到这种程度，在特技运用方面能达到那样的效果，在当时也是一个革命性的技术进步了。

尝试更多特技的运用

唐季礼认为，因为预算限制，《神话》中的特技跟好莱坞的大片相比可能还有一定差距，技术所限，影片也并没有完全实现自己的构想。但技术的进步很多时候也能推动整个电影产业的发展，乃至电影表现内容的拓展，利用新开发的特技资源做出一部《神话》，对他来说是一个很大进步。影片有一千多个特技镜头，可以把想象的空间无限扩大。这在从前是无法做到的。

如同唐季礼其他作品一样，《神话》在细节上也尽可能做到周详、考究，经得起细细品味与推敲。比如，特技镜头有一千多个；金喜善跳舞的服装就换了四次；光是改装影片中成龙住的那条船就花了两百多万元，用时一个多月。这些工作使一个月的拍摄期延长到了一个半月，差点导致预算超支。片中成龙那令人羡慕的住处正是唐季礼的创意，很多人都很喜欢，成龙甚至还想把它买下来。

为考虑海外市场，唐季礼把《神话》的故事背景设定在秦朝，因为全世界都知道长城、兵马俑和秦始皇。此外，电影还特意去印度拍摄，用韩国演员等，这些都是为了兼顾海外发行。他还希望借助成龙的影响，向海外传达一些特殊的信息。片中，成龙扮演的考古、探险学家难免让人想起《夺宝奇兵》，不过和哈里森·福特扮演的那个“盗墓英雄”不同的是，成龙总是将宝贝物归原主。这源于在海外的时候，看到很多国宝被八国联军抢过去据为己有，但还有人说，这么多年我们博物馆把你们中国的国宝保存得那么好，展示给那么多人看，这是多么伟大的贡献。这些东西在我们这里得到了更好的保管与展示，不应该归还给你们。唐季礼觉得这是非常可耻的行径，是强盗思维。他想在影片中通过成龙的口传达出：不能掠夺别国的宝物，不能以考古为名，行盗墓之实。而成龙大哥也是因为这句对白接了这部片子，因为可以为中国人争口气。

“别人的东西就是别人的，不要把别人的东西拿回来放在自己的博物馆……”片中成龙那段抨击海外博物馆所谓的“为我们保存国宝”是伪善的强盗行径的台词令人印象深刻。并且，《神话》这段台词在海外上映时也没有删减。

后来由成龙导演、唐季礼监制，于 2012 年公映的《十二生肖》，传达的理念和《神话》也是一脉相承。

独特的镜头语言与叙述方式

发轫于香港、游历美国，终立足中国内地，唐季礼一直不乏骄人的创作业绩，独特的阅历更使他在华语电影创作圈拥有无可比拟的优势。《神话》是唐季礼首次改写惯常的动作片路数，尝试整合种种在中西不同电影市场已然获得确认的成功元素，从精心组合的东方明星阵容，到嫁接浪漫爱情与动作冒险、历史真迹与奇幻想象，合力打造中国式的“重磅炸弹”。正是在此意义上，影片超乎成功个案的可贵之处，在于探索了一种华语电影的发展模式：既在本土（泛文化圈内）足以抗衡好莱坞大片，又能进而“攻打”壁垒坚固的西方市场——而这种“走向国际”的基础前提，是弘扬民族优秀文化，坚持民族的气节与自尊。

较之《卧虎藏龙》《英雄》和《十面埋伏》等在西方票房成功的华语影片，尽管同样有东方奇观式的古装传奇，同样带着铁屋子寓言般的悲情故事，但《神话》难能可贵之处，是巧妙采用了古今对比的套层结构，将古装传奇定义成现代人的非现实梦境。如此在影片文本之内，已然将其指认为不复存在的烟

与成龙在拍摄间隙

给演员讲戏、示范动作

云往事，不会使（西方）观众借以作为想象今日中国的不良标准。影片中的中国，有悠远的历史奇观和独特的神秘风情，但也绝非裹足不前的前现代国家。片中借主人公杰克之口，谴责窃据他国文物的不齿行径，更以顺笔方式带出（相对西方）弱势国家的自尊立场。

而在商业策略上，古今套层更可以合理地兼容并蓄不同形态的风格元素。事实上，《神话》最突出的观赏乐趣正是来自于这种杂糅与对比：古老传奇沉重哀伤却浪漫单纯，现实冒险轻松幽默，却交错着复杂的欲望与阴谋。

影片上映后，新浪网的一项观众调查显示，不同年龄与性别的观众，对影片印象最深之处各不相同：或凄美爱情、或谐趣打斗、或天宫奇观，这个调查正印证了影片力图吸引最大层面的观众群的目的没有落空。影片力求避免因刻意迎合某些观众的特殊口味，而丧失更多观众的认可接受，并非单纯将某一元素推向极致，而是在调和勾兑中，酿出一壶皆大欢喜的好酒。最典型者，影片在动作设计和镜头语言上，不追求香港动作片典型的表现式放大，升格镜头的使用非常克制，避免风格化的细碎镜头分切和超常规的特异机位，甚至影片中最惊险的动作——跳入骊山瀑布，也没有采用港片表现此类“玩命”特技的常规手段（升格、全景长镜头、重复剪辑等），虽然这一动作的难度与真实感因而被削弱，但导演的总体意图是不愿为延展动作而影响剧情推进。这一特征在唐季礼以往拍摄动作片时就已显现，反映了导演艺术风格上的延续，也体现出他努力追求跨地域跨文化的电影语言的苦心。

导演唐季礼和主演成龙这对十年前香港影坛的“无敌”组合，此番再度联手，不仅成功发掘了未曾涉足的古装戏路，而且也将情感表现进一步深化。为了充分发挥成龙这一具有国际票房号召力的明星优势，影片不仅在成龙擅长的动作方面精心安排，而且处处在细节上为成龙量身定制，扬长避短。古代战场上，大将军一夫当关，动作大气雄浑；现代危机里，考古学家灵巧跳脱，打斗妙趣横生，二者相映成趣。成龙一向弱于爱情戏，影片就设计他是面对公主不敢表露情怀、恪守等级礼法的臣属。

作为导演唐季礼的转型之作，《神话》在华语电影市场获得成功，再次延续了他与成龙的组合创造的票房神话。

关于《神话》的导演阐述

在《神话》的导演阐述中，唐季礼对几个重要场景有如下阐述，从中我们既能看见影片拍摄的种种艰辛，也能了解唐季礼拍这部作品的初衷。

秦始皇陵兵马俑

对于兵马俑，我是慕名已久。然而，当我亲身面对这雄浑军阵的时候，心灵的震撼依然难以言表。近距离观看每一个兵马俑，可以发现他们的长相、

既做导演，也兼做“茶水工”

神情各不相同，姿态也都栩栩如生，让人很真切地感受到两千多年前那些艺术家非凡的创造力，感觉到他们通过这些兵马俑与我们跨越时空的交流。我不禁感慨，只有伟大的民族，才能创造出如此伟大的艺术。

我决心把这种震撼用电影传递出去，不仅仅让中国人自豪，更要让世界惊叹。不过大家知道，对于这样的国之瑰宝，国家是重点保护的，从未允许任何商业的拍摄。所以我第一次提出把兵马俑搬上银幕的想法，被西安兵马俑博物馆婉拒了。

不过，我的决心没有动摇。我和成龙大哥拍摄这部电影的初衷正是为了把中华民族的灿烂文化传播出去；我们拍摄《神话》有一个重要的信念，就是要保护和发扬祖先给我们留下的珍贵遗存。于是，我赶到北京与国家文物局进行沟通；告诉他们《神话》是如何一部电影；我和成龙大哥希望通过我们最熟悉的手段——电影，借助我们在国际上已有的影响力，为推广中华文化尽一份力量。

很幸运，最终我们得到了国家文物局和西安兵马俑博物馆的理解和支持，成功完成了对兵马俑的拍摄。拍摄过程中对于国宝级文物的保护，可谓煞费苦心，我们用尽了以往工作中的经验和安全保护措施。例如，所有的临时演员都是博物馆的工作人员；所有设备都不进入俑坑，在参观信道上架设设备从空中遥控拍摄；仔细计划，尽量缩短拍摄时间等。这些都增加了我们工作的难度和强度，但是大家并无怨言。能够毫无损伤地完成拍摄，把国之瑰宝，世界文化遗产——兵马俑搬上银幕，对我而言是完成了一个心愿。

陕西，黄河石林

《神话》需要一个两千人大战的场面，一个内地的朋友告诉我那里很美，很开阔，完全符合我的要求，于是我们立即动身去实地考察。当我第一眼看到黄河石林，我就被它深深吸引，不仅因为它的美，更因为它的独特：悬崖峭壁，山林峡谷，碧血黄沙，活脱脱一个千年前的兵家必争之地。当时我眼中就仿佛看到千军万马在这里厮杀的场面，成龙“一夫当关，万夫莫开”的形象立刻鲜活起来。黄河石林正是每个导演梦寐以求的外景地。

然而，险要的地形也给拍摄带来巨大的困难，一切的准备都需要更多的努力：运输道具，临时演员，马匹；搭建军营、马棚等。黄河石林距离我们的住处足有三个小时的崎岖山路，工作人员凌晨四点就要起床，赶到拍摄场地，安排人数众多的临时演员，准备好大量马匹，架设设备等。在那里拍摄完全和行军打仗一样，但最痛苦的还不是这些。八月底九月初的黄河石林，昼夜温差极大，剧组在这里拍摄，早晚要用羽绒服御寒，中午艳阳高照只能穿短袖衣衫。

“兵马未动，粮草先行”，这句话一点也不错。每天两千人排队吃饭的场景，也令人叹为观止。由于天气炎热，午饭中大家都会脱下戏服，这样单是临时演员吃完饭再投入拍摄，往往就需要四个小时以上的时间。

在黄河石林我们拍摄了一个多月，超过了预算的时间和开支。不过公司没有给我压力，而是支持我放心拍摄，在此也要对他们表示衷心感谢。

云南，大叠水瀑布

“危险”——这是我对云南九乡大叠水瀑布的印象。我们要在这里完成香港电影中史无前例的动作大场面，真是令人兴奋！

我们在这里拍摄的时候，适逢严冬，水温低于五摄氏度，这大大增加了拍摄难度。单单拍摄这场戏，我们就用了七天——也就是说，我们在大叠水瀑布中冒着寒冷，一连在水里泡了七天。这种生理上的煎熬，实在挑战了我们的忍耐极限。为了让这场戏拍得尽善尽美，我还专程找来专业的登山队和潜水队伍，协助我们完成如此艰巨的拍摄任务。每次安排成龙拍摄一个动作之前，我会要求他们示范一次，好让成龙和家辉通过观察学到他们险境求生的窍门。

我还专门请来力学专家，从理论上模拟成龙跳跃瀑布的过程。每次专家会根据成龙当时的体重和负重，通过运算得出跳跃瀑布的力量和角度。但这些都是理论上的资料，一切都需要成龙大哥控制自己的身体来完成。大哥真的非常专业，非常有胆量，总是挑战极限，有时候大胆到让大家担心。不过多年的合作让我对他很有信心，相信他一定可以顺利完成每个动作。

上海，绿布景

《神话》就如它的名字，充满了浪漫和梦幻。为了实现我想象中那个浩渺的梦幻空间，我租用了全上海最大的摄影棚，在这里，我们要完成所有绿布景的拍摄工作。

当时上海的天气酷热，气温达到三十四摄氏度。摄影棚中有许多工作人员，大量的大功率照明设备；同时拍摄又要求镜头和绿布景之间有足够的空间，我们不能缩小拍摄空间，这样即使开足摄影棚所有的降温设备，也是杯水车薪，依然无济于事。摄影棚的温度高到让人感到疲惫、紧张和焦躁。在这样的环境中长期工作可不是件容易的事，和大叠水瀑布的冰水浴相比，真有冰火两重天的感觉。

我头脑中的梦幻空间——天宫，最初只有一个手绘本给大家参考。大家都捉摸不透，也想象不出拍摄出来的效果如何，因为拍摄绿布景的时候，演员只能对着空气说话、打斗、跳跃。只有我的头脑里有天宫的样子，我很清楚自己想要什么。为了最终呈现出我头脑中的梦幻天宫的效果，我只能反复向演员解释，让他们找到感觉。

演员在天宫中需要表演出“无重力”的效果，几乎每个镜头都需要吊钢丝来实现。这样高强度的吊钢丝对演员也是一种挑战。金喜善和成龙作为主角，他们飞来跳去的镜头最多，他们出现小意外的概率也比别人高很多。比如，大家在片尾的花絮中可以看到金喜善在半空中跌落下来，落地不稳扭伤脚踝的镜头。

《神话》2005年公映取得相当好的票房成绩，有网友评论：“《神话》结合了太多能刺激我感观和心灵的东西：成龙风趣幽默的打斗、金喜善身着古装的优雅、夺宝奇兵般的探险、绚丽的特技效果、异域的风情……还有着华语电影难得的荡气回肠的电影配乐、主题旋律，摄影角度的选取也值得称道。《神话》几乎具备了一部优秀影片该拥有的所有元素。”

影片最终获得第25届香港电影金像奖（2006）最佳电影提名，第28届大众电影百花奖（2006）最佳导演提名，第12届中国电影华表奖（2007）优秀合拍片奖等荣誉。

值得一提的是，影片的片尾曲《永远的神话》旋律优美，歌词凄婉，不论是成龙和金喜善，还是孙楠、韩红合唱的版本，到今天都堪称经典。这个旋律是当时唐季礼和韩国音乐人一起找感觉、一起哼唱，三天后终于找到的旋律。

《精忠岳飞》：十年一觉岳飞梦

首播时间：2013 年

监制：唐季礼

导演：鞠觉亮　邹集城

编剧：丁善玺　唐季礼

主演：黄晓明　林心如　罗嘉良

丁子峻　刘承俊　郑佩佩

邵　兵　张馨予　张嘉倪

制片人：徐佳暄

获奖：

第十届中国金鹰电视艺术节优秀电视剧奖

2014 中国·横店影视节最佳电视剧奖和最佳导演奖

故事梗概：

北宋末年，辽国大举进犯中原，民不聊生。皇帝徽宗不理朝政，拜宠臣童贯为护国大将军，联金抗辽。童贯不通战略，更为私欲，以致连连败阵。而此时岳飞带张宪、牛皋、徐庆、王贵仅八百勇士，给了金将粘罕一个下马威。

黄龙失利后辽帝亲征，十万大军蜂拥而至。不久，金兀术二度驱兵南侵，围攻汴京。事急，南北动员，岳飞投奔磁州留守老帅宗泽旗下。岳飞临行，母亲姚氏为鼓舞儿子出入沙场的决心和志气，用金针在岳飞背上刺了四个大字“尽忠报国”。

徽宗自知国力空虚，无法再进行大规模的抗金之战，便惶惶推动禅让，自行放弃大位责任。太子赵桓一向懦弱无主见，其弟康王赵构文武兼备，众望所归，但赵桓事事顺从，赵构处处异议，因恐无人能够控制赵构，赵桓获大位，号钦宗。后金军围攻汴京，形势垂危，赵构前往归德与宗翰谈判议和，到归德后，才知金军已攻入汴京，谈判全无必要。金人有意另立新朝，用同去谈判的张邦昌做傀儡统治中原，赵构险遭杀害。宗泽力保赵构回到汴京，方知汴京二帝已陷金人之手。宗泽劝说赵构登基，赵构于应天府登基，是谓高宗。

金军退兵，宗泽调任汴京留守，岳飞等归建于宗帅麾下。岳飞与宗泽惺惺相惜，互相探讨战略战术，在开德曹州一带游击流寇，屡战屡胜。宗泽极力抗金，朝廷唯恐得罪金兀术，发金牌撤兵，岳飞不从，率部队继续前进，收复相州。

宗泽依旧力主北上，并亲自披挂上阵，与兀术交兵于胙城，铁浮图骑兵大阵变化莫测锐不可当，宋军不支，宗泽身中数箭慷慨殉役。为救难存亡，岳飞只得再度出山。岳飞与长子岳云，父子连心，志在保国。岳家军击败兀术，古都建康的光复，使高宗对岳飞另眼相看。

秦桧却暗中联络兀术，授以黄天荡水道图，金军船队一夕之间突围而去。朝廷追查水道图的来源，秦桧怕有罪及身，杀人灭口。

绍兴和议达成，秦桧先以“措置别作擘划”六字定了张宪、岳云二人酷刑监押，后于岁暮除夕将岳飞仓皇杀害，次午腰斩张宪岳云，幺女银瓶投井自殉，妻李娃携族人百余流放云南蛮荒地带十余年，挣扎图存。

绍兴二十五年十二月，秦桧父子整队过桥，至广场，梁兴挥令刺杀，熺拼死负父突围，血洒深巷，狼狈退场。返相府，夜半惊梦，见银瓶女悬空索命，桧愕然，吐血而毙。

如果一生只能拍一部剧，就是岳飞

岳飞是唐季礼心中的大英雄，拍一部岳飞的影视剧作品是唐季礼多年来的愿望。

早在嘉禾时期，唐季礼就曾提出要拍岳飞，当时老板怕不卖座，加上他本人片约很满，于是就此拖延下来。及至回到大陆发展，他又曾几次想拍这个题材，可是因为其中涉及民族问题，一直没能过审立项。但是他初衷不改，就这样，他坚持了十一年，仅审查就经历了八年时间，终于得偿夙愿。

唐季礼说，如果自己一生只能拍一部剧，那他会选影响自己一生的岳飞。“其实我最早拍《红番区》时，不够钱、不够人、不够技术也没有市场，我们拍港片就那么七百万人的小城市，还是只讲广东话的，但我们想抗衡偌大的一个好莱坞。为什么好莱坞的电影就能卖到全世界，我们中国人就不可以？这不就像岳飞当年没有军粮、没有骑兵，却要抗衡那么强大的金国一样吗？”唐季礼希望通过《精忠岳飞》这部电视剧，将“知其不可为而为之”的这股子坚忍传达给现在的年轻人，这也是这部电视剧的一份社会责任。

“为了做这部戏，整个北宋、南宋、金国的正史我都看了，岳飞的正史、传说都看了，刘兰芳老师的评书也听过，宋徽宗、宋高宗、秦桧、韩世忠、梁红玉等相关历史我也看了。”唐季礼希望这部投资逾两亿、每个细节都按电影质量来要求、后期做了一年的六十九集巨制能完成他一直以来的愿望——“把我们在中国生产的电视剧，打到美国市场。电影影响大，可是它没有电视剧普及度高，电视剧是传播文化的最好工具。我希望让中国的文化产业走出去，但我们拿什么内容去见人呢？岳飞就是最好的那个人物，他代表中华文化的优良传统，能文能武，他的武术、战术、忠孝仁义、兄友弟恭、对老百姓的责任感，不忠于昏君而忠于国家、人民、社稷，应该让外国人知道中国有这样的英雄人物。”他希望通过《精忠岳飞》传达一个价值观：“全人类每一个民族，每一个国家，都需要忠诚。可是我们忠诚于什么？岳飞就不肯忠诚于像秦桧这样的人，挺身而出，就像现在谁贪污我们可以举报他，不能因为他是领导我们就要附和他。这个不代表忠，忠有正当的忠，也有愚忠。孝为先是中国儒家文化几千年的传承。现在的独生子女，打骂父母的、被宠坏的都有，不懂得什么叫孝，要学习。中国传统文化的武功、武学，也被慢慢淡忘了。”“在我的心里，岳飞不仅仅是一个人物形象，更是一种精神。可以说，岳飞精神影响了我的一生，是这种精神感召了我。”唐季礼认为，岳飞是自己最敬重的历史人物，他在封建皇权时代，忠于百姓忠于国家。他的忠义仁孝，他的文采、武术等，都是值得我们尊敬的。拍《精忠岳飞》更重要的原因是，他对权力、财富的态度符合我们这个时代的理想和价值观，他生活在我们这个年代就是青年领袖。

在唐季礼看来，岳飞精神的内涵首先是忠诚，忠于自己的国家，忠于自己的百姓。岳母刺字的故事在中国民间广为流传，岳飞终其一生都是在用自己的实际行动阐释“尽忠报国”四个字。在剧中，岳母刺字“尽忠报国”而非“精忠报国”，曾引起很大争议，这其实是经过聘请的历史顾问经多方考证而有意为之。

在剧中，岳飞很忠于自己的爱情。在宋朝，以岳飞的成就和地位，三妻四妾很正常，但岳飞却一直坚守着自己的婚姻，从未移情别恋。历史上，岳飞和李孝娥是在战乱中相识，与其成亲后，岳飞从未纳妾，与李氏感情和睦，并育有三个儿子。在岳飞遇害后，李孝娥被流放岭南，坚持将儿子抚养长大。唐季礼认为岳飞的爱情观非常值得现在的年轻人思考：“在那个时代，中国的男人可以娶多个妻子，但是岳飞对李氏却始终如一，是一夫一妻制的典型代表。”“我们在剧中增加了一个人物，就是张嘉倪扮演的吴素素。她是岳飞的红颜知己，跟随在岳飞身边四处征战。她爱岳飞，情愿为岳飞做妾，但是岳飞不为所动。有了吴素素这个人物，观众可以更好地了解岳飞的内心世界，也可以展示岳飞对于爱情对于婚姻的忠诚。”唐季礼说，忠于国家，忠于爱情，一生清廉，这种精神与当下的国际主流价值观一致。

“岳飞精神的另一个内涵就是：明知不可而为之。”唐季礼认为，岳飞戎马一生，战功卓著，遇到过无数的凶险和困难，比如最著名的牛头山战役，当时岳飞粮草匮乏，兵力严重不足，而金国则是兵强马壮粮草充裕，就是在这样的艰难条件下，岳飞最终还是打了一个大胜仗。“所以在我的心目中，岳飞是战神，一生无败绩，非常了不起。”这种“明知不可而为之”的精神也被唐季礼用在了拍摄《精忠岳飞》的过程中。为了这部戏，唐季礼整整用了十年的时间来准备，自己本身就是编剧之一。另外，岳飞这个人物有非常多的民间传说，也有很详细的正史。经过长时间的选择，他决定在拍摄时以正史为主，但其中也加入了民间熟悉的岳飞故事。他觉得只有这样，才能确保拍出他心目中的岳飞。

在《精忠岳飞》的创作中，唐季礼把自己在好莱坞的经验应用其中，“美剧的结构，都是一条主线，围绕着五六条副线，每条线的故事都很突出，但不会离开主线。在这部剧里，我把每个人物的历史都进行了系统研究，再找一些共同的事件把他们相连，把他们和岳飞的纠葛都交代清楚。”

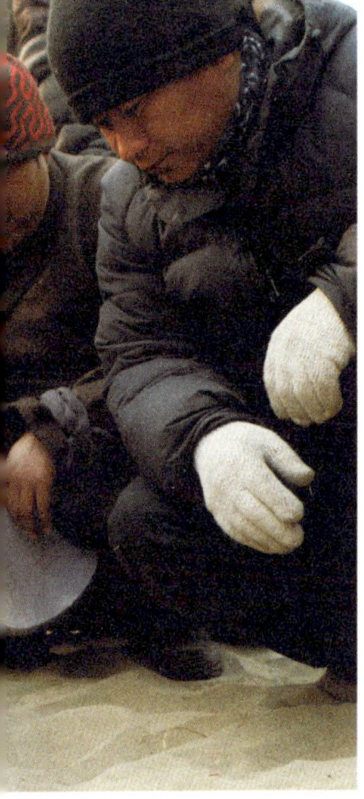

用拍电影的标准拍电视剧

岳飞所处的时代，朝廷不断迁都、宋金两国对峙，陆战无数，更有大规模的水战，可以想见，如此恢宏壮烈的历史背景，要想拍好必须大投入。经过四处奔波努力，唐季礼最终融资两亿多，《精忠岳飞》成为当时投入最昂贵的电视剧。唐季礼说，他要用拍摄电影的标准来拍这部电视剧。

为了拍《精忠岳飞》，唐季礼提前三年就自己办了动作明星训练班来遴选合适的演员，“为拍岳飞，我专门把我的演员训练成全会骑马、会打，古装会吊威亚，《精忠岳飞》里用三十多个动训班的学员分别演了不同的角色。”

在拍摄过程中，由于服装、人工费用上涨，导致经费超支五千万。唐季礼告诉导演，没关系，超支的部分我来负责解决，质量是最重要的，如果拍得不好，就算不超支也是卖不出去的。这么慷慨地做监制，可能也是因为在好莱坞的训练。他在当时做导演时，制片人就是这样，要什么就给什么。

《精忠岳飞》的外景地占地两百多亩，其中包括岳飞、金兀术、韩世忠的军营等。这样的大投入大场面大制作，让两军厮杀的场面更加气势宏大，接近历史真实，亦营造出撼人心魄的视觉效果。

其次是演员的选择与搭配。“主角要好，配角要好，闲角也要好。”唐季礼解释，在选角上精益求精是因为岳飞的故事深入人心，其中的很多人物老百姓都有一个心理定位，所以来不得半点马虎。他希望每个角色，只要有名有姓，都能给观众留下深刻的印象。在关键的后期制作上，唐季礼更是不惜血本请来国际专业团队，完全按照电影的后期标准来制作。“我们的戏为什么走不出去？为什么不能得到国际市场的认可？因为我们的制作水平不如人家，讲故事的方法不如人家。我希望通过电视剧的高制作水准能够推动它更好地走向世界。岳飞的故事是中华民族的，岳飞精神是属于全世界的。”

在《精忠岳飞》中，唐季礼不仅担任监制，还亲自参与武打设计、武术指导。他说，“岳飞文武双全，他的武有两个层面的含义：一个是战争层面，岳飞懂兵法，是帅才，能够带兵打仗，保家卫国；另一个层面就是武术、技击。过去有儒将，自己不懂武术，但是能带兵布阵，而岳飞自己武功超群，枪法精奇，他是武术大家周侗的得意弟子。所以在这部电视剧里，我必须让岳飞打得专业，符合武术的真谛，符合武术美学。”

习练传统武术的人都知道，枪是兵器之王，十八般武艺中最难练的就是大枪。《岳飞传》中，最厉害的角色都是使枪的，岳飞不用说，杨再兴、高宠的枪术都可以与岳飞一较高下。而一个人如果能使双枪，那就更了不得了，所以后来出了个双枪将陆文龙，竟然打得岳飞高挂免战牌。因此在《精忠岳飞》有关枪战的戏中，唐季礼可以说是倾尽毕生所学。“你枪扎，我枪拿，你枪不动，我枪发。这是枪法的要诀。在这部戏里，我设计的武打动作没有任何花里胡哨，绝对符合武术原理，这一枪怎么来，那一枪怎么去，交代得清清楚楚，保证让观众看得过瘾，看得赏心悦目。”不光是枪术，其他兵器也一样。唐季礼说，金兀术使大斧，岳云使大锤，这些兵器各有各的特点，各有各的用法，这些兵器的武打动作必须设计好，这样才能抓住观众的眼球。

也正因为如此，《精忠岳飞》武打戏处处可以看出唐氏武打美学的特点：简洁、精准、凌厉，不拖泥带水。有了唐季礼的设计，黄晓明饰演的岳飞不仅形象帅气，武打动作更是帅得观众眼花缭乱。没有任何武功根底的黄晓明，手中一杆大枪使得神出鬼没。“晓明很努力，悟性也很高，不少枪术动作都是自己演练多遍才开始拍摄。这部戏拍完，晓明的枪用坏了二十多把。”说起自己的这个“高徒”，唐季礼如是说。

有关岳飞的传说中，能给人们留下印象的只有两个女性：一个是岳母，一个是梁红玉。所以毋庸置疑，尽管《精忠岳飞》中增加了几个女性的形象，但这是一部地地道道的男儿戏，充满了阳刚之气，抛开大忠大奸的道德评判不谈，这部戏绝对可以看作是一部男人励志大剧，传递着向上的正能量。让唐季礼感到很自豪的是，剧中的每个男演员都从中感受到了这一点。

“演员演戏要想打动观众，首先必须打动自己。如果他不喜欢这个角色，不能从灵魂深处接受这个角色，想把角色演好是不可能的。从这点来说，我特别欣赏晓明，岳飞一直是他的精神偶像，所以他很珍惜这个机会。接近一年的拍摄时间里，他很用心很努力地去演绎岳飞。”为了在形体上塑造好岳飞，黄晓明天天去健身房健身，每天吃很难吃的白水煮鸡胸脯肉（为了增肌），他不想因为身体有瑕疵而影响岳飞的形象。拍过《精忠岳飞》，唐季礼对黄晓明非常赞赏：“如果给黄晓明打分的话，我会毫不犹豫给出一百分，因为他的专注、用心、职业水平，是这么多年我见过为数不多的好演员。除非他太帅了，要扣分，否则一定是一百分。”

选定黄晓明演岳飞之前，二人还有一段渊源——早在很多年前唐季礼和黄晓明就见过面。黄晓明记得大约是十几年前，他还在北京电影学院念大二。当时他和几个朋友坐在昆仑饭店大堂聊天，不远处有个人走过来告诉他自己是唐季礼导演的制片，唐导想请他过去聊几句。见了面唐季礼问黄晓明在哪读书，有没有兴趣拍戏，并且问晓明能不能给自己一套资料，以后说不定有机会合作。黄晓明开心极了，那时他还没拍过戏，能有机会跟国际大导演合作当然太好了。第二天，黄晓明抱着精心准备的一大摞资料兴冲冲地赶到昆仑饭店，谁知前台告诉他，唐导一大早就退房走了。后来黄晓明开玩笑地说，当时自己心里想：唐导是个大骗子！而唐季礼在此之前也没有过问陌生人要资料的先例，他回忆说，彼时他刚从美国回来，在饭店大堂跟人谈事，无意中看到不远处坐着的黄晓明，当时就觉得那个学生模样的男生看上去特别清新健康，气质非常难得，应该能在演艺方面有很好的发展。只不过那次见面唐季礼不知道助理安排的行程是第二天一大早就要离开，所以与晓明失之交臂。几年以后黄晓明果然红极一时，可见作为导演的唐季礼眼光之准。

剧中金兀术一角由韩国演员刘承俊扮演，“历史地来看，金兀术也是金国的英雄。这一点韩国演员刘承俊深有体会。他在戏中有很多裸戏，裸露上半身，茹毛饮血，而且拍摄的时候都是寒冷的冬天。这既是表现当时金国人的习俗，也是展示男人的一种阳刚之美，呼唤一种原始的血性。”唐季礼说，他真心希望通过《精忠岳飞》，让中国的观众重新认识什么样的男人才是真正的好男儿。

在唐季礼看来，《精忠岳飞》一直在尽量客观地叙述历史，诉说一些鲜为人知的历史故事，通过对人物性格不同方面的表现，让荧屏上的人物更加饱满鲜活。“我希望观众在这部电视剧里看到的人物不是简单的、脸谱化的，希望这些具有复杂性格的人物能带着观众重新回到那段历史，去体会岳飞精神的伟大。”

唐季礼希望，《精忠岳飞》可以通过最适合当代的传播方式，让更多的青少年感受中华民族传统文化的精神魅力。“拍一部承载着厚重思想文化含量的电视剧，比拍一部通俗流行小说更容易深入人心。现在真正弘扬中国传统文化的作品少了，岳飞题材有着重要的社会意义。”

小河里发现一个不知谁乱丢的瓶子，成龙大哥带头，几个人合力把瓶子捡出来

与成龙大哥的感情非同寻常

《十二生肖》筹备时，法国看外景，与中法工作人员和成龙导演一起

《功夫瑜伽》：黄金搭档再携手

故事梗概：

公元 647 年，大唐御史王玄策出使天竺摩揭陀国，却在王舍城外遭遇摩揭陀国叛军首领阿罗顺那的伏击。生死攸关时刻，摩揭陀国护国将领碧玛带兵赶来，两人携手运用中国功夫和古印度瑜伽武术联合杀敌突出重围。摩揭陀国公主吉檀迦利将十三箱财宝托付给了王玄策和碧玛，请他们回唐请兵复国。就在两人来到唐朝境内的高原冰川湖泊时，一场突如其来的暴风雪阻隔了他们。风雪过后，天光重现，王玄策却发现碧玛以及那十三箱财宝皆消失不见。

星移斗转，时间到了公元 2016 年。身为西安博物馆著名考古学教授的 Jack 正在给学生讲述这段历史谜案。Jack 长期致力于丝绸之路沿线的考古发掘和研究，碧玛及十三箱财宝神秘消失之谜一直是他研究的课题。

一日，一位名为 Ashmita 的印度女子找到 Jack。她自称是印度皇宫博物馆博士，并带着自己的助教 Kyra。Ashmita 握有当年碧玛消失的关键线

导演、编剧：唐季礼

主 演：

成 龙 李治廷 张艺兴

张国立 尚语贤 姜 雯

母其弥雅 索努·苏德

伊利亚娜·狄克鲁兹

索，并想邀请Jack合作，联合考古。

来到高原小镇，Jack先和寻宝者李琼斯见面。李琼斯的父亲生前是Jack挚友，曾在双龙河畔捡到过摩揭陀国的金币，并在去世之前把这块金币留给了李琼斯。Jack说服李琼斯参加联合考古队，李琼斯答应了，实则另有打算。

在李琼斯的带领下，他们来到双龙河畔，通过高科技考古探测技术，在雪山冰湖之上定位了当年碧玛为了躲避暴风雪而藏身的冰洞。正当他们离目标越来越近时，一股恶势力正在监视着他们。

Jack等人进入冰洞，找到了碧玛部队的冰冻尸骸和十三箱财宝。就在这时，兰德尔带着雇佣兵到来。兰德尔是当年摩揭陀国叛军首领阿罗顺那的后裔，现为某国际寻宝集团的老板。兰德尔欲掠夺宝藏，双方发生激烈冲突。打斗中，李琼斯追出冰洞，从雇佣兵手里夺走一颗钻石。兰德尔追赶李琼斯，同时命令雇佣兵堵住冰洞，让Jack和考古队其他成员不得逃脱。

Ashmita以为自己就将于冰洞内丧命，于是把事件真相告诉Jack。原来，当年吉檀迦利让王玄策和碧玛带走的十三箱财宝中，最关键的就是李琼斯夺走的那颗钻石。一千多年前，阿罗顺那谋权篡位意欲夺取的正是摩揭陀国的国家宝藏，而那颗钻石是打开宝藏的钥匙。Jack对摩揭陀国的宝藏不感兴趣，他只关心如何把考古队队员救出冰洞。他请Ashmita传授瑜伽母胎闭气法，希望像千年之前的碧玛那样，从地下冰河潜游出去。Jack义无反顾地纵身跳入双龙河，Ashmita随之跳入。超长时间的闭气游水超出Jack所能承受的极限，Ashmita将自己的气息吐纳给他，两人终于从双龙河游出，可是，Jack喝了一肚子的冰水昏迷了过去。警方把小光和诺敏营救了出来。

等到Jack醒来，Ashmita和Kyra都已经失踪了。小光和诺敏调查到，迪拜将举行一场钻石拍卖会，拍卖品的主角正是摩揭陀国千年之前神秘消失的钻石。

Jack带着小光和诺敏来到迪拜，在迪拜做生意的中国富商好友Jonathan

帮助下，成功拍下钻石，同时，小光和诺敏找到了正逍遥等待拍卖结果的李琼斯。李琼斯从诺敏口中得知，失去钻石让Jack为他背上了盗窃文物的黑锅，心怀愧疚。在酒店保安的护送下，Jonathan和Jack带着钻石离开拍卖会。兰德尔半路杀出，夺走钻石。情急之下，Jack跳上一辆客人的豪华四驱车，小光、诺敏和李琼斯跳上酒店客人刚停下的名贵超跑追赶兰德尔……紧张的追逐中，Jack发现自己车后座竟有一头非洲雄狮，Jack一边躲避狮子，一边继续追赶兰德尔的车队。Jack和李琼斯合力抢回钻石之际，Ashmita骑着摩托车赶来把钻石从李琼斯手中夺走了。兰德尔在警方的重重包围下依然逃脱。

Jack、小光、诺敏和李琼斯只好前往印度寻找Ashmita。他们发现，原来Ashmita的身份是假的，真正的皇宫博物馆博士其实是个老妇人。老妇人就是Ashmita的姑姑，她带领Jack等人来到了Ashmita家。

Ashmita和Kyra请求Jack帮助他们打开国家宝藏之门，并答应事成之后便将钻石归还Jack。Jack发现庵摩罗庙的构造和天文紧密相关，开启宝藏之门的秘密很有可能和天文星宿有关，于是，他派Kyra、李琼斯、小光和诺敏前往寻找一本有关建筑和天文的古书。四位年轻人出色地完成了任务，可Kyra和李琼斯却在归途中被兰德尔的手下劫持。

为了救出Ashmita和李琼斯，Jack带着钻石来到兰德尔的私人动物园交换

人质，兰德尔却胁迫Jack帮他打开宝藏，不然就把Kyra和李琼斯喂土狼。百般无奈的Jack和Ashmita只好带领兰德尔及雇佣兵前往圣山庵摩罗庙。与此同时，小光潜入兰德尔大本营，经过一场机智、勇敢、紧张刺激的人与土狼大战，最终救出了李琼斯与Kyra。

Jack等人来到庵摩罗庙中，发现了通过折射的光束打开宝藏之门的方法。宝藏大门打开，兰德尔见财起意，要把Jack等人灭口。

双方发生了打斗。李琼斯、Kyra和诺敏及时赶来，加入战斗。Jack和Ashmita联手，重现千年之前，中国功夫和印度瑜伽古武术联手抗敌的生死之战。最终打败了兰德尔及其雇佣兵。Jack和Ashmita等人成功保护了摩揭陀国国家宝藏。

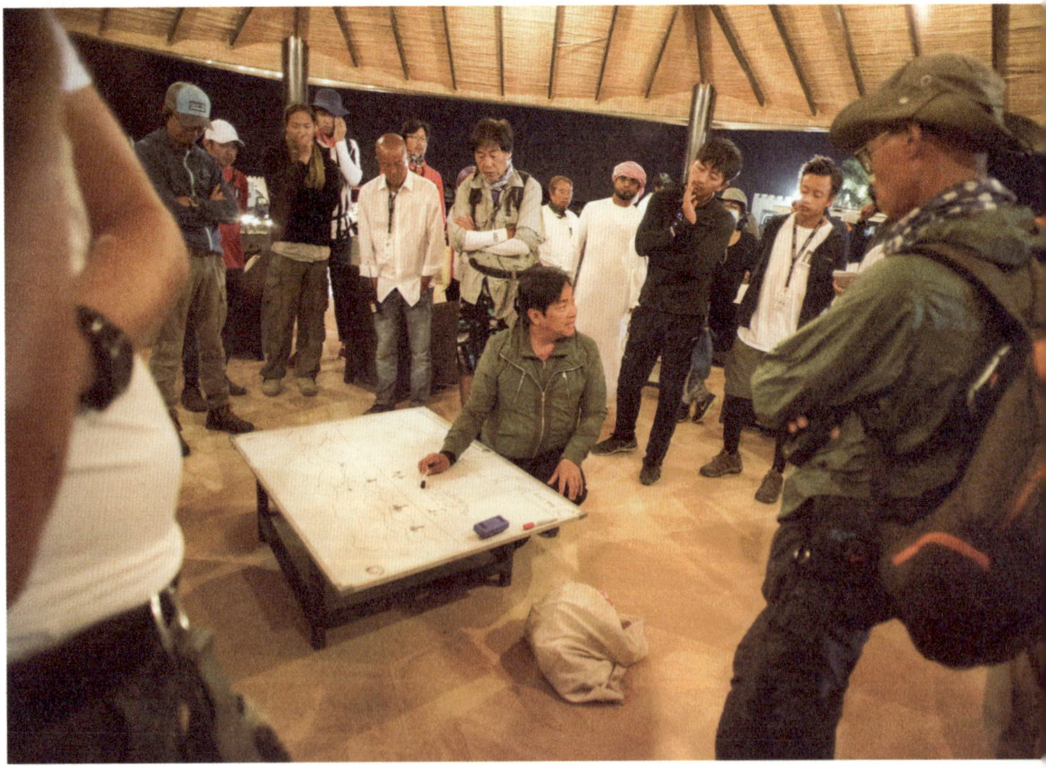

《功夫瑜伽》是唐季礼与成龙自2005年《神话》之后再度携手。影片的诞生依托于“一带一路”的文化政策，拍摄过程辗转中国、印度、迪拜、冰岛等多国进行取景，并汇聚了中印众多当红明星，筹备及拍摄历时三年，得到了中印两国电影人士及影迷的广泛关注。《功夫瑜伽》也是自2005年《神话》之后，唐季礼再次亲自出任导演（之前很长一段时间，他都只担任监制）。有人看他这么多年不做导演，以为他是“江郎才尽”，其实是因为他的理想是打造国际化的全产业链。实际上，他的理想正在逐步实现。而且，尽管唐季礼手握很多在业内人士看来非常值钱的“大IP”，可以去做《红番区》续集、《神话》续集，但他更喜欢挑战自己，喜欢原创。此次拍摄《功夫瑜伽》，有人以为是《神话2》，其实创作《功夫瑜伽》是因为他对印度历史的熟悉，以及对中印之间文化交流的浓厚兴趣，是部完全原创的作品，与《神话》并无关联。其中，功夫代表中国的传统文化，瑜伽则是一种精神，除了修心养性与自我提升，他更着力于表现乐观快乐、互助互爱的瑜伽精神以及“发现自己、世界与自然三者合为一体”哲学观点。在《功夫瑜伽》后期制作完成后，2016年11月12日，成龙将被授予奥斯卡终身成就奖，成为首位获得奥斯卡终身成就奖的华人。消息一公布，便引来媒体和网友的热议，感慨成龙从影四十余年，参演上百部电影，为无数海内外观众带来欢乐，在动作喜剧类型上从未遇到过对手，这使得《功夫瑜伽》更令人期待。

《功夫瑜伽》里除了功夫喜剧和探险搞怪，异国风情也是绝对看点，在印度巷口变戏法，和印度贵族斗舞；在迪拜街头和土豪飙车；在冰岛探冰穴，潜冰洞，滑冰梯……片中大量印度歌舞场面引人注目，成龙为影片拍摄特地学习了瑜伽和印度舞，上演不少“风情万种”的舞蹈片段。

除了游遍全世界的故事背景，《功夫瑜伽》的演员阵容也相当国际化。近年来颇具人气的李治廷在片中有着上佳的表现，唐季礼说，“从李治廷身上，我看到了二十五年前第一次跟成龙合作时的影子，他很拼也很敬业，大部分

动作场面都坚持亲身上阵，受了不少伤，成龙也很乐意提点他，我从他们两人身上看到了中国武术一代传一代的传承精神，也看到了新的功夫演员接班人的诞生。”除了李治廷和张艺兴，影片还吸引了印度宝莱坞明星索奴 · 苏德和迪莎 · 帕塔尼。索奴 · 苏德是印度家喻户晓的实力派演员，因俊朗帅气的外貌有“印度刘德华”之称，曾出演过六十多部印度电影，塑造了许多令人印象深刻的银幕形象。更凭借在《青春》《恶灵古堡》《因为太爱你》等片中的精彩表演，获宝莱坞广泛赞誉。迪莎 · 帕塔尼是 2013 届印度小姐比赛的亚军，也是宝莱坞超人气新星。

说起参与《功夫瑜伽》的契机，几位印度演员纷纷表示自己是成龙的粉丝。索奴 · 苏德更透露当得知自己要出演成龙的电影时，激动地告诉了自己的父亲，“我父亲也为我感到骄傲，完全是梦想成真的感觉。”

值得一提的是，剧中此次迪拜拍摄，得到了阿联酋亲王、阿

右为阿联酋亲王 Sheikh Al Mur Bin Juma Al Maktoum

联酋王子、阿联酋电影委员会、迪拜旅游局、迪拜警察局等鼎力支持与配合，相关部门协调封桥、封路，对拍摄所需场地全线开绿灯，配合程度可谓空前。其实在《功夫瑜伽》最早的策划中，并没有在迪拜拍摄的计划。有一次阿联酋的亲王，也是唐季礼的好友 Sheikh Al Mur Bin Juma Al Maktoum 来中国时，唐季礼跟他聊到自己的新片。亲王问他，你为什么不去迪拜拍？接着，他力邀请唐季礼去迪拜，并亲自带唐季礼到迪拜及周边考察。从迪拜回来，唐季礼就着手修改剧本，并把其中很重要的戏份改在了迪拜。随着影片上映，再度引发迪拜旅游热。

片中迪拜豪车追逐一场戏最为夺人眼球，为追求更酷炫真实的视觉奇观，拍摄动用了六十九辆价值两亿人民币的豪车，组建了电影史上最奢华的追车阵容，这使得拍摄过程本身堪比一场精彩刺激的赛车总动员。其中有全球限量版的布加迪威龙、兰博基尼、法拉利、迈凯伦、悍马以及英菲尼迪等，还有全球仅此一辆的 Devel Sixteen，很多都是从阿联酋王室借来。影片中，成龙还带了一只狮子一起飙车，这只威风凛凛的雄狮在片中与成龙表情“神同步”，既惊险又逗趣，令人捧腹不已。这些宠物的来头也相当大：雄狮来自阿联酋公主的宠物，电影中出现的鹰、骆驼、眼镜蛇，很多都是阿联酋亲王的宠物。

拍摄过程中，这些豪车都有不同程度的损伤。尤其那辆布加迪威龙全球限量版是从阿联酋王子那里借来，价值不菲。有一天拍了整天的飙车戏收工，大家都筋疲力尽，特技演员更是如此，结果开布加迪的那位因为太累，倒车时“咣当”一声把车撞了，而且撞得不轻。大家都傻眼了，特技演员更是吓得不轻，谁都知道这部车贵，修车肯定是一大笔钱。唐季礼对制片说，不管多贵，赔！没多时，阿联酋王子派人来到现场看了下被撞的部位，给王子打了个电话，对制片说，王子说不用赔，这车我们自己处理；王子还说把另一辆限量版借给你们继续用。另一辆车开来一看，虽是同款，但颜色不同，之前那部车是黄色。于是王子让人把蓝色的同款车贴上黄膜。

《功夫瑜伽》的创作和拍摄过程让唐季礼觉得非常享受。他感慨：“这是从影以来拍摄的最大预算的制作。感恩中国电影市场的发展让我们当编剧当导演的能有更好更大的创作空间。多年来一些创意都因整体预算不足而不能在同一部影片中体现。好在这些夙愿终于在《功夫瑜伽》中实现。我超满意迪拜外景部分的拍摄。没想到一切都那么顺利。”尤其，此番拍摄台前幕后的工作成员来自全球各地，在拍摄现场能够听到各种语言。而且，拍摄过程中还有很多动物参与演出，加上电影中飞车、打斗，以及成龙式的经典幽默，很多段落设计新意迭出，极尽渲染，营造出极富视听感官冲击力的影像奇观。

不过，他同时也感慨成龙电影越来越不好拍，因为现在的观众见多识广，对电影有着更高的要求与期待。以前一部电影要有五个高潮打斗段落，现在七个精彩段落也未必够用。这种期待值也是激励电影人不断创新的动力所在。

拍摄《功夫瑜伽》时唐季礼体会到，最珍贵的艺术宝藏，巧夺天工的文化艺术，大多与宗教有关，源于一种虔诚与热忱。这些年他也亲身感受、亲眼看到了大量资本进入电影业后，一些电影人的狂热。在谈论电影时很多人更热衷谈论 A 轮融资、B 轮融资、C 轮对赌，如果这么下去，不专心做好艺术，电影业的发展令人堪忧。因此，唐季礼更希望踏踏实实做好手里的作品，正如在《功夫瑜伽》里所说：Passion（激情）、Dedication（奉献）、Devotion（忠诚），他觉得电影人应该把这种精神放在工作里，做好内容，拍好电影，让作品说话。

值得一提的是，与《功夫瑜伽》同时排片春节档期的还有周星驰监制、徐克导演，吴亦凡等出演的《西游伏妖篇》和王宝强导演的《大闹天竺》。上映前三天，《功夫瑜伽》的排片和票房都不及前两部，此后凭借良好的口碑，精良的制作，以及老少咸宜、幽默风趣的内容，被媒体称为票房黑马，一路逆袭，国内票房最终以 17.6 亿收官，成为 2017 春节档票房冠军。此外，《功夫瑜伽》在海外上映也大获成功：在印度、菲律宾夺得首周票房冠军，在新加坡、马来西亚获得鸡年贺岁中文电影票房冠军，并在马来西亚打破《十二生肖》及成龙电影在当地的票房纪录。电影中，在迪拜飙豪车、呆萌豪宠、异域风情都给观众留下了深刻印象。电影在阿联酋上映时，也得到了当地观众诸多好评，更夺得当地首周票房冠军。

2017 年 6 月 25 日，为表彰唐季礼对中印文化交流的大力推动，以及重要贡献、深远影响，印度驻沪总领事古光明先生授予唐季礼中印文化交流荣誉证书。古光明表示："唐季礼导演的《神话》以及《功夫瑜伽》在印度非常受欢迎，具有广泛影响力并且深受印度人民的喜爱。成为中印交流中重要的文化符号。"

3

【致力『礼想』电影世界】

怀揣理想　勇于挑战

认识唐季礼的人都对他谦谦君子的儒雅风度、良好的学识修养、做事的负责拼搏，以及强烈的爱国情怀印象深刻。

唐季礼是一个始终怀揣理想的人，有时会被认为是理想主义者。从他开始能够自主选择、自主决定命运的时候，他的每一次人生选择，在别人看来都不可思议，但他很清楚，自己的每一次选择，都是离梦想更近一步。

在加拿大留学时，他放弃了不喜欢的土木工程专业，回到香港进入电影圈。因为外形帅气又会功夫，他本来有机会去当演员做明星，一段时间以后，他觉得自己性格腼腆不擅交际，面对镜头常常会觉得尴尬、别扭（当导演成名后，一些媒体给他拍封面照，他依然会觉得很不自然），更不习惯面对各种应酬，于是转而做幕后，从最基层的替身演员和龙虎武师做起。后来场记、武指、编剧、制片、执行导演、导演等一路走来，不断学习，他对影视制作的各个环节都谙熟于心。也正因此，一口气拍完《超级警察》《红番区》《简单任务》，每一部都破了中国港台、东南亚乃至中国内地的票房纪录并成功打入国际市场。刚刚三十出头，唐季礼已经成为香港炙手可热的国际大导演，片酬也迅速晋升当时港台导演最高之列，片约不断。就在一片美好前景与"钱景"等着他时，他却做出了让很多人不能理解的决定——去好莱坞学习制片制作、发行管理经验及特效技术。

在好莱坞的短短几年，拍迪士尼的电影《脱线先生》和 CBS 电视剧《过江龙》时，因为有了前三部打开国际市场的作品为基础，他的单片片酬已高达二百三十五万美元，外加丰厚可观的分红，而且这两部作品都拿了国际大奖。这时，他选择放弃在好莱坞优厚的待遇，回到中国内地发展文化产业。

从美国回到中国，只因了时任国家外经贸部副部长龙永图对他讲的一句话：国家需要你这样的双语专业人才，学习在国外，发展回中国！

于是他怀着满腔热情，抱着对祖国的热爱，放弃在美国的优越条件、丰厚报酬和永久居留权到上海定居。他期望以自己多年所学，以及多年积累的在影视制作、发行、经营、运作等领域的经验，为祖国影视产业的发展尽心尽力。

因为在影视界的特殊贡献以及良好口碑，2004 年，唐季礼被推选为香港演艺人协会副会长并连任至今，2005 年被香港金像奖协会推选为副主席。

几度挫折 不忘初衷

十多年前认识唐季礼的时候，他从美国回到大陆不久。因为当时大陆电影市场鱼龙混杂、机制不健全，他又是一个在加拿大长大的香港人，投资的项目要么因人生地不熟缺少"关系"四处碰壁，要么项目虽然成功，他本人却被人骗，非但没拿到应有的回报，连个人投资的本金也无法收回。他开始意识到，在内地发展就得想办法了解、理解内地人的思维，但合作的同时，又不能被他们的思想和工作态度同化，要融合自己的理念和内地人的思维模式。尽管困难重重，唐季礼仍然坚持着，他认为人生就像一场关于自己的电影，有起承转合，有潮起潮落，只看你怎么去面对。

他满怀信心地在很多场合谈及要在内地发展产学研一条龙的影视文化产业基地，打造中国影视文化产业的全产业链，构建一个集电影、电视剧、动漫、游戏等文化产品的创作、拍摄及后期制作、后续产品研发于一体的现代化影视文化产业孵化基地，积极推动影视文化"走出去"，推动中国影视文化产业的新发展。

在一次电影高端论坛中他谈了几个观点，也是他的目标，认为中国电影应该紧紧抓住几个重要环节：首先要抓住影视文化项目的投融资和发行环节，充分强化产业链的重点、节点，这样才能保证影视文化项目立于市场化竞争的优势地位。再者，他认为中国影视文化产业的发展要大力培养和扶持专业性、复合性双语人才，特别是影视编剧、导演、美术等专业化人才，这样才能在较短的时间内形成影视文化创作群体的优质扩展，为中国影视"走出去"积累有用人才。此外，中国影视文化产业的发展要依靠高新科技来支撑，吸收和利用国内外最新的前沿科技应用于影视产业的发展之中，这样才能立于不败之地；影视版权保护与后续产品开发是非常重要的环节，在现代影视文化产业的发展中不注重这个环节，将在市场上失去巨大的项目收益。以前我们在这个环节失去了太多，只有在未来发展的影视文化产品中加大这方面的开发和制作，真正使中国的影视文化产品不但在播出、放映上收回投资，还将在版权收益和后续产品研发上得到巨大的收益，才能建立真正健全的影视文化产业全产业链……

十多年前，无论大陆还是港台电影市场都是一片低迷，当时听他讲自己的这些人生宏伟规划，一些人感觉像天方夜谭般不切实际。现在看来，他其实眼光长远，意识非常超前。

据笔者所知，这十几年为了实现人生目标，他几度碰壁，几许挫折，但始终没有气馁，只是把这些都当作必经的人生经历，甚至很少对外人提及。现在，他成功打造了包括上海华大影业有限公司、中影国际电影集团、“礼想境界”系列公司、大成武艺文化传播有限公司等在内的产业集团。甚至他十年前预言的，中国电影市场终将成为全球最大的市场，也正在渐渐成为现实。他的中影国际有个“周周看”，由专门的工作人员为他搜集每周的行业信息以及相关政策汇总；他旗下的影城每个月都会对上映的电影进行大数据分析，这些数据对他决定下一步投拍什么样的影视剧作品起着重要参考，也决定了他的影视基金的投放。此外，他只要一有空就会去看电影，既是了解行业动向，更是去现场看观众的反应，因为作为制作人，一定要对市场了然于胸……

对在圈子里打拼多年的唐季礼来说，每件事都是大挑战，无论监制小片还是大片，乃至做国际电影城，能否做成、做好，都有很多变数，“可我的原则是，一旦定下一个愿望、一个目标，就会想办法去完成，会身体力行去执行。无论遇到什么挫败，我都不会放弃，一定要把它做好做成，这就是我的性格。”

良好素养　造就成功

综观唐季礼的成功，其实在很多地方都可见端倪。

唐季礼身手很好，还曾开办过武术学校。很多人见到他都会问：“唐先生您现在系的是什么带？”他诙谐地回答，“我系的是皮带。”在唐季礼看来，中国武术没有段带之说，只是强身健体，最多是为了防御而非攻击。无论你学了什么招数，或达到何种程度，都没有必要也不是为了去卖弄自己的身手，以此来告诉别人你有多厉害多优秀。他认为，那样看待武术，不仅违背武术精神，也是对武术的亵渎。一个真正的武术高手完全没必要刻意让自己看上去像所谓武术大师，大隐隐于市，只要一言一行都保持应有的风度就好。做人亦是如此。

在影视圈，一些导演一到拍片时就会变得脾气暴躁，遇到不顺就劈头盖脸地骂人。但与唐季礼共事过、跟他一起拍过片的人都知道，他脾气好，性格温和，在片场无论出现什么情况，从没爆过粗口，更没有骂过人，平时更是如此。即便遇到很生气的情况，他说话的语调依然是慢条斯理，脑子里去想应该怎么解决问题。他说，人家说我没脾气，我确实不会骂人。因为我干武行的时候见到一些大导演，著名武术指导，每次都要骂人骂到祖宗十八代才开工，我觉得不应该这样。别人来工作，遇到不懂的地方你应该教他而不是骂他们；你既然请他，就有责任帮助他完成那个工作。每个人都是平等的，别人犯了错误已经很难过了，如果这时再去说他甚至骂他不仅于事无补，还会让对方更伤心难过，没有必要。

在拍《红番区》时，唐季礼的副导演很卖力，可是经验不够，有时做事跟不上节奏。或许是从前跟别人拍戏被骂习惯了，他每次跟唐季礼报告什么地方做错了，接下来就好像在等着挨骂的样子。让他意外的是，导演从没骂过他。每次拍完一段戏他就问：导演，你觉得我的表现怎么样呢？唐季礼跟他讲，其实你不需要总问我，你什么事情做好了、什么事情没做好自己心里有数就行。这个副导演从此记住了这句话，以后更加积极认真地做每一件事。

在拍《超级计划》时，有个演员迟到了四个小时，唐季礼很不高兴，因为那场戏一定要那天拍完。他很懊恼地坐在片场沉着脸一言不发，心里想着怎么改剧本，镜头怎么样重新剪接才能把这场戏接上。其他的工作人员都吓得不敢说话，只有剧组的茶水阿姨拿着毛巾一直在说，“导演拿毛巾擦擦脸，导演喝喝茶，要不要水果。”唐季礼心里虽很焦急，仍很礼貌、和气地微笑着回答不要。阿姨突然又过来问，“导演，我看你没生气嘛。摄影师说了，导演今天没笑容，没出声，大家要好好做。”唐季礼当时很感动，他觉得工作人员都很尊重自己、为自己着想，更加没有必要以骂人来树立自己的权威。剧组每个工作人员都是专业人士，不用骂。更何况人是有羞耻心的，你当众骂一个人，他该有多尴尬多下不来台？将心比心，人家当众这样骂你，你会多难受，不如想怎么样把这个事情做好，怎么好好教他们。

他说，这是我做导演的经验，也是父亲常常教导的，“锐气藏于胸，和气浮于面，才气见于事，义气施于人”。正如他公司的员工以及剧组的工作人员说的那样，唐导也是有脾气的人，他不高兴时沉下脸来也很吓人，他从不骂人是因为他修养太好。

唐季礼的修养还表现在很多细枝末节的小事上。比如2013年他开通微博，虽然发的不算多，但有时间就会上去看看，而且只要时间允许，就会亲自回复很多网友的提问、跟网友聊天，甚至去做“知心大哥”，而不是交给助理打理。他觉得，尊重是相互的，回复本身也是对别人的尊重与礼貌。

摘录一些，比如：

作为评委主席参加2017年第二十届上海国际电影节举行的成龙动作电影周之夜，与曾志伟在一起

回复@怪脾气粉纸___JoJo：回复问题是对大家的尊重，你们关心我也是对我的尊重。一般我是在车上或在旅途中看微博回信的。//@怪脾气粉纸___JoJo：唐导：很想问您一个问题，您平时工作安排的时间已经很紧了，为什么还愿意抽出时间与我们粉丝沟通，甚至经常回复粉丝的留言？

回复@刘如霜：因为电影工作的关系，让我走遍五大洲，和很多不同国家文化背景的人交流、交往和工作，让我见多识广。慢慢实现我儿时想带着母亲环游世界的愿望。我人生的剧本很丰富多彩，珍惜，感激！//@刘如霜：还想请教您一个问题，作为导演应该具备哪些素质？到如今，您人生最大的收获是什么。

回复@潜龙在天：国家大力发展文化产业，未来影视业前景美好，需要很多人才，竞争虽然激烈。有心、有自信、有方向、有计划就义无反顾去执行才能实现梦想。这是我走过的路供参考，心想而实不行！没戏！//@潜龙在天：对于我来说，我很喜欢电影，所以也很敬佩你！如果有机会，我也想从事电影一行。

回复@视觉系－珊珊：我听不懂，什么是打酱油//@视觉系－珊珊：那时候您也在宁波的啊……哎哟……早知道去打酱油了……

回复@海公主_维卿：祝福你给机会自己迎接更好的未来。//@海公主_维卿：唐导，我今天做了一个决定，放弃了一直不喜欢自己的人，我尽力了也无憾了。我决定放下他，重新开始。祝福我吧。

回复@我叫屈斌：不会，每个人都有言论自由，但应该尊重别人，不清楚不乱说。与人为善！有空多交流//@我叫屈斌：唐导，如果有话说错了请谅解，粉丝都是亲妈心态，希望你们的事业都好。

回复@稀有空气：拳道之大，为民族精神之需要，学术之国本，在修正人心，抒发感情，改造生理，发挥潜能，使学者神明体健，固不专重技击一端。一般拳家，尚形式、重方法，讲求蛮力之增进而操各项激烈运动、其神经、肢体、器官、筋肉受其摧残而致颓废。切勿误传误受，自以为得意！//@稀有空气：练功夫最重要的是什么？

唐季礼的修养还表现在他对人对事的宽容大度，凡事换位思考，总是从别人的角度考虑及处理问题。拍《魔域飞龙》时，一个相识多年的朋友也想进剧组学习。在印尼拍摄时，条件非常艰苦，剧组很多人陆续离去，那个朋友也不顾他的请求和当时的状况断然离开。事后唐季礼非但没有怪那个朋友，还不断从自己身上找原因，他觉得自己那个时候其实是在如父亲所说挑战力所不能及，想在这条路上走得更远，影片选择的拍摄地各方面条件的确很差，而自己尚属起步阶段，能够给大家提供的条件也有限。而从朋友的角度来讲，确实没有必要陪自己吃苦，所以，朋友当时的做法完全可以理解。在得到机会拍《超级警察》后，他又把那个朋友请来。现在，那个朋友仍在帮唐季礼做事。

生活简单 热爱美食

作为著名导演、多家影业集团的老板，唐季礼的生活很简单，烟酒不沾，不会打麻将，不好泡夜店。大多数时候，他的时间排得很满，工作之余，他更喜欢多一点时间陪家人，安安静静地写书法、读书、思考。虽身处演艺圈，对穿着他觉得适合自己、得体就好，几乎很少花大价钱去买那些奢侈品牌的服装。他的衣服很多都是自己设计样式画好图纸，让人帮助量好尺寸，然后去那些提供定制服务的小店选布料做，往往一身看上去非常时尚精致有型的衣服才只要八九百块，算得上相当"节俭"。

前不久在上海见到他，他穿一件灰色棉质帽衫，上面印着"过江龙剧组"。他在美国拍《过江龙》是 1998 年前后，算起来已经过去近二十年了。我问他，这件衣服是那时候的吗？他有点小得意地说，是啊，我很喜欢，穿着很舒服。你看，质量真好，穿了这么多年也没坏。而最近几次见他，他都穿着《功夫瑜伽》剧组的"组服"。

不过，唐季礼对吃十分讲究，而且绝对重视，是个地道"吃货"。他吃饭很认真也很享受，但并不铺张浪费，在他看来，只有吃好了才有精力做事，美食是美好生活的重要组成。最爱的当然是粤菜，他曾说，"粤菜是我一周可以吃五天的；日本菜，一周可能只能吃两天；韩国菜一周只能吃一天；西餐可能两周才能吃一餐。"每到一个新的地方，不管是短期出差还是长期拍片，他首先会找到家好吃的馆子才算安心。

只要有时间，他喜欢亲自下厨，并且有几道菜非常拿手：唐氏鸡翅、酥

与好友梁玉鹏一起开连锁餐厅“丹桂轩”，二人认识四十多年，合作二十多年，从未红过脸

炸排骨、虾球、蒸鱼、唐氏沙拉、唐氏炒饭、红烧猪尾、养颜猪蹄、乌鸡咸肉煲、酱香鸡脚等，广式老火养身靓汤更是不在话下，这一身绝活主要是源自家传。在唐季礼的记忆中，因为唐家是个大家庭，妈妈自从结婚后从未出去工作过，每天要张罗一大家子人的饭菜。当时父亲开有南货店，主要经营鲍鱼燕窝鱼翅花菇等干货，妈妈常常就地取材煮给他们吃。唐焕庭还经常带太太出去吃饭，去那些口碑特别好的餐厅，逢招牌菜必点。有一次唐妈妈嗔怪道，你总是带我出来吃饭，花那么多钱干什么！唐焕庭半开玩笑地说，你菜烧得那么好，吃一次你就懂回去怎么烧，当然要多带你出来吃了。确实如此，唐妈妈做菜十分讲究，而且花样繁多，每天都会做一大桌菜，每顿都要煲汤喝，唐季礼至今说起来都是一脸孩子般的幸福。

1995 年父亲去世后，妈妈跟着哥哥妹妹一起移民，那时通常每年会回来两次，一次是 4 月 7 日唐季礼生日，一次就是每年 10 月左右大闸蟹上市前后——妈妈和他都酷爱大闸蟹。因为很难得再吃到妈妈煮的菜，有时实在馋了，他就会采买来各种食材，边下厨边打电话给妈妈，讨教每道菜的做法。每年妈妈过来看他时，他更是抓紧时机做菜，让妈妈现场指导，加上当年加拿大留学时在餐馆打工练就的基本功，他的手艺越来越好，唐氏私房菜也是声名在外。现在每年春节去看望妈妈和兄弟姐妹们时，常常是他下厨做一大桌子菜，看到一大家人团聚在一起吃着自己精心烹制的美味佳肴，唐季礼感到格外心满意足。

因为爱吃，也爱做给朋友们吃，在外拍戏时，他一定让剧组准备一套炊具，这边开始准备拍摄，那边老汤也已经下锅。大家休息的时候，他会抓紧时间去旁边的简易厨房炖一锅猪手、炸点排骨、蒸条鱼、红烧鸡翅……凡是吃过他烧的菜的人都赞不绝口，确实每一道都非常美味。唐季礼的剧组里从演员到工作人员通常来自世界各地，像个小型联合国。每当唐导烧菜，剧组里老外也都赶忙过来吃，有的一边吃一边请教做法，还虔诚地做着记录。通常这种时候，唐季礼会特别认真地一步步给人讲解，绝不会“留一手”。因为向他请教厨艺的人太多，他特意把自己几道拿手菜的做法制作成 PPT，朋友再问起来，不仅面授机宜，还有 PPT 可供参考。也因为爱吃，更会做好吃的，他结交了不少朋友。其中有一位是阿联酋的王室成员、阿联酋亲王 Sheikh Al Mur Bin Juma Al Maktoum。亲王在上海时曾在唐季礼家吃过他亲自下厨做的家宴，从此念念不忘。后来唐季礼去迪拜拍《功夫瑜伽》时，他还特意在家中宴请唐季礼，这也是阿联酋王室的最高礼遇。

在拍《功夫瑜伽》的时候，剧组里请了个负责打扫的阿姨，拍片间隙只要唐季礼有空就亲自下厨请大家吃饭，阿姨也会跟着打个下手。不过，这个阿姨很用心，及至电影杀青，阿姨直接回老家开了个餐厅，招牌菜都是跟唐导偷艺的唐氏拿手菜。

因为爱吃，唐季礼在香港、北京、深圳、云南等很多地方投资餐厅。他对餐厅的品质要求很高，食材要好、口味要好，环境要好，卫生更是严格到苛刻，所以他的餐厅一到用餐高峰往往很难订到位。他朋友多，常常会在饭点接到熟的不熟的朋友的电话：我们在你店里吃饭，你在不在？或者是我在你的店里，人太多等不到位怎么办？于是他就好好先生地说：我来安排，你们好好吃，记我账上……这些人情账算起来每个月都是笔不小的数字。不过他觉得，只要朋友们开心，这些都是应该的。更何况餐厅个个都赚钱，多点少点没什么关系。他还想再开一家机器人餐厅，只卖他的拿手菜。因为对自己厨艺的自信，他笑言我只用好的食材，只做唐氏私房菜，到时候又有好吃的，又有好的电影看，生意不要太好。

在云南景泰村拍《神话》的时候，有次在一家常去的餐厅吃饭，有人不习惯那边的饮食没有胃口，唐季礼当即说要给大家添个菜，于是去厨房下厨现做了一道家传的“唐氏鸡翅”。他做的时候，餐厅所有厨师都围在旁边“观摩”。等第二天收工再去那家餐厅吃饭，就看见餐牌多了道菜，上书几个醒目大字“特别推荐：唐氏鸡翅”。

因“唐氏鸡翅”声名在外，微博上有网友问及此事，唐季礼详细地回复了唐氏鸡翅（唐妈妈传授）的“秘方”：将鸡翅用上等蚝油腌制一小时以上，用姜和蒜片爆香油锅（少油，一汤匙左右），鸡翅入锅，颠锅约三十秒，加少量料酒，然后加温水盖过一半鸡翅——十支鸡中翅为准——加老抽一汤匙，生抽半汤匙，加冰糖一小片，盖上锅盖，中火煮五分钟，待酱汁起泡，开锅盖，小火收汁三分钟，即可享用。他甚至还为此特意上传一张自己手写的说明，上面写着各种注意事项，可见他对人对事之认真。

2016年年底，唐季礼获得著名的“爱斯克菲国际厨皇美食会”（Escoffier Society International）授予的“美食博士”以及“酒店餐饮界教父”称号。这个称号是为了奖掖他旗下的餐厅多年来一直使用上等食材，为顾客提供如艺术品般精致的美食和优美的环境，为餐饮业的发展提供很好的范本；亦为表彰他多年来在餐饮业的投入，为社会提供了诸多就业机会。

良好的素养也体现在他对家人朋友的情真意重，以及处处为别人着想，急他人所急。有一次几位朋友和他约好从北京去上海看他，头天早上，他接到一个亲戚的电话，请他帮忙当天晚上去江西某地参加一个酒会，那个亲戚生意上遇到点问题，想借助他的名气和影响力拿下一笔较大的生意订单。唐季礼有些为难，他既不想麻烦朋友们改签机票和酒店，又想帮亲戚这个忙。他查了下，上海到亲戚所在的那个地方没有直达飞机，于是立刻和司机一起开了八个小时的车赶到那里参加酒会。酒会一结束，他又立刻开车连夜返回上海，以便赶上第二天同朋友们的见面。因为自己车技好，又怕司机犯困不能及时赶回，一路上大多时候都是他在开车，仅仅是在快到的时候睡了一个小时。

那天回到上海他累极了，但还是打起精神跟朋友们谈笑风生，并且向朋友在美国学电影的女儿传授了很多自己多年拍电影的心得。大家一起吃完午饭，他累得实在顶不住了说，我太困了，现在必须要回去睡一觉。

唐季礼把这种为人处世方式归为“珍惜”。他觉得，人的一生，“你一个人来，一个人走，父母、兄弟、同学、同事、爱人跟儿女，都是你人生历程的不同时期、不同缘分。他们在不同时期跟你走得很近，也在不同时期离开你，生离死别、吵架、毕业、移民、意见不合、转业，都会分开。所以我会很珍惜每一段缘分，我珍惜我的家人、同学、同事、恋人、事业。”正是因为珍惜，他觉得，应该善待身边的每一个人，能走到一起，都是因着一种缘分。

3 出口
2 出口

唐季礼与成龙大哥被称为"黄金搭档"，两人同一天生日，合作多年，在一起时十分默契也格外放松：勘景时一起晨练、候机时运功切磋，连开工作会议时都不忘搭上架势，让人忍俊不禁

赠人玫瑰 手有余香

为人谦虚平和是唐季礼严格、良好家教的体现。虽然成名早，名气大，尤其身处在外人看来充满功利、虚荣的娱乐圈，可他身上丝毫没有国际大导演和影业公司大老板的架子，更不会耍大牌。很多演员都希望有机会拍他的戏，而他在每部作品完工时，都会谦和地、发自内心地对那些不论是在他戏里演主角还是配角，或者只是客串的明星们，用他那很有特点的香港普通话说：谢谢你能给机会，让我拍你的戏！

他做事喜欢亲力亲为，即便是已经成立了自己的电影集团，拍戏大多时候只是做监制，但只要有时间他就会去片场，不管是导演、编剧，乃至场记、灯光，都得到过他面授机宜和专业指点。他觉得自己一路走来得到太多人的帮助与恩惠，推己及人，希望自己也能有机会把自己的经验分享给更多的人。

赠人玫瑰，手有余香，唐季礼很享受帮助他人的感觉。他还特别喜欢扶持、提携年轻人，尽可能给他们提供机会。在他的剧组里，大多编剧都是“80后”，甚至还有“90后”，他认为，只有年轻一代起来了，中国电影市场才会真正健康可持续发展。

他导演的影视剧里，每每有危险的动作场面，他都要亲自上阵试做示范，才会让演员做。他把自己试做时的体会，怎么做更安全，如何着力才能防止受伤，不厌其烦地讲给演员听。遇到把握不大的，干脆自己上场当替身。为此，他曾无数次受伤，但每次媒体宣传时他从不主动提及，而是把功劳通通归到演员身上，被称为肯吃亏的导演。

习武多年的经历，给了唐季礼与众不同的男人魅力。“习武，艺高人胆大，自己本身有一定武功的时候，做事不会害怕，能练胆量。做男人就要勇敢面对事情，有底气才能勇敢面对。另外，习武对我做事有很大帮助，拍戏每天十六到十八个小时工作，年轻同事都受不了，我早晚班天天在现场都很精神，就是习武练出来的身体。周华健、张学友是我同学，可能我的身体状况都比他们好。现在我还能跟那些二十三四岁的武术冠军对抗，比他们年长三十岁，还打不过我呢。”确实如此，格斗是他的强项，如今每次来北京，他都会去教国家散打冠军队。很多太极拳冠军、泰拳冠军、世界自由搏击冠军，以及中国第一个女子 MMA 冠军，都是他的徒弟。

因为管理着好几个集团公司，唐季礼每天的工作更加繁忙，也更加芜杂。工作之余，他的生活很规律，除工作外，他喜欢跟朋友煮煮饭，打打台球，游游泳，有空就写写字，练功也是每天必不可少的项目。对未来生活，唐季礼一直有自己的梦想，“小时候觉得我会有跑车，会住别墅，后来觉得会有学校、影城、电影院、餐厅……每个我想的东西，都会去努力实现。”现在，已过知天命之年的唐季礼还在为梦想继续奋斗，“现在正是我的开始，我一直在安慰自己，邵逸夫——我第一个老板，六十岁才建立邵氏影城，七十岁才建立 TVB；我已经做了三十多年，所以我觉得自己至少还有三十年时间可做。退休我没想过，我体力、精力各方面依然处在最佳状态。”

自尊自信　勇于拼搏

唐季礼的电影里塑造的人物性格大多是自尊自信、勇于拼搏，尤其是通过人物传达的不畏强暴、不惧强权，以及强烈的爱国情怀，实际上就是他自己性格的折射。

在加拿大读书时，他时刻牢记“We are Chinese”，替中国同学打抱不平，去教训人高马大的加拿大学生；在美国拍片，他签的合同都会附上特别条款，要求剧中不能有任何侮辱华人、侮辱中国的情节；回到大陆发展，是因为在他看来，香港人、大陆人都是中国人，本来就是一家人不该分彼此，本就该相互支持共同进步。

唐季礼认为，如果观众喜欢你的作品，看的时候很开心，在开心后会潜移默化地接受这样一群人，接受这样的英雄，并且由衷地为此感到自豪。所以，唐季礼从一开始就执迷于警匪动作片，其中尤以与成龙合作的“警察故事”系列为代表。他对警察情有独钟，缘于他不仅把电影看作是娱乐的商品，更看作是一种可以改变观众对国家、对民族认识的载体。因此，他的电影承袭传统主流价值观念，处处体现对爱国、自强自尊和民族精神的赞美，对剧中角色正邪、黑白的定义与大众的心理判断相吻合。他在作品中着力刻画充满正义和智慧的平民英雄，那些凶残、狡诈和暴戾的反面角色终会受到惩罚，在好与坏、善与恶的的角力中呈现出积极向上、惩恶扬善的创作形态。

早在 1992 年，唐季礼就在《超级警察》里塑造了充满社会责任感的警察形象：香港警察陈家驹与内地警官杨建华联手卧底，与凶狠的贩毒黑帮展开机智而顽强的斗争；《超级计划》继续了《超级警察》的故事，杨建华被派遣到香港，与香港高级警察何光明联手破获一宗军火交易案，进而大破中央银行持枪抢劫案；《红番区》中香港警察马汉强来到纽约参加叔父婚礼，目睹经营超市的依玲被地痞流氓骚扰欺负，挺身而出仗义帮忙，结果被迫卷入与美国黑手党的对抗；《简单任务》里，香港警察陈家驹来到俄罗斯，与澳大利亚华人黑帮、俄罗斯黑手党展开一场国际性较量，后来陈家驹以其正义感化了华人黑帮，共同捣毁威胁国际社会秩序的黑手党，充分展示了华人警察的智慧与能力，弘扬了中国人的民族自豪感；《雷霆战警》中两名年轻刑警与国际刑警通力合作，一举破获跨国集团的犯罪案件，并找出了警察内部的贪污罪犯，在惊险娱乐的故事中倡导反贪、反走私的健康主题。此外，他拍《雷霆战警》还想让那些不了解中国的观众知道，国内的很多城市并不像他们想象的那样落后那样不文明，其实是非常繁华非常现代化。

影视创作要有社会责任感

迄今为止，唐季礼导演的影视作品唯一赔钱的就是处女作《魔域飞龙》，此后，他的每部作品都收益可观，更不用说《超级警察》《红番区》《神话》《功夫瑜伽》等的大赚。在影视圈里，唐季礼就是票房保证、收视保证，由他主导或他加盟的项目基本稳赚不赔。唐季礼觉得，也许有人会觉得他做的是商业电影，不愿认真分析里面的镜头语言和内涵，而是去关注什么影片拿了什么奖。对此他并不介意，他认为，我拿的是“现金奖”，是观众喜欢、花钱去“投票”买票的奖，是从票房中体现出来的奖。因为他一向认为，别人给你投资拍片，作为导演、监制，作为制作方，从一开始就必须有这个意识，就是要对投资人负责，绝对不能为了个人喜好而牺牲投资方的利益。投资人只有赚了钱才愿意接着投资，导演才有资金拍好的作品，这样才能促进影视生态圈的良性循环。

每个电影人都有自己的个性特征，一个导演的性格、成长经历确定了他对题材的喜好。诚然，影视作品不该有题材限制，但唐季礼认为，正是因为影视作品传播面广、受众群体大，社会影响力也更大，所以创作者应该带着社会责任感去创作，多创作积极正面，能产生好的社会效益的作品。有些题材对中国电影的发展缺少正面意义，不利于国家形象的提升；有的作品给了国外观众一些错误的信息，以为我们的国家只有腐败、封建、落后。而他更愿意塑造《红番区》里的成龙，或者《过江龙》中洪金宝那样和蔼可亲、文武双全，能让中外观众都喜爱、都尊重、都认同的当代中国人形象。一部电影、一部电视剧可能会改变观众对一个国家一个民族的看法。比如《大长今》提升了中国观众对韩国的尊敬，很多香港人开始穿韩国服装，甚至韩餐也开始流行起来……在唐季礼看来，我们应该多去制作这样的作品，这应该成为我们弘扬正气的主流方向，而不是为了拿奖去刻意迎合外国评委所谓优等民族的优越感。得奖是好事，是你的拍摄和艺术手法得到大家认同，对其中一些作品的艺术手法他非常尊重，但是对那种取材不欣赏。

唐季礼认为，这方面我们应该学习美国电影里面的爱国主义、民族意识，其实这才是美国电影的主流方向。他说，我们现在都在讲文化是“软实力”，把“软实力”看成我们国家综合实力的重要部分，“软实力”应该有正确的方向，在文化上自信、自强，才能增强“软实力”的建设。这些年来，我们都目睹了国家、社会、个人在物质与精神方面所发生的巨大变化，我希望在自己的作品中多展示这些变化，提升中国文化的影响力，树立良好的国家形象和自尊自强的国人形象。

2013 年，唐季礼任监制并亲自参与编剧了电视连续剧《精忠岳飞》。拍岳飞的故事是他从十几年前就开始策划的，他曾说过，如果自己一生只能做一部剧，那他首选岳飞，正是岳飞身上那种知其不可为而为之的精神，影响了他一生的成长。唐季礼从小读岳飞的故事，岳飞的忠、孝、清廉和专一，乃至他留下的为数不多的诗词，让唐季礼非常敬佩并视为偶像。在他看来，岳飞代表着中华文化的优良传统，能文能武，忠孝两全，对老百姓的责任感，不忠于昏君而忠于国家、人民、社稷，这样的人格和品德近乎完美，这才是真正的“主旋律”。

打造“礼想境界”，学习邵逸夫、何冠昌

从演员到幕后，从替身到导演，从香港到好莱坞再到祖国大陆，唐季礼每走一步，都会给自己设定目标。三十岁成名，任导演、监制的作品在商业上都获得巨大成功，在影视产业的发展上也取得很大成就。唐季礼把这些归结为父亲从小教导他的，要“能人所不能”以及男人要挑战力所不能及。他相信，只要提早规划，努力拼搏，没有什么是做不到的。纵观他走过的每一步，每一次的成功，每一次从挫折中走出来，每一次面对挑战，无不是“能人所不能”，是挑战力所不能及。

现在，他一直在努力实现下一个人生目标——潜心打造自己的电影世界，努力成为邵逸夫、何冠昌先生那样的电影人。为此，唐季礼与合作伙伴张勇一起成立了“礼想境界”系列影视公司，以及世纪影游互动科技有限公司，覆盖影视制作、后期制作、特效、影视与游戏互通等，希望借此不断推出符合自己艺术理想的影视作品，打造影视全产业链。他曾说过，“以前做副导演时，我觉得做导演真好；我在香港做了导演，就觉得如果能打进好莱坞更好；当我打进好莱坞，发现做监制其实更好，自由度更高；之后我发现原来还是要做电影公司的老板才好，能像邵氏邵逸夫以及嘉禾何冠昌、邹文怀一样去投资，培养一代代演员、编剧、工作人员，成为电影工业集团，这是我未来这十年的愿望。这十多年我一直在研究，做演唱会、慈善筹款晚会、颁奖礼、电影节、电影电视剧，很多方面都尝试，对我来讲是在学习，人生应该不停地学习。我做《男才女貌》时，人家说中国时装剧不能出口国外，我不服气，

应邀执导慈善晚会，与米卢一起

凭什么我们做不过别人？也有点岳飞的精神——凭什么我们打不赢金人？人家兵强马壮，我们不够，也能打，明知不可为而为之。在人生不同的阶段，你有一个理想，当你达到这个理想时，你就会想超越自己。人要往前看，要努力积极进取。我觉得这个是最重要的。"

创立中影国际，推动中国电影“走出去”

为了打造产、学、研一体的影视产业王国，唐季礼先后创立中国国际传媒集团有限公司、上海华大影业集团等，并且有自己的影城。在创作实践中唐季礼发现，从目前演艺圈的发展看来，华人明星在国际影坛发展前景最好、最具票房号召力的仍然是动作明星，成龙、李连杰、杨紫琼、周润发、周星驰、甄子丹、章子怡都是靠动作片在海外市场树立巨星地位。而其他类型的能有国际影响力的明星则屈指可数。但除了现有的动作巨星之外，华语影坛再没有成规模的新星输送平台，面临断代的尴尬局面。如何寻找或打造能够在东西方观众中都获得认同与欢迎的武打明星，成为合格的“接班人”，这个问题绝不轻松。在普遍意义上，无论是数量上还是分量上，缺乏具有足够国际知名度的明星，也是限制华语电影走向世界的关键问题。毕竟，明星是商业电影永恒的“神话”。为此，2010 年，他与上海戏剧学院合作开设“动作明星训练班”，引进 TVB 无线训练班模式，旨在打造、培养内地动作明星。在他的构想中，这个项目不是单一为任何一部戏选角，主要是为了以后让更多的新人有机会出现在动作片里，让新人有机会成为下一任的功夫之王。训练班开设几年来，已经发掘很多实力动作明星，有的已经在影视圈崭露头角。

为了秉承尚武之精神，并以弘扬中华武术文化为己任，唐季礼还创立了大成武艺文化传媒公司并出任总裁。大成武艺专注于 MMA 赛事组织、宣传、制作以及人才选拔与培训，打造中国综合格斗职业联赛（China MMA Professional Championship，简称 CMPC），立足于中华传统武术和现代搏击相结合，积极努力推动武术产业化职业化发展，打造国际武术格斗旗舰品牌。目前，大成武艺创建的 CMPC 已经成为国内综合格斗最重要的赛事。

MMA(mixed martial arts 即综合格斗）是一种规则极为开放的竞技格斗运动。李小龙作为 MMA 之父，通过影视作品将 MMA 带入人们的视野。比赛使用分指拳套，赛事规则既允许站立打击，亦可进行地面缠斗，比赛允许选手使用拳击、巴西柔术、泰拳、摔跤、空手道、截拳道等多种技术，按体重划分不同级别。2015 年、2016 年，大成武艺 CMPC 完成了中法、中俄、中泰、中伊等中外五国对抗赛，给中国武术注入了新鲜血液，挖掘了一批武术新生力量。大成武艺中国综合格斗职业联赛还与国际接轨，与世界顶级格斗赛事进行交流与合作，将国际优秀的选手进行中国化包装，把中国选手输送到国外，共同构建合作桥梁，打造中国权威的品牌赛事。

当然，对唐季礼而言，组建赛事的最终目标是发掘、培养武术人才，为打造影视武打明星铺路架桥。据悉，大成武艺还将与几家卫视进行合作，打造国内首个武术竞技真人秀“中国好功夫”，展示关乎武学、武德、礼教与拳法的中华武学面貌，为选手提供进军国家队的机会，建立中国 MMA 职业综合格斗国家队，更为选手提供充足的影视资源，打造出最闪耀的体育明星、武打明星。

唐季礼认为，中国武术作为中国传统文化重要组成部分，既讲究形体规范，又力求精神传意，“德艺双修”已经成为武术文化极其鲜明的标志。各门派均有“未曾习武先修德”和“短德者不可与之学，丧理者不可与之教”的格言。在少林戒约中提出“习此术者，以强体魄为要义”，倡导“济危扶贫，匡扶正义”和“不可逞强凌弱之拳”的德行。少林僧以佛法修心、制欲，以内动练精化气，以易筋洗髓气功练体，动以拳棍刀枪练形体，动静兼修内外兼修、禅武双修、德艺并进，从而造就了少林武魂。武当武术“以养生为宗旨”，修炼学道练习武功。内练精、气、神，三华聚顶，外练力、速、变，意动形起的上乘功夫，达到心灵净化、排除杂念、端庄品格操行、增强体质的效果。近代中央国术馆把“爱国、修身、正义、助人”作为武德规范。武术传习中，强调武德教育，要求习武者具有手德、口德、公德。当下中华武术发展的主流，所体现的武术精神正是“自强不息，厚德载物”的民族精神。在他看来，中华武术文化是按照中国传统文化中“普遍和谐”的法则结构构建起来的，包括自然的和谐、人与自然的和谐、人与人的和谐、人自我身心内外的和谐等观念，这些无不是中华传统文化之精髓……唐季礼希望尽一己之力，把这些优秀的传统文化弘扬出去，让更多的人领会、感悟，让世界了解中国。为此，唐季礼还在着手打造“大成学院”，也即面向国际，以弘扬中华武学精神、传播中华武学文化为主旨，把中华武术、中国文化推向世界。因为中国功夫在海外已经有为数众多的拥趸者，更容易被接受，他希望将来“大成学院”能像“孔子学院”一样在国际上形成一文一武、以武带文之势，共同推进中国传统文化在海外的传播。

唐季礼还在着手打造以中国功夫为主要传授内容的“功夫瑜伽会馆”，目前这一会馆的北京旗舰店已经选址完毕。唐季礼说，西方的格斗或东方的泰拳看起来既猛且狠，传播很广，但习练过程对身体的伤害很大。他希望以“功夫瑜伽会馆”的建立，让更多人认识中国武术，强健体魄。唐季礼相信，不论中国综合格斗职业联赛还是“大成学院”“功夫瑜伽会馆”，对他打造电影王国的全产业链都会产生至关重要的作用与影响，成为影视武打人才发掘与培育的重要平台与窗口，最终成为中国动作电影走出去的重要一环。

2014 年，由中国电影股份有限公司旗下中影数字电影发展有限公司、中影器材有限责任公司，以及中国国际传媒集团有限公司、华大影业四家行业内优势资源共同投资组成的中影（上海）国际文化传媒有限公司，也即中影国际在上海自贸区成立。上海作为中国电影的发祥地，曾经给民族电影工业带来一片繁荣景象。中影股份在中国电影发展的黄金时期，与上海这个国际化都市历史性地结合推出中影国际，正是打破行政设置间的地区文化与资源差异，建立更具层次、更丰富的电影制作、营销、发行新模式与新体系，从而推动多元的内容创作与呈现。组建后的中影国际是一家拥有电影制作、营销、发行、后产品开发、会议会展、产业孵化基地等完整产业链，具有国内国际竞争力的综合电影企业，由唐季礼出任董事总经理。唐季礼意在组建国际制作团队，打造中外合拍电影项目的合作与发行平台，提供具有世界影响力的电影文化产品，推动中国电影“走出去”。

在中影国际成立前，中影与唐季礼早已有过多次成功的合作经验，包括《神话》《红番区》以及唐季礼担任监制、编剧，成龙导演的《十二生肖》。而中影国际更是唐季礼与中影谋划了很久的项目。中影国际立足上海，充分利用其金融优势和国际机遇，借助唐季礼丰富的制作经验和海内外人脉资源，结合中影股份强大的产业链，强强联手，转化为更加蓬勃的电影力量，向世界讲述中国故事。显然，《功夫瑜伽》成为中印文化交流、中印合拍片的一个成功案例，也是“一带一路”背景下中国文化走出去的范本，是中国电影“走出去”文化自信的一种写照与象征。据悉，中影国际与意大利、与阿联酋的合拍片也已经提上日程。

目前中影国际已经与国内多家影视创作机构签署不同领域的合作协议，共同推进中国电影产业的蓬勃发展。唐季礼认为，中国电影产业已经进入合作为王、新人为王、扶持为王、技术为王的时期。

第一，中国电影，合作为王。中国电影现在迅猛前进，已经不是单打独斗能够做出好电影的时候，而是需要融合行业内各项优质资源、资金、渠道、人才等，合力将中国电影做到顶尖一流，不逊于且赶超国外大片。

第二，中国电影，新人为王。中国电影人才辈出，中国电影的前进道路上，必须有新鲜血液的注入，新编剧，新导演，新演员，新思想，新创作理念，推进中国电影的国际化发展，都是需要我们这些专业的人用专业的眼光去发掘，去培养的。

第三，中国电影，扶持为王。一直以来中国电影都是以人脉为主，而新人的机会有但不多，而我们接下来要为中国电影做的，就是要扶持更多的新鲜血液。为他们提供最信任的资金帮助，制作和发行的专业平台，各项先进技术的前瞻性储备，不可复制的行业经验，以扎实的人脉来激活这些优秀人才更饱满的电影创作激情。

第四，中国电影，技术为王。我们一定要做到与国内外各行各业的通力合作，寻找和强力引进各种电影产业中的新近技术力量和技术人才，保证电影创作过程中的各个时期不会出现技术不能达到的尴尬问题。

据唐季礼介绍，中影国际以国际先进的创作经验与工业化流程为标准，打造新的中国商业类型电影。公司未来几年计划主控投的电影类型包括动作冒险片、未来战争片、魔幻传奇片、黑帮悬疑片、浪漫爱情片、喜剧奇遇片等。其中有的项目已经拍摄完成并进入后期制作，有的已经完成剧本创作，计划明年初开拍制作。其中唐季礼任出品人之一的《天泪传奇之凤凰无双》已经进入紧张的后期制作，即将成为中国首部科幻古装题材电视剧作品；他还将前往欧洲勘景，启动已筹备了近八九年的新动作电影《急先锋》。这将是一部以未来国际军事反恐为题材的全新挑战之作。在制作过程中，中影国际不仅与业界名家大腕合作，唐季礼更多是希望起用新锐编剧和导演作为制作主力军，扶植新人，并利用自己的人脉资源，邀请好莱坞顶级编剧和制片人，为新生力量保驾护航。

2015 年 6 月，唐季礼更发起成立“中影国际 · 基金”，在基金成立现场，中影股份宣布与这支新启动的基金签署战略合作协议，将在五年内合作四部电影。在未来战略中将以内容制作为抓手，结合资本力量，配置“中影国际 · 基金”。目前一些实力雄厚的综合影视集团已经确认成为中影国际基金的合伙人，这些有资源配置的资本将为中影国际的未来全产业链布局乃至最后成功进入资本市场提供有力支撑。

此外，中影国际还将与全球最大的特效公司合作成立合资公司，以推动中国电影技术方面的发展与革新。

目前，唐季礼潜心打造的电影产业王国已初具规模，形成具有生产、培训、研究、后期制作、放映等辐射面广、功能齐全的全产业链，他那些具有前瞻性的理想与构想正在一一实现。

2017 年 6 月 24 日恰逢香港回归二十周年前夕，在沪二十家香港团体和机构共聚一堂，跨行业，跨界别，首次携手合办庆典活动，用手中的画笔、拼图和高昂的歌声表达同心同德的心声，衷心祝愿香港和祖国明天更美好。作为筹委会顾问，唐季礼特别制作的一部祝福回归短片备受关注。他表示：“这部短片汇集了一百多位人士对香港的祝福，阐释了大家心目中的香港精神。”这些传递祝福的朋友来自世界各地，有政界领袖、商界精英、艺人明星，还有许许多多关心香港、爱香港的普通市民。唐季礼认为，香港精神是奋斗精神，是拼搏精神，是开放包容，是自强不息，更是永不放弃。希望通过这部短片，能够让香港精神继续发扬光大、传承下去。

唐季礼常说自己是个幸福的人，这个幸福并非凭空而来，而是缘于他修养中的克己宽人，缘于他多年来对事业的热爱和无怨无悔的付出，更缘于他从未止步于眼前的成就，不断挑战自我、挑战力所不能及，最终做到能人所不能。

他会一直这样走下去，因为他是——

幸福的挑战者！

4

【附录】

附录一
唐季礼与香港动作片

索亚斌

比较唐式成龙作品与以往成龙作品的区别，寻找唐季礼搭档成龙之前之后作品的贯穿风格，仍然可以清晰地辨认出唐季礼作为导演独特的作者印记

虽然也曾经历常人难以承受的艰辛，但不得不承认，作为导演，唐季礼是幸运的。在二十世纪九十年代初，他作为刚过而立之年、仅仅独立执导过一部影片的青年导演，便受到香港最大电影公司之一嘉禾公司的器重与信任，第二部作品便得以执导投资八千万港币的超级大制作。在香港电影由极盛滑向低谷的时代，由唐季礼导演、成龙主演的一系列重磅炸弹式作品：《警察故事 3 超级警察》《警察故事 4 简单任务》《红番区》，不仅刷新了香港动作片的形态，而且也在港台和东南亚缔造了惊人的票房。尤其是《红番区》，不仅成功进入内地电影市场，还创造了票房过亿的纪录，更（以配音片方式）成为首部在北美超过两千家主流影院同时上映的港产片，在美国创造了有史以来最卖座华语片的纪录。《红番区》的成功不仅最终为成龙进军好莱坞铺平了道路，唐季礼也成为最早进入美国主流商业电影制作体系的香港导演之一，在美国拍摄了喜剧片《脱线先生》、电视剧《过江龙》等。其后，唐季礼又返回中国内地，拍摄了影片《雷霆战警》和多部电视剧，成为在华语、英语两个电影圈都取得骄人成绩的传奇电影人。

然而，如果以惯常的“导演作为影片作者”的观念考查，唐季礼也有令人惋惜之处。他所执导的最成功作品，几乎都是由成龙主演，而成龙不仅是一个自我战胜角色的演员，也是一个演员大于导演的超级明星。由成龙主演的影片，无论导演是何人，通常都被命名为“成龙作品”而推向电影市场招揽观众。在香港，导演吴宇森和演员周润发、导演徐克和演员李连杰，其成功的搭档模式被视为影坛佳话，而唐季礼则多少隐没于成龙耀眼的明星光环之下。不过，比较唐式成龙作品与以往成龙作品的区别，寻找唐季礼搭档成龙之前之后作品的贯穿风格，仍然可以清晰地辨认出唐季礼作为导演独特的作者印记。

唐季礼执导的动作片之所以能取得跨地域跨文化的商业成功，与其独特的电影语言形态有着至关重要的关系，他开创性地结合香港与美国动作片的不同镜语特征，成为迎合东方西方间不同观众的游刃有余的走索者

以今日的标准回顾审视，唐季礼独立执导的处女作《魔域飞龙》是一部制作上不算精良的香港动作片，但其在非一线明星阵容出演、非黄金档期上映的情况下仍然能取得近千万港币的票房，得以引起影评家和制片商的关注。该片也初步显现了唐季礼对动作片特有的驾驭能力：在水准之上的动作设计基础上，更具有异域风情的造型空间、对大场面调度的娴熟把握、敏锐的细节观察力，以及尚属稚嫩却独到的镜头语言——例如龙飞（樊少皇饰）抓住吊索攀上树枝的动作，用二十个左右镜头剪辑而成，晓畅灵活而又清晰真实。唐季礼执导的动作片之所以能取得跨地域跨文化的商业成功，与其独特的电影语言形态有着至关重要的关系，他开创性地结合香港与美国动作片的不同镜语特征，成为迎合东方西方间不同观众的游刃有余的走索者。

为华语观众熟识喜爱的香港动作片，其根本特征是将动作做“表现式放大”（美国学者大卫·波德威尔语），在中国武术本身所具备的形式美感基础上，采用种种视听手段如特写镜头、升格拍摄、重复剪辑等，将动作姿态和细节作为一种独立审美对象做形式化的摹写与展现，使其往往同时具备紧张火爆、清晰真实、优美漂亮等方面特征，并使动作场面从故事情节的流程中凸现出来，具有独立的形式美感，甚至为了动作的真实而不惜放弃情境气氛的写实。而美国动作片，通常并非是“放大”动作，而是通过镜头“建构”动作，对于美国主流观众来说，也通常不能接受为了单纯欣赏动作而打破正常叙事进程、牺牲原型人物塑造、放弃细腻人物关系铺陈，而充满了连续不断的疯狂打斗的香港动作片往往被视为“尽皆过火、尽是癫狂”的猴戏。在二十世纪七十年代李小龙在美国取得短暂成功之后，很长时间内香港动作片都是栖身于录像带出租店内，在小众范围流传。

而唐季礼所采用的策略是，减少动作在影片中的出现频率，抢出时间丰满人物性格建构人物关系，而为了让传统口味的华语观众不减弱观赏乐趣，着力加强了少量团块化动作场面的冲击力和递进节奏；在既能够放大渲染动作的基础上，又尽量不破坏叙事的连贯性，力图保持精彩动作的真实性使观众能够充分清晰欣赏——这一点是营造港式视觉奇观的基石，而又不致使观众产生“出戏”的醒觉——这一点对习惯保持入戏出戏间游移平衡式观影心态的中国观众而言无关宏旨，而对习惯梦幻情境的西方观众则至为重要。在唐季礼作品中，这一特征在表现高难度高风险的特技动作时，最为明显。

这里可以比较一下影片《警察故事》和《红番区》中两个同样具有“搏命出演”性质特技动作的镜头语言：在《警察故事》中，陈家驹（成龙饰）为尽快追捕毒贩，从七层高的商场栏杆上跃起，凌空抓住商场共享大厅中央的灯柱，一路滑下（还扯破一连串的彩灯）直至跌落地面；《红番区》中阿强（成龙饰）为逃脱流氓追杀，从停车楼顶横跃七米宽高空，跳落到对面住宅楼的阳台上。在美国动作片中，这样的动作如果并非采用电脑特效合成，通常的镜语方式是上一个镜头拍人跳起，下一个镜头接人落地，动作的真实性付之阙如，而香港动作片缘于资金技术上的局限，无法如美国片那样使用、制作更昂贵的道具器械（如飞机、游轮、地铁），难以通过电脑生成影像营造更壮阔宏大的动作场面（如火山喷发、海啸地震、彗星撞地球），因此立足于人的肢体动作设计，尤其以高危险系数动作制造的“肉身神话”来赢得观众的惊愕与赞赏（当然这一点也经常为人所诟病），通常会着力突出动作的真实性。

动作的拍摄机位注意涵盖俯仰角度远近景别、兼顾纵深与水平调度，动作的呈现更加灵动丰富，影像冲击力和观众参与感更强烈

《警察故事》由成龙自编自导，其镜语方式是用不同机位拍摄的镜头，重复三次完整表现从起跳到跌落地面的整个过程，观众诚然可以清晰（乃至反复）欣赏这个精彩动作，但其重复剪辑的方式则彻底打断了情节的正常叙述线性状态，叙事时间停顿，观众置于纯粹观赏画面动作的位置上，容易“出戏”；而《红番区》的镜语方式是，以五个镜头表现这一动作，但并非简单的重复剪辑，而是用镜头一和镜头五分别表现起跳和落地，中间三个镜头则以带有重叠性质的剪辑方式，充分展现跳跃动作的中间过程及其在特定造型空间中的高度和宽度，这样被“放大”的动作本身的真实性毋庸置疑（虽然这三个大全景镜头中观众无法看清楚人物的脸，但即使或许并非成龙亲为、也是真真切切的有一个人在跳跃），而其流畅连贯的镜头剪辑序列又不至于打碎观众的观影幻觉，及时将观众“缝合”进叙事进程当中。

而且，《红番区》中动作的拍摄机位注意涵盖俯仰角度远近景别、兼顾纵深与水平调度，动作的呈现更加灵动丰富，影像冲击力和观众参与感更强烈，不像《警察故事》缺乏角度和景别的变化，每一次都是同一水平高度由上而下的摇拍、由全景到远景的变焦。这一对比例证也同时反映出，原有成龙电影的镜头语言趋于“方正”，成龙喜欢将动作场面沉浸在一种个人英雄主义的氛围里，镜头大多带有纪录的意味，机位景别、镜头长度、剪辑原则都源于个人功夫和魅力的展示强调，但也因此往往将观众置于完全被动赞赏的旁观者位置——这一点直接受李小龙在香港开创的完全以明星为核心的影片模式影响，但从更深广的源流上，可以追溯至早期美国默片明星如巴斯特·基顿、哈罗德·劳埃德的影响。而唐季礼镜头中的成龙则更注意呼唤观众的追随与参与，摆脱纯旁观的身份。再如影片《雷霆战警》中，Norika（藤原纪香饰）抓住 Alex（王力宏饰）的领带从天井滑落到购物中心的下一层，这个精彩动作是用六个不同机位镜头剪辑而成，既放大渲染，又不断给予崭新视角保持观众的视觉新鲜与参与，而同样重要而可贵的，仍能在多镜头剪辑同时保持动作的真实性不被破坏。

如果说，明星是商业电影吸引观众最大的策略（抑或谎言），那么剪辑可能是电影最大的秘密。唐季礼非常善于充分利用后者，来“书写”前者的神话

香港动作片以危险动作著称，而香港电影业则以明星为核心，明星不用替身亲自涉险表演危险动作，虽然是敬业精神的体现，也是吸人注目的由头，但毕竟非是常态。如果说，明星是商业电影吸引观众最大的策略（抑或谎言），那么剪辑可能是电影最大的秘密。唐季礼非常善于充分利用后者，来“书写”前者的神话。在设计高难度动作时，他喜欢以远景全景镜头序列、细密而稍带重叠性质的剪辑来表现，在远景镜头中清晰交代人物（替身）动作的真实性和高难度，以及真实的空间关系，而全景镜头清晰表现明星的“真实出演”——注意这里没有使用只交代明星面部表情的特写，那样容易引起观众的警觉和猜测，全景镜头的巧妙之处是虽然并未交代人物与空间的真实关系，即“动作的真实性”和“明星的真实性”并非在一个镜头内并存，但因明星的动作在剪辑上与远景中替身的动作有少许重叠，流畅的组接使观众忽略了剪辑技巧的存在，从而形成“一个动作一个明星一个镜头”的完美幻觉。在影院无法打断的历时观影环境中（DVD 尚未盛行，观众无法在家中电视前手握遥控器逐帧反复推敲），在紧张激烈的动作进程中，这样的不露痕迹的技巧尤为有效。例如在《超级警察》中的动作场面：陈家驹（成龙饰）扒在飞行中的直升机软梯上，冲向迎面高速行驶而来的火车，最后跌落在火车顶上。这一动作过程中，大远景镜头清晰展现了人——飞机和软梯——火车的空间位置关系和速度——不过因景别大，加之水平角度拍摄的是人物侧脸，无法看清容貌，而全景镜头清晰展现明星成龙抓住软梯悬浮空中——不过并未交代其与直升机、火车的空间关系，但二者交替剪辑就形成了明星成龙身手神勇、跳上火车的动作幻觉。该片稍后女警官杨建华（杨紫琼饰）驾驶摩托车跃上行驶的火车、《简单任务》中男主人公从直升机上跳入冰湖、《魔域飞龙》中女主人公从瀑布顶端跌入深潭等高难度动作，都有近似的镜头处理。还值得提到的是，龙虎武师和动作指导出身的唐季礼，从来都是在拍摄前亲自为演员示范特技，以向演员证明动作设计的有效和安全，甚至经常在镜头前为演员担任不署名的特技替身，因而有“惯于吃亏的导演”之誉。

一般香港动作片倾向以人物为唯一画面趣味中心，取中景及近景为主，人物位于前景，重点展现人物动作，即使取远景也惯用长焦虚化背景。但唐季礼作品正如前所述，倾向以远景及全景为主（即使是关键动作），而且强调短焦距大景深。这样的影像特征使人物动作和空间环境同样清晰，互为彰显，使空间环境在唐季礼作品中获得了以往香港动作片中不具备的重要性——香港动作片惯常将打斗动作设计在室内空间，环境狭小，而更早期的古装片虽然常用外景，但空间环境只是单纯起景片作用，鲜有具备修辞意味。唐季礼注重空间造型独特性的特长也因而得到淋漓尽致发挥。很多时候，他的影片不是动作设计本身吸引观众，如《魔域飞龙》中的东南亚原始森林里的鏖战、《超级警察》结尾马来西亚街头追逐和火车顶上较量、《雷霆战警》结尾高空玻璃上的打斗等，都是动作与所处的特异空间相互交融，方使得愈发惊心动魄。唐季礼还尤其擅长将动作和空间环境产生对比性碰撞，借以迸发出别具一格的独特奇观效果，如《简单任务》中正邪双方在水底世界展开较量，同时还与鲨鱼同游，《红番区》中水上气垫船开进纽约闹市街头，《雷霆战警》中 F1 方程式赛车在中国乡间公路呼啸行驶……

不过，因为景别松弛，动作的火爆之感也可能有所损失，为了弥补这一损失，唐季礼作品刻意加强了镜头剪辑的频率，同时刻意避免使用香港动作片用滥的升格镜头。虽然从增加镜头数量、加快剪辑频率角度而言，与近年来美国动作片“强化的镜头处理”风格非常近似，但唐季礼作品在快速切换过程中仍能保持动作的清晰醒目，这一点与美国主流导演如罗伯特·唐纳（《致命武器》系列导演）、迈克尔·贝（《绝世天劫》导演）等人片中一味加强动感而难以廓清画面内人物动作的方式，有着显著的差异，仍属香港动作片的风格范畴。后来唐季礼在中国内地拍摄的一系列电视剧——青春偶像剧《男才女貌》、体育题材的《壮志雄心》《出水芙蓉》，更将动作片式的镜头快速剪辑频率带入其中，因而呈现出与内地一般电视剧迥然不同的观赏乐趣。

在镜头语言上唐季礼倾向于中西合璧，在影片故事内容上则坚持弘扬民族自尊

如果说，在镜头语言上唐季礼倾向于中西合璧，那么在影片故事内容上则坚持弘扬民族自尊。唐季礼少年时代在加拿大长大，切身感受到海外华人是弱势群体，因而其民族自豪感既富切实指向又难能，他本人则多次强调是李小龙激励了他的爱国情怀，也对他的事业选择产生决定性影响。唐季礼迄今为止（影片《神话》尚未上映之前）最具代表性的三部作品，《超级警察》故事背景是中国大陆、泰国、马来西亚，《简单任务》故事背景是俄罗斯、澳大利亚，《红番区》故事背景是美国纽约，不仅呈现出一次有趣的从第三世界到第一世界的漫游，而且故事内容也在征程中呈现出微妙而深刻的转换。

《超级警察》主要面向华语及东南亚观众发行，因而主要故事矛盾线索定位于华人警察与香港贩毒黑帮的较量。《简单任务》因为有面向西方观众发行的考量，所以故事矛盾线索更为“国际化”，主人公陈家驹同时与澳大利亚华人黑帮、俄罗斯黑手党展开争斗，而前者最终成为陈家驹的帮手。而《红番区》因为预计在美国做饱和发行，故事背景干脆放在纽约，主人公阿强先和各种族混杂的街头地痞发生矛盾，最终则被动卷入与美国白人黑手党的激烈对抗。后两部影片为适应西方电影市场，加入了更多的白人角色，但值得注意的是，在人物关系图谱的设计上，这两部影片都是将英雄设定为华人／黄种人，将敌手设定为白种人，并没有为迎合／讨好西方观众而改变。如果说，当年李小龙的成功（以《猛龙过江》为代表）是以民族主义和反殖民情绪赢得了亚裔美国人及其他如非洲裔、拉丁裔等弱势族群的欢迎，但今日成龙这两部影片的目标观众已然定位于美国主流观众群体——（白人）中产阶级，如何让这种华人英雄——白人敌手的关系模式为其所接受？影片文化策略是尽量减少种族、民族、阶级、历史、宗教等方面的潜在对立，英雄所秉持的先验信念则是超越不同地域文化的普世准则：英雄感、正义感、同情心；而叙事策略则是首先充分建立（无论何种身份）观众对主人公的充分认同，所以在两部影片的前半部分，主人公在显露高贵品格的同时，几乎没有机会展露克敌制胜的超人身手，更多是在无情追杀和无尽折磨中疲于奔命。唐季礼后来在美国拍摄的电视剧《过江龙》（洪金宝主演）也沿用了相似的认同策略。这样最终形成的观影效果是，因弱势而相对敏感的华语观众从华人英雄身上体会到的民族身份自豪与满足不言而喻，而对美国主流（白人）观众而言，影片虽然没有明确宣扬种族、民族立场，但华人英雄“在美国出场本身就是一种对亚洲价值观的张扬和多元文化的强化”（美国学者袁书语）。

令人遗憾的是，反观成龙其后在美国主演的几部影片，不再是一个异域闯入的赤手英雄，而更像历经艰险终于寻找到理想家园的外来移民，也鲜有独自担纲的机会，改为与美国本土明星搭档的对手戏模式。在人物关系设置上，《龙旋风（上海正午）》（与白人明星欧文·威尔逊联合主演）中英雄和敌手都是双重的，既有黄种人也有白种人，而影片的高潮正邪对决时刻，是由黄种人对付黄种人、白种人解决白种人，似乎丝毫不敢冒犯美国主流观众。而在没有白人明星参演的两集《尖峰时刻》（与黑人明星克里斯·塔克联合主演），敌手干脆都是黄种人。而且在动作片的艺术水准上，成龙（包括与其他香港导演合作的）也再无超越之作，与唐季礼合作的三部作品遂成其最后的辉煌。唐季礼亦无惊人之作，也许两人此番再度合作《神话》，有再造传奇的渴望。

在题材上，《简单任务》和《红番区》也难能可贵是当代现实题材。即使其后，同样在美国获得商业成功的华语片《卧虎藏龙》和《英雄》，都依旧是奇观化的古老中国故事。而且内在逻辑在内核上，《卧虎藏龙》和《英雄》仍和十几年前流行于西方电影节和艺术片市场的中国第五代导演的类型化作品（如《大红灯笼高高挂》《菊豆》《五魁》《黄河谣》《霸王别姬》等）保持一致，以“空间上的特异性”和“时间上的滞后性”（张颐武语）来展现铁屋子般古老中国的悲剧故事，借以取悦西方观众。当然《卧虎藏龙》针对东西方不同观众，刻意安排了不同的读解兴趣点，这是其高明于《英雄》之处，但毕竟，唐季礼所开创的既保持民族尊严又适应西方观众的动作片道路，后继无人。

（文章原刊载于 2005 年 7 月 28 日《文艺报》第 3 版）

唐季礼作品研讨会召开，文艺界高度评价

2005年8月7日，由《文艺报》社、中国电影艺术研究中心共同主办的“唐季礼作品研讨会”在北京京西宾馆召开。严昭柱、李准、李京盛、汤恒、张丕民、张宏森、沈卫星、郑伯农、赵为民、张陵、王强、饶曙光、丁亚平、贾磊磊、王必胜、柳秀文、周涌、张颐武、陆红实、曾庆瑞、李怀亮、索亚斌、单万里、李道新、刘大敏、王人殷等影视界著名专家、学者参加会议。与会的影视理论家、评论家、专家学者高度赞赏唐季礼影视作品一以贯之的爱国主义热情和民族自尊精神，高度评价他在激烈的国际文化市场竞争中积累的成功经验，呼吁有关部门和影视界要重视“唐季礼现象”，造就大批具有竞争力的国际型人才，积极推动我国影视文化产品参与国际文化竞争，以弘扬爱国主义、民族精神的优秀作品，在国际文化市场上打响中国民族品牌。

研讨会上，时任中国作家协会党组书记、副主席的金炳华在致辞中说，唐季礼先生充满民族自尊心、自信心、自豪感的优秀作品，能够成功地走向世界、占领市场，这充分表明，真正优秀的文艺作品一定是民族的，同时也是世界的。进入新世纪以来，世界发生了深刻变化，综合国力的竞争越来越激烈，文化作为综合国力的重要组成部分的地位越来越突出，我们必须从时代发展和综合国力竞争的高度上认识文化建设、文化发展和文化安全的重要性和迫切性。用优秀的作品满足国内广大人民群众日益增长的需求，也要用优秀的作品占领国际市场。中华民族创造了五千年的灿烂文化，为人类文明做出了重要贡献。民族精神是民族文化最本质最集中的体现，民族文化是一

个民族自立于世界文化之林的根本，也是一个民族和国家的文化产业竞争力的核心。我们的文艺创作要通过塑造有血有肉的人物形象，讴歌可歌可泣的英雄事迹，展现中国人民丰富的现实生活和美好的心灵世界，让人们感知和认同民族精神，自觉接受和弘扬民族精神，不断加深对伟大祖国的感情和为实现中华民族伟大复兴奋斗的热情，增强民族自豪感，增添民族进步发展的信心和力量，同时也让世界更好地了解中国和中国人民。我们的文化产业，无论是发展国内市场，还是开拓国际市场，都要以弘扬民族精神、传播优秀民族文化为依托。

与会理论家专家注意到，唐季礼的影视作品努力塑造中国人不屈不挠、勇敢智慧、正义善良的正面形象，热情宣传中华民族的优秀传统，反映当代中国人民走向世界的时代风貌，为世界进一步了解真正的中国起到了重要的作用。与此同时，唐季礼特别善于把中华民族优秀的文化传统转化为人类共同的精神财富。他的“功夫片”匡扶正义、疾恶如仇、维护道德的主题，是他的作品赢得海外观众的深厚基础，也是他的“功夫片”的思想艺术特色。

与会理论家评论家指出，我们要通过对“唐季礼现象”的分析研讨，总结他的作品赢得国际文化市场的经验，积极探索中国作风、中国气派的影视作品的创作规律，坚定不移地“走出去”，经受国际文化市场的严峻考验与挑战，维护国际文化安全，增强国家的“软实力”。扭转影视产品国际贸易逆差，在世界综合国力竞争中获得优势。大家认为，我们的文化产品要打出去，我们的文化产业要具有国际竞争力，特别需要像唐季礼这样有爱国心、有民族自尊，又掌握具国际文化竞争力的影视产品生产规律的大艺术家。

研讨会上，内容涉及唐季礼影视作品中的主要倾向和艺术风格、唐季礼不同影视作品的分析、唐季礼影视作品商业动作、影视文化与国家文化安全、影视文化与国家“软实力”的增加、中国影视产品如何打入国际文化市场，以及影视双语人才的培养与前景等话题。与会者认为，纵观唐季礼的创作过程和他制作的影视作品，可以看出，他以满腔的爱国激情和强烈的民族自尊心、自信心和自豪感，精心制作了一部又一部弘扬爱国主义和民族精神的优秀影视作品。这些作品总是努力塑造中国人不屈不挠、勇敢智慧的正面形象，努力宣扬中华民族的优秀传统，反映中国人走向世界的时代风貌，他的影视作品深受海内外华人观众的欢迎和好评，也成功地打动了西方观众，并占领了市场。这充分表明，弘扬爱国主义和民族精神的优秀作品，完全能够成为人类共同的文化精神财富，完全能够在不同文化背景、不同民族的观众当中产生共鸣。真正优秀的文艺作品一定是民族的，同时也是世界的。

与会者认为，唐季礼身体力行，积极传播弘扬民族精神，并在国际文化市场的拼搏中积累了丰富的经验。他认为，中国的土地是中国电影人发展的最好空间；要首先为中国的普通观众拍片，才能真正在国际文化市场取得主动和优势；只有国家文化安全了、国家“软实力”增强了，中国电影在国际市场才会有真正的地位。他的这些思想与当前相当多的国内电影人把目光只盯着几个国际电影节奖项并刻意迎合西方评委观众口味拍摄影视作品等现象，形成了鲜明的对比，也突出地表现出一个爱国电影人的思想觉悟与思想高度。中国的电影艺术工作者应该立足本土，面向世界，不断以优秀的作品参与国际文化市场竞争，为中华民族的伟大复兴做出当代中国人应有的贡献。

唐季礼也在研讨会上结合自己的创作经历谈到，是与生俱来的民族情感让我回到祖国内地发展。有了在国际文化市场打响中国优秀民族品牌的雄心壮志，还要懂得如何让这品牌走向世界。我们必须打造好平台，首先要建立一个产学研一体化的基地，有了基地以后，我们就可以有针对性地培养人才，利用产业带动教学，利用教学带动研发，让一大批通晓东西文化交流、会“实战”的电影制作人才进入国际市场，共同为中国的影视文化产业发展做出贡献。

附录二："唐季礼作品研讨会"专家学者发言摘要

走向世界的一条通途

严昭柱

唐季礼的影视实践表明，由中国人制作、表现中华文化的影视作品是完全可以走出去，在国际文化市场上占据应有的份额和地位的。唐季礼先生在影视实践中是怎样走出去的呢？他曾谈到在美国实地观察到的情况：大多数美国人并不了解中国，他们只是从政府控制的新闻媒体了解到一些关于中国的负面消息，好多美国人对中国人的印象还停留在晚清时期，也多半是片面的扭曲的印象。面对这种情况，影视创作怎么走出去？是带着中华民族的优秀传统，挺直腰板走出去？还是放低身量，迎合西方某些群体的偏见，贬低自己的民族、自己的祖先走出去？唐季礼先生拒绝了后一条道路。他在一份工作合约中写道："凡有歧视、侮辱华人情节的，我决不会拍摄。"在他的影视作品中，自觉地浸润和弘扬着中国精神，充满了民族自尊、爱国情怀、英雄气概。唐季礼的影视作品着力于塑造平和、智慧、幽默、富有亲和力的华人形象，同时又突出表现华人的正义感和英雄气概，表现中国人不畏强暴的民族气节，并且把这些内容与中国功夫的特点很好地结合起来，形成了唐季礼影视作品中富于特殊魅力的"中国精神"。唐季礼影视作品在国际市场上的成功，就是中国精神在思想影响力上的成功，证明了唐季礼先生选择的道路是中华文化产品走向世界的一条通途。

目前，我国正处在和平发展的关键时期，急需切实有效地迅速增强我国影视文化产业国际竞争力和影响力，积极走向世界，努力增强我国软实力，以支持和促进我国经济发展和社会全面进步。我们要高度关注和深入研究唐季礼影视现象，认真总结和借鉴他的成功经验，推动我国文化产业更好地走出去，开辟我国文化产业发展的新境界。

充满爱国激情与艺术才气

李京盛

由唐季礼个人影视作品的研讨，引申出中国影视产品如何打入国际文化市场的公共话题，非常有意义。这说明，在唐季礼的创作理念中，在他的影视作品的精神内涵上，在他对影视文化产品的经营运作中，在推动中国文化走向世界这项工作中都有值得我们借鉴的理念、运作和经验。

让中国文化走向世界，这是国家文化发展战略中一个重要的内容。也是实现中华民族伟大复兴的文化使命。因为强国不仅是财大气粗，一个国家和民族，没有强大的文化支撑力，其经济实力也难以持久。这已是被当今世界普遍认同的公论。

中国的文化资源丰饶而富实，令世人瞩目，令国人骄傲，这是中国文化走向世界的前提和基础，但一个文化资源大国变为一个文化实力雄厚的文化强国，还得做出艰辛的努力。要实现这一目标，必须要具备以下条件：

一、国家整体文化发展战略目标的确立，即以国家为主导的对外文化发展战略方针政策的制定和实施；二、必须大力培育一批有能力参与国际文化竞争的文化市场主体；三、要创造一批知名文化品牌，能生产和提供更多适销对路的文化出口产品；四、要有一大批精通中国文化，了解国际市场，懂艺术，会经营的人才力量。

从这个意义上来研讨唐季礼先生成功的影视作品，将会给我们以更大的启示。在他的成功之中，体现的是中国文化的魅力，是民族尊严与自信的成果，是一个充满爱国激情与艺术才气，文化工作者的使命感与号召力，还有他对东西方文化的精通和把握以及一系列的市场运作经验和理念。在推动中国文化走向世界的进程中，我们需要有更多这样成功的人才和作品。

有益的借鉴和启示

汤 恒

唐季礼是一位在事业上有作为、在艺术上有贡献、在海内外有影响的电影导演。由他执导的《红番区》等影片，饱含炽热的情感，突出展示了以爱国主义为核心的中华民族精神，突出塑造了中国人勇敢正直、聪明智慧、不屈不挠的形象，受到广大电影观众的欢迎和喜爱。今天，首都文艺界的专家学者在这里聚会，专门研讨唐季礼先生影片的内容特征、艺术风格和创作道路，这本身就是对唐先生艺术创作一种很好的肯定。透过这次研讨会，我用三句话来表达我的想法。第一，唐季礼先生的从影经历，他和香港电影界前辈和同代人的努力，充分体现了香港电影人不懈奋斗的精神。第二，唐季礼先生的电影创作，包括他的香港电影前辈和同代人的探索，让香港电影从内容、形式和风格表现出鲜明的时代性和民族性。第三，唐季礼先生的艺术创作，也包括他的前辈和同代人的艺术创作，是和赢得观众、争取市场联系在一起的，是在与观众和市场的密切联系中获得成功的。因此，唐先生和他的香港电影同行在电影创作生产的市场拓展和国际合作等方面，给内地电影工作者留下了许多有益的借鉴和启示。

创作更多更好的优秀中国功夫片

王 强

唐季礼的系列影视作品，至少给我们以下两点启示：

第一，我们应当充分认识中国功夫片的意义和价值，认真研究和把握中国功夫片的发展趋势，创作生产更多更好的中国功夫片。在我国十分丰富、多姿多彩的文化遗产中，中国功夫是具有广泛国际影响、能够体现民族精神、反映民族文化特点的一种重要的非物质文化遗产。在唐季礼的系列影视作品中，行侠仗义、除暴安良、扶正祛邪、讴歌正义是一以贯之的主题，这些也应当成为所有优秀中国功夫片的共同主题。

第二，中国电影要走出国门走向世界，就一定要充分运用现代电影语言，充分调动各种电影手段，弘扬中华民族优秀文化，形成鲜明独特的艺术个性。唐季礼影视作品中的许多情节，都产生了一切都在情理之中、但事情经过又往往出人意料的戏剧效果，从而使得作品有“戏”有“料”，能够在观众的会心一笑中，吸引观众，愉悦观众。还有就是悬念。唐季礼影视作品中的故事情节大都并不十分复杂，但常常影片开始不久就有一个悬念贯穿始终，如追查一个重要嫌犯、寻找钻石的下落，等等，但随后故事情节的展开，都紧紧围绕着这个悬念，环环相扣，加上惊险的武打动作设计，就使得影片的观赏性很强。

当前，我国影视产业正处于一个极好的发展时期，市场发展前景十分广阔。国家又正在积极推进“中华文化走出去”工程，真诚希望在海外票房市场取得过较好成绩的唐季礼和其他优秀中国导演一起，拍摄制作更多更好的优秀影视片，占领国内国际两个市场，推动中国影视产业的更快发展。

东方文化魅力的折射

王必胜

唐季礼作为一名亚裔导演，能够把动作片、功夫片，浸透着中华传统的艺术，成功打进美国普通观众中，其意义在于第一次让中国的影视文化成为美国精英文化圈不可忽视的对象。就其基本的元素看，功夫片中的武打、动作片的情节，紧张与好看是主要的。但内涵的吸引力，文化的张力，也是一个相当重要的环节。唐导的片子中，警察除暴安民，扶危济困，中国传统的道德习俗，及现代武器高科技运用，还有弱与强的对立转化，及英雄救美、虚拟与现实等，丰富驳杂的生活面和传统与现代相结合的人文科技意识，成为这类影片为不同的文化背景和欣赏习惯的人们所喜爱的原因。从激扬东方古代的人文理想到宣扬人类的善言懿行，从现代人类的公序良俗到民间自我道德约束规范，这些人类的共性感觉，是他的影片成功的基础。因此，其影片能够留住深受好莱坞文化影响的美国观众的目光，意义非同一般，这不能不说是东方文化魅力的折射。

当唐季礼把他的英雄系列搬到好莱坞的艺术面前，进行全新的对垒时，他的成功在于他用新的诠释，完成了英雄与侠义的生活化、民间性，古代的英雄崇拜与现代的市俗精神的融合。唐导曾经说，他的作品是让中国文化光大于世，也让中国本土影视走向国际，让华人英雄形象进入美国人家庭，让中国文化在世界上发出强音。这是一个有着文化自信的艺术家应取的态度。唐季礼先生用其有意义的实践，完成了让中华文化迈向国际艺术的第一步，那么在此之上，如何创造出更为丰富博大的现代文化，用全新的影视艺术文本去同好莱坞、日本动漫相抗衡，是一件很有意义而艰辛的事情。唐季礼先生走出了光彩炫目的一大步，相信对国内影视艺术的创造和发展有相当深刻的意义。

拍出民族的智性人生

沈卫星

香港著名影视导演唐季礼是靠自己拼杀出来的一位文化干将，他以一部部电影作品闯进了美国这个电影强国的主流院线，并通过银幕形象，把中国功夫这样一个中华民族文化传统的结晶，做成品牌，推向了世界，而更为可贵的是，通过中国功夫，打出了民族的志气和精神，打出了文化的品格和内涵。

就一个影视导演而言，要谈的东西可谓多矣，但我只想谈谈唐季礼作品中富含的一种东方特有的智性人生，因为正是这种智性人生最为东方尤其是西方观众所吸引。何谓东方的智性人生，我以为主要表现在形象身上那种独特的人生态度和行事方式，也表现为性格特点和内心活动，以及对待事物的价值取向，无论是《过江龙》中的山姆刘，还是《警察故事》中的超级警察陈家驹，或者是《红番区》中的阿强，他们的思维常有独运的机巧，行动常有独具的机敏，感觉常有独特的机警，谋断常有独得的机心。中国式的智性人生没有太多悲剧性的东西，而喜剧性则常常是其主要的元素。看唐季礼导演的几部功夫片中的形象，虽然身上有诸如油滑、冲动、不守规矩等毛病，但都可亲可信。他们常常于惊险中有洒脱劲，在生死关头有幽默感，如《警察故事》中的陈家驹常常于不守规矩中见情出性，煞是可爱；另外，这种智性人生也常常于细微处见大智慧，大情怀……唐季礼表现的这种智性人生，处处闪耀着东方人的人性光芒，一种真善美的光芒。这是他对民族生活的把握，对民族历史、情感、命运的深刻理解的结果。

喜剧与产业

饶曙光

唐季礼多年与成龙合作，并以动作片导演而著称（《警察故事3超级警察》是最好看的成龙电影，也是唐季礼先生动作片的代表作；其中，杨紫琼骑着电单车在火车上飞驰一幕，堪称是香港动作片的经典镜头）。但是，他同时对喜剧文化、喜剧精神及其不同类型的电影的喜剧性穿插有自己独到的见解和认识。贺岁片的概念肇始于美国，香港贺岁片的兴旺直接影响到了中国大陆电影的创作。中国大陆观众领略贺岁片的魅力始于唐季礼导演、成龙主演的影片《红番区》，其骄人的票房业绩不仅为持续低迷的电影市场注射了一支兴奋剂，而且也使大陆电影导演开了“眼界”。对喜剧精神（“幽默搞笑”）有独特体味的唐季礼继前两年监制偶像电视剧《男才女貌》后，决定投资两百多万美元拍摄电影版《男才女貌》。他对创造“商业与文化双赢的局面”信心十足，并把电影《男才女貌》定义为现代爱情轻喜剧，无论故事内涵、人物关系还是制作理念，都和电视剧版不同，他说“电影将比同名电视剧更有深度。”我们知道，中国多年以来就没有真正意义上的浪漫爱情喜剧，人们常说“中国是文化资源大国，文化产业小国”，就浪漫爱情喜剧来说更是如此。其实，中国古代爱情（如《西厢记》《天仙配》《梁山伯与祝英台》等）也不乏浪漫和想象。中国电影现在不会到连“谈情说爱”也不会吧！所以，我个人寄希望于唐季礼能在浪漫爱情喜剧上“杀出一条血路”。

中国大片 中国梦

木 弓

商业片就是要千方百计运用电影梦幻的功能，凝聚起一个时代之梦。美国好莱坞大片做的是美国梦。中国的大片要做的是中国梦。如果中国大片做的是美国梦，那不仅是错位，而且十分滑稽可笑。这一点从好莱坞走出来的唐季礼比别人更加清醒。他的爱国心和民族自尊就体现在营造“中国梦”的追求上。他知道是在为自己民族的观众拍大片，因此，他讲述的故事尽管运用了许多当代高科技术和当代电影的技巧，但内核却是民族化的，东方式的。

作为商业大片，立足中国观众的同时，必须有世界竞争力，才能真正实现“中国梦”。唐季礼在长期实践中积累了丰富经验，知道怎样能打入国际市场，那就是寻找不同文化背景观众的共同点，让他们看得明白，看得喜欢。比如，电影《神话》的独特之处，就是民族化特色突出，国际化的特色也突出，二者有机交织融会贯通，形成一个具有国际市场竞争力的格局框架。剧本是一剧之本，故事是市场之本，必须在这个方面狠下功夫。不少人会不知不觉地把民族化与国际化对立，以为坚持民族化就得放弃国际，追求国际化就损害民族化。事实上，只有二者浑然一体，才会成为有国际竞争力的中国商业大片。

在这个意义上，《神话》创作经验值得学习。坦率说，中国电影走向世界，道路并不平坦，我们要做许多工作。然而，重中之重就是拍出优秀的，真正受国际市场欢迎的作品。好作品依赖好故事。故事讲好了，主要矛盾就抓住了。唐季礼的“秘密”其实也不特别深奥 。他学习了好莱坞的许多东西，把好莱坞电影技巧最本质东西也掌握了——讲故事。他老老实实地讲故事，用两年的功夫讲完一个一百二十分钟的故事。谁肯下这个功夫，谁就能把故事讲好。我真的以为我们要好好学习唐季礼。

讲述新的“中国梦”

张颐武

唐季礼先生的影视创作是跨越文化的边界，通过大众文化的产品提供一种真正全球性的表现的例子。在一个全球背景上，唐季礼的作品有双重的意义。首先，他的作品高度国际化，价值观和感情线索相对单纯。他的人物阳光而明亮的气质是他作品的重要基调。他的英雄人物一面有中国文化的特殊的风貌和气质，另一面却又是国际人，有非常开阔的视野和胸怀。如《过江龙》中的洪金宝扮演的上海警探，对于美国和美国文化的熟悉让人吃惊，但他始终有中国人的特殊的风采和气质。唐季礼的人物永远是明亮阳光的。无论是成龙的《红番区》《过江龙》《超级警探》，还是《男才女貌》和《出水芙蓉》，这种明亮阳光的特征一直非常明显且具有新意。其次，唐季礼的作品其实通过这些奋斗不息，明亮阳光的人物打造了一个新的“中国梦”。这个中国梦就是凭自己的力量，通过奋斗获得成功的梦。从武打片到青春片，唐季礼始终给予我们的是这样新的“中国梦”的形象。新的“中国梦”是一个成功的梦，一个凭自己的勇气、智慧、创造精神争取美好生活的梦，一个充满希望的梦想，这是一个强者的梦想。这种“中国梦”是相信在这个国家的全球化和市场化的进程中每个人都有自己的机会，都有可能实现自己的期望的梦想。这个中国梦是在前人集体奋斗的基础上的日常生活剧烈变化的可能，是在具体的个人面对挑战的时刻去迎接挑战的力量。这是一种克服的勇气，是一种面对日常生活的自信的态度和解决问题的能力的展现。唐季礼的作品正是对这个中国梦的最佳投射。

讲述这个中国梦正是告诉世界，中国是世界的一部分，中国不是世界的问题，而是世界的机会。我们不仅需要让中国人看到自己的梦，也要告诉世界我们的梦。

鲜明的民族印记，强烈的民族自尊

李怀亮

中国文化产业目前正处在一种从内向型、封闭型产业向外向型、国际化产业转变的临界点上。在这种情势之下，唐季礼在大陆的出现，既是唐季礼对大陆的选择，也是中国文化市场在转折期对于复合型人才的需求。这种“唐季礼现象”，既表现了国际市场经验对大陆的“进入”，也是真正能够走入国际市场的中国民族品牌可能诞生的一线亮光。

唐季礼现象的意义之一在于：和国际接轨的首要条件是人才和制度。中国的电影业急需培养出一批像唐季礼这样既通中文又通英文、既能动口又能上手、既懂理论又富实践的复合型优秀人才。唐季礼认为，在中国电影走向国际化的过程中，要使中国的电影被美国观众、被好莱坞接受，首先要突破语言的限制，也缺乏拍国际化题材的人才。唐季礼认为世界一流电影人才的培养和制度是密不可分的，要学习欧美培养电影人才的机制和方法。唐季礼现象的意义之二在于：很好地解决民族品牌与文化折扣的关系。唐季礼先生的经验证明了这一点。

就目前的情况来看，现阶段我国出口的文化产品，很少是具有中国特色的产品。传统文化是我们所独有的，如果我们不开发几千年的传统文化，不使其形成特色产业，就会被别的国家开发利用，反过来向我国出口。民族化和国际化相互依存，没有民族化生存就谈不上国际化发展。唐季礼的每部戏都弘扬中国文化，都体现着代表中国文化的民族精神，这也正是唐季礼电影的“魂”，因而形成“健康的功夫片”的风格。电影是一个民族的文化和民族精神的映射。唐季礼的作品具有鲜明的民族印记，表现了强烈的民族自尊，将中国本土文化作为影视产品商业性和艺术性的一个结合点，坚守民族影视文化阵地，关心民族文化安全，为提高我国文化产业的国际竞争力提供了许多有益的启示。

唐季礼的片场之路

贾磊磊

与其他武术指导和动作导演不同的是，唐季礼并没有直系父辈的承传，没有程刚对程小东、袁小田对袁和平、刘湛对刘家良那样的世家相传的亲缘关系。更没有香港武侠动作片七小福（成龙、洪金宝、元彪、元彬等）那样的拜把兄弟。他只是从小跟着做电影导演的姐夫罗烈在邵氏片场里看着拍电影、耳濡目染，后来担任武师，进入电影界。可想而知，唐季礼的创作道路更为艰难。然而，这一系列不利因素并没有阻碍住唐季礼的导演之路，反而使他加倍努力。1990 年，他自组公司身兼监制、编导及武术指导多职，投资拍摄《魔域飞龙》。1991 年，他执导由成龙、杨紫琼、张曼玉等主演的《超级警察》打破东南亚多个国家最高卖座纪录，并且获得香港电影金像奖最佳动作指导的提名；1992 年执导《超级计划》，并协助统筹《醉拳 2》制作。1994 年他执导《红番区》并兼任武术指导，获得香港电影金像奖最佳动作指导的殊荣。1995 年再度为由成龙主演的贺岁片《简单任务》担任编导及动作指导，再度赢得香港电影金像奖最佳动作指导的桂冠。后来他拍摄的影片《雷霆战警》（2000）再度获得香港电影金像奖最佳动作设计奖提名。他的最新电影作品是一部高科技数字技术与中国神话传说相互缝合起来的影片《神话》。除了成龙、梁家辉的倾情出演和古今两个相互交错的叙事时空之外，《神话》利用数字技术建构了一个悬在“空中”的长生殿，描绘了一段超越时空的不渝爱情。延续了他创作的电影中始终凸现的动作奇观与影像奇观相互融合。

在“竞争国际市场”中保卫“国家文化安全”

曾庆瑞

在国家加入ＷＴＯ以后势必参与全球文化贸易的世界格局里，我们拿什么样的电影、电视作品走到国际影视文化产业市场上去参与竞争并占领应有的市场份额，既展示我们民族文化的博大精深的迷人风采，又能与别的民族文化多元和谐共存共荣而不损害别的民族的文化权利？唐季礼的影视作品在有关“国家文化安全”问题上的观念与实践，是有它积极的理论价值和实践意义的。

唐季礼思考这个问题的一个基本出发点就是：“我是中国人，我不希望看到我们中国的文化被美国文化侵略，不希望现在的孩子看到的都是好莱坞电影、日本动漫，被他们的文化所影响和同化。”这种精神，应该让眼下那些面对别人的文化侵略而心甘情愿地将自己的孩子们拱手交给别人去影响和同化的各种各样的文化人感到羞愧！在表明了他个人对于这个问题的鲜明的文化立场之后，他把自己的主要精力投入到了增强国家“软实力”的方面。那就是，用作品参与国际文化市场的竞争。在“竞争国际市场”中保卫“国家文化安全”。

将这样一些理念付诸实践，人们看到，唐季礼用自己的作品去“竞争国际市场”是成功的。由他导演或者编、导或武术指导的所谓动作片电影及电视剧，像《红番区》《警察故事3超级警察》《简单任务》《脱线先生》《雷霆战警》《过江龙》等等，确实在包括美国在内的国际文化市场上取得了令人欣喜和骄傲的成绩。这表明，唐季礼真的“能人所不能”了！

中国功夫与中国精神

刘大敏

我曾在国外有过短期的逗留，曾体会到海外华侨急切地盼望祖国强大的心愿，他们的这种感受，比起我们在祖国生活、工作的人来得更为迫切和更为具体。因为他们远离祖国，他们生活在别人的国度。普通的华人若出入一些较为高档的场合，总会被说成是日本人。当你告诉他你是中国人时，总是受到怀疑。早些年出国的华工哪一位没有一部血泪辛酸的历史。在唐先生的作品中，这种中国人不甘人后的不屈不挠的精神，不甘于受列强欺侮的精神一直是他所要极力张扬的主题。看他的作品令人振奋，给人力量，淋漓尽致，扬眉吐气，恨不得豪饮三大碗。唐季礼先生的作品有豪气、有正气、有人气。不管邪恶势力如何猖狂，最终都是邪不压正。这些作品表现了导演强烈的爱国主义的情怀。

唐季礼的电影语言具有中西合璧的特点，他巧妙地将香港武打片与西方动作片相结合，开创了唐式电影的独立性语言。也许这就是唐季礼电影所以能够在西方电影市场取得成功的先决条件。因为他首先克服了电影语言上的障碍。他只有拥有了流畅的叙述能力，才可能将具有中国味道的、具有强烈民族自尊的英雄故事酣畅道来，进而让观众在观看电影时了解中国和中国人民。从唐季礼的电影中，我看到了中国的功夫，从中国的功夫中我看到了中国的英雄，从中国的英雄形象我看到了中国人的精神，从中国的精神中我又看到了凝聚着中国精神的中国的民族群像。

附录三：社会、公益活动

1992 年为香港仁济医院筹款活动中，荣获“热心公益”奖章。

1995 年唐季礼被授予中华青年海外传播杰出人物奖。

1996 年在美国旧金山市为老人院筹款任筹款主席。

1998 年在为祖国华东水灾筹款时，任美国洛杉矶市“华东水灾筹款委员会”筹款大使。

1999 年，美国华人协会“MANNA”颁发“亚裔传媒领导人奖”。

1999 年，唐季礼获得了美国华人协会“MANNA”颁发的“传媒成就奖”；美国亚洲商业协会（Asian Business Association）为他颁发“亚裔传媒领导人奖”，这是中国人首次获此殊荣。

2000 年 12 月，为表彰唐季礼在发展影视传媒业中的所取得的成就，共青团中央和新华社等单位委任他为全国青少年网七色天使形象大使。

2002 年任香港伤残青年协会和香港失明人协会筹委会主席，并获“乐善好施”奖杯。

2002 年荣获中国电影电视高层论坛“最佳报告人奖”。

2002 年被聘为上海大学影视艺术学院客座教授。

2003 年被聘为江苏省文化产业发展公司荣誉顾问。

2003 年荣获 Discovery 和香港大专电视联会”颁发的“乐育英才”奖章。

2004 年被推选为香港演艺人协会副会长。

2005 年被香港金像奖协会推选为副主席。

2005 年 6 月 21 日，唐季礼与成龙、黎明共同获“第四届中国儿童慈善活动日暨呼唤——

把爱心奉献给孩子大型情景晚会”颁发的“中国儿童慈善家”奖；6月22日，唐季礼执导了第四届“中国儿童慈善活动日”主体活动之一的“呼唤——‘把爱心奉献给孩子’”大型情景晚会，演出收入和有关捐款全部捐赠给中国儿童少年基金会；9月8日，唐季礼被由中华青年联合会、中国武术协会、山西省委宣传部支持主办的首届全球青年华人文化论坛授予“中华青年海外传播杰出人物奖”；11月25日，在博鳌亚洲论坛首届国际文化产业会议揭幕仪式上，唐季礼获得美国前总统乔治·布什颁发的“中美文化交流杰出贡献奖”。

2006年1月6日，唐季礼获得2005“网络·娱乐·英雄会”TOM在线荣耀盛典网民最受欢迎导演奖。

2007年10月12日，唐季礼执导了“中国功夫——全球盛典”颁奖晚会，并与张鑫炎、程小东等共同获得了“中国功夫杰出贡献奖”。

2008年3月，唐季礼免费监制了剧情片《志愿者》，这是唐季礼第一次做事不拿钱，第一次做志愿者；5月26日，唐季礼与林保怡、叶璇、孙楠、吴京、林心如等多人参加了李连杰的“壹基金”在上海举办的明星慈善房车赛。

2012年10月31日，唐季礼接受上海体育学院聘书，成为该院客座教授。

2013年3月21日，唐季礼举办“《精忠岳飞》慈善交响音乐会”，音乐会的门票收入捐赠上海慈善基金会浦东新区分会。

2014年2月4日，唐季礼与玛莉亚、苗侨伟、任达华获选香港演艺人协会副会长；3月17日，唐季礼参与发起了中国下一代教育基金会圆计划大型公益项目。

附录四：唐季礼创作年表

唐季礼，英文名Stanley，1960年4月7日出生于香港，香港动作指导、导演、影视制作人。

1979年年底，唐季礼去邵氏片场看姐夫罗烈演戏，被罗烈介绍给刘家良，并拜刘家良师弟神仙（余袁稳）和小侯（侯耀宗）为师，以武行进入演艺圈。此后，唐季礼相继在邵氏兄弟电影公司、嘉禾电影公司、香港电视广播有限公司（TVB），丽的电视（RTV）及多家电影公司当武打演员、武师替身、场记、副导演、制片及编剧。其间曾给周润发、张曼玉、钟楚红、张国荣等明星当过替身。

1988年成为《天使行动Ⅱ之火凤狂龙》及《天使行动Ⅲ之魔女末日》的执行导演及武术指导。

1990年，唐季礼自组公司投资拍摄了探险电影《魔域飞龙》，该片为其独立执导的处女作，其在片中身兼监制、编剧、导演多职，影片于1991年上映，取得近千万港币的票房，引起影评家和制片商的关注。1991年，嘉禾公司邀请唐季礼执导了投资八千万港币、由成龙、杨紫琼、张曼玉等主演的动作片《警察故事3超级警察》，该片打破东南亚多个国家最高票房纪录，并获得第29届台湾电影金马奖最佳影片提名，唐季礼获得最佳动作指导提名，成龙凭该片首次获得最佳男主角奖。

1994年，为嘉禾公司执导了动作电影《红番区》并兼任动作指导，该片由成龙、梅艳芳等主演。影片成功进入内地电影市场，还创造了票房过亿的纪录，更以配音片方式成为首部在北美超过两千家主流影院同时上映的港产片，打破美国最卖座华语片的纪录。唐季礼凭此片与成龙共同获得第15届香港电影金像奖最佳动作指导，共同获得第32届台湾电影金马奖最佳动作指导提名。

1995年，再度与成龙合作，编导了贺岁动作片《警察故事4简单任务》，全片在澳洲、俄罗斯、乌克兰及香港实地拍摄，上映后刷新香港及东南亚多国票房纪录。唐季礼因此获第33届台湾电影金马奖最佳动作指导，第16届香港电影金像奖最佳动作指导。

1996年，受经纪人Andrew Morgan邀请，前往好莱坞发展。执导的第一部西片是由莱斯利·尼尔森主演的家庭喜剧《脱线先生》，该片上映后获评1996年度美国“Movie Guild Award”十大家庭片，唐季礼也被美国导演工会（DGA）吸收为会员。

1998年，导演并监制了CBS公司电视剧集《过江龙》，该剧集上映后收视率居高不下，成为1999年美国新电视节目第一位，获得1998年度获“TV Guild Award”颁发的美国电视最佳新剧奖；“Viewers Voice Award”颁发的最受欢迎最佳新电视剧奖及第九届观众票选大奖“最受欢迎黄金时段新影集”。

2000年，回港创立中美国际影视娱乐有限公司。随后，唐季礼首次在国内采用好莱坞电影的制作方法，耗资1200万美元，拍摄了由海峡两岸、香港地区以及日本、美国、欧洲演员联袂出演的动作片《雷霆战警》，影片先后在东南亚各地及美国、欧洲、日本等地发行，获得好评。2001年7月，唐季礼成功地引进第一部中美合资而全部在中国制作的22集美国高清晰电视电影《平地》（Flatland），并出任监制一职。

2002年到2004年的三年中，唐季礼先后与中央电视台、中国电影集团等单位连续合作监制了三部现代励志型电视连续剧《壮志雄心》《男才女貌》和《出水芙蓉》，这些电视剧在中央电视台播出后，受到观众的好评。其中《壮志雄心》获得2003年度江苏省“五个一工程奖”；《男才女貌》成为首部出口韩国、日本的国产现代题材电视连续剧；这三部电视剧也成为第一个进入日本网络的中国现代电视剧。

2005年，监制了亚洲第一部三维动画电影《龙刀奇缘》；9月，唐季礼编导的穿越爱情电影《神话》上映，该片投资1.6亿港币，由成龙、金喜善、梁家辉等主演，亚洲票房达1.2亿。唐季礼获得第25届香港电影金像奖最佳动作指导提名，第28届大众电影百花奖最佳导演提名。

2010年，唐季礼与成龙共同监制电视剧《神话》。

2012年，唐季礼与成龙再次合作，监制了成龙自导自演的动作冒险电影《十二生肖》，并参与剧本创作，该片打破华语贺岁片首日票房纪录，全球最终票房达8.4亿人民币。

2013年7月4日，唐季礼监制的国产历史电视连续剧《精忠岳飞》首播，该剧由鞠觉亮执导，黄晓明、林心如领衔主演。该剧在第十届中国金鹰电视艺术节荣誉大典暨第27届中国电视金鹰奖颁奖典礼上获得优秀电视剧奖，在2014中国·横店影视节上获得最佳电视剧奖和最佳导演奖。

2017年1月，唐季礼任导演的《功夫瑜伽》上映并获春节档票房冠军。

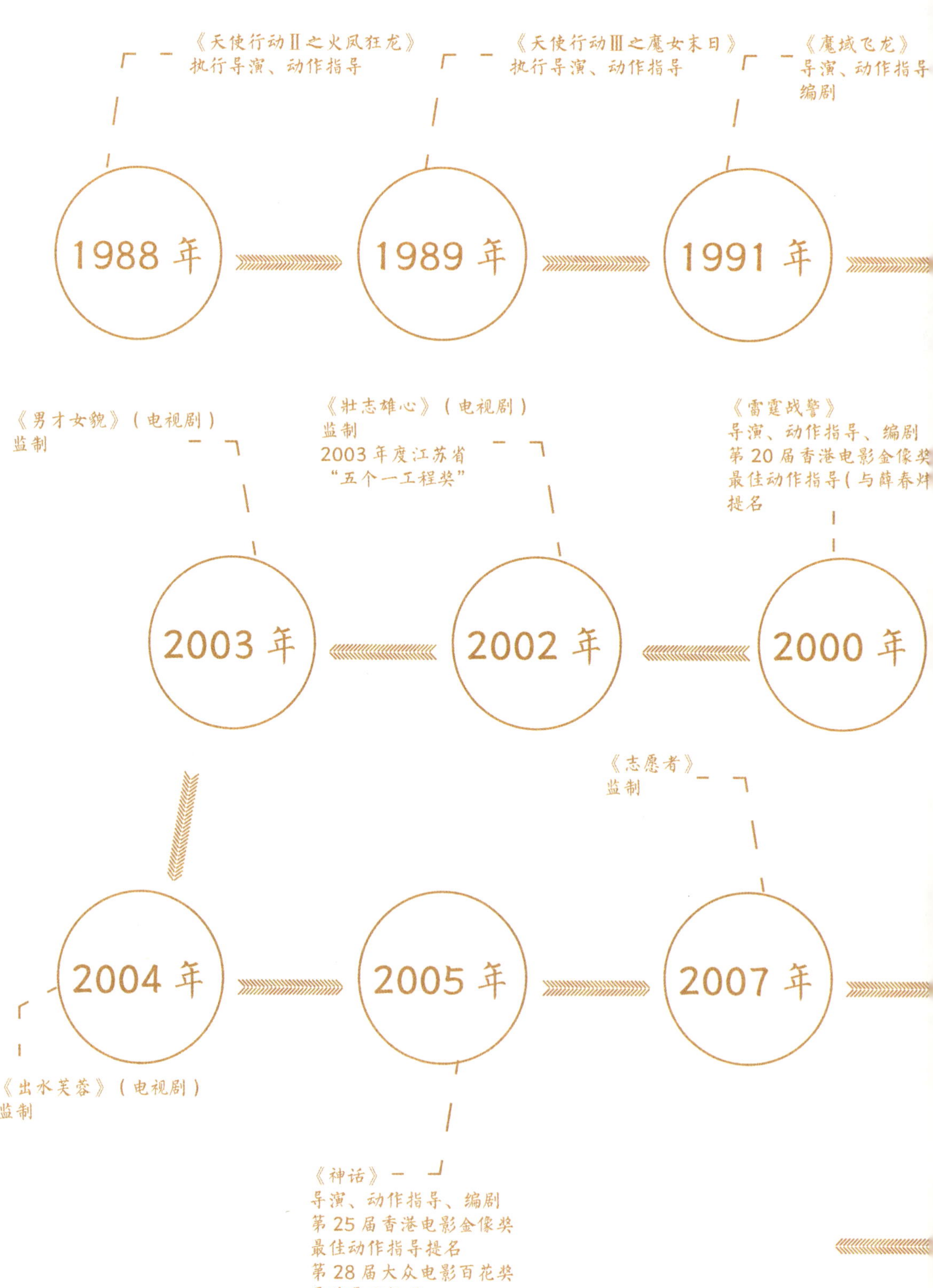
《天使行动Ⅱ之火凤狂龙》
执行导演、动作指导
1988年
《天使行动Ⅲ之魔女末日》
执行导演、动作指导
1989年
《魔域飞龙》
导演、动作指导
编剧
1991年
《雷霆战警》
导演、动作指导、编剧
第20届香港电影金像奖
最佳动作指导（与薛春炜
提名
2000年
《壮志雄心》（电视剧）
监制
2003年度江苏省
"五个一工程奖"
2002年
《男才女貌》（电视剧）
监制
2003年
2004年
《出水芙蓉》（电视剧）
监制
2005年
《神话》
导演、动作指导、编剧
第25届香港电影金像奖
最佳动作指导提名
第28届大众电影百花奖
最佳导演提名
2007年
《志愿者》
监制

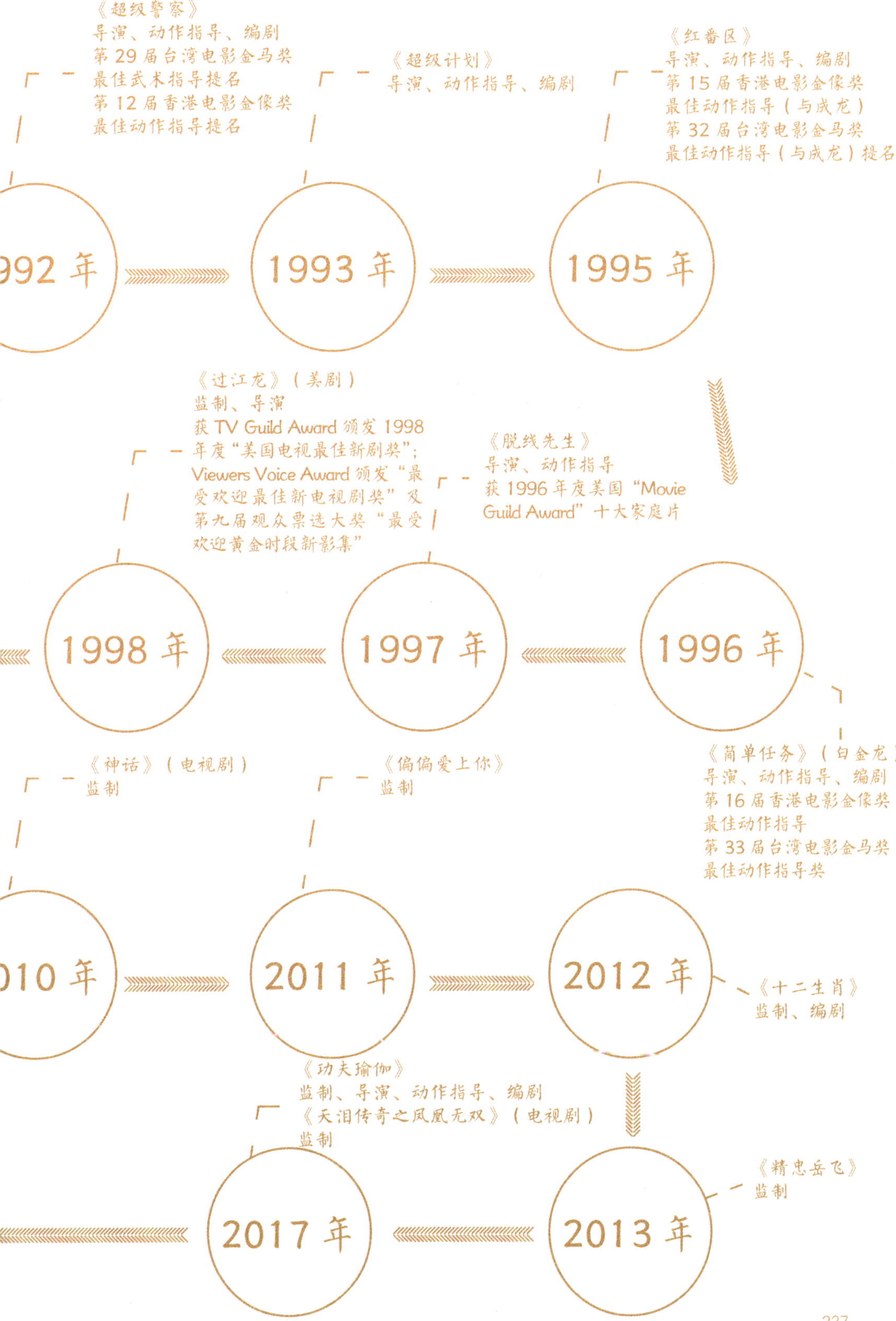
《超级警察》
导演、动作指导、编剧
第29届台湾电影金马奖
最佳武术指导提名
第12届香港电影金像奖
最佳动作指导提名
《超级计划》
导演、动作指导、编剧
《红番区》
导演、动作指导、编剧
第15届香港电影金像奖
最佳动作指导（与成龙）
第32届台湾电影金马奖
最佳动作指导（与成龙）提名
992年
1993年
1995年
《过江龙》（美剧）
监制、导演
获TV Guild Award颁发1998年度“美国电视最佳新剧奖”；Viewers Voice Award颁发“最受欢迎最佳新电视剧奖”及第九届观众票选大奖“最受欢迎黄金时段新影集”
《脱线先生》
导演、动作指导
获1996年度美国“Movie Guild Award”十大家庭片
1998年
1997年
1996年
《简单任务》（白金龙）
导演、动作指导、编剧
第16届香港电影金像奖
最佳动作指导
第33届台湾电影金马奖
最佳动作指导奖
《神话》（电视剧）
监制
《偏偏爱上你》
监制
010年
2011年
2012年
《十二生肖》
监制、编剧
《功夫瑜伽》
监制、导演、动作指导、编剧
《天泪传奇之凤凰无双》（电视剧）
监制
《精忠岳飞》
监制
2017年
2013年

大半生都是努力照顾大家，终于遇上照顾我的人。

——唐季礼

图书在版编目（CIP）数据

幸福的挑战者——唐季礼 / 颜慧著. -- 北京：作家出版社，2017. 7

ISBN 978-7-5063-9433-8

Ⅰ. ①幸… Ⅱ. ①颜… Ⅲ. ①唐季礼 - 生平事迹 Ⅳ. ①K825.78

中国版本图书馆CIP数据核字（2017）第164402号

幸福的挑战者——唐季礼

作　　者：颜　慧
责任编辑：罗静文　张　平
特约策划：张　澜
装帧设计：意匠文化·丁奔亮
出版发行：作家出版社
社　　址：北京农展馆南里10号　　邮　　编：100125
电话传真：86-10-65930756（出版发行部）
86-10-65004079（总编室）
86-10-65015116（邮购部）
E-mail:zuojia@zuojia.net.cn
http://www.haozuojia.com（作家在线）
印　　刷：北京尚唐印刷包装有限公司
成品尺寸：165×240
字　　数：250千
印　　张：20.75
版　　次：2017年8月第1版
印　　次：2017年8月第1次印刷
ISBN 978-7-5063-9433-8
定　　价：58.00元